ABC, 민중의 마음이 문자가 되다

ABC: The Alphabetization of the Popular Mind
by Ivan Illich and Barry Sanders

EX CULTURA 엑스쿨투라 08

ABC, 민중의 마음이 문자가 되다

이반 일리치·배리 샌더스 지음 | 권루시안 옮김

문학동네

EPISTOLA PRIMA.

AD RANULPHUM DE MAURIACO.

Quod charitas nunquam excidit.

Dilecto fratri R. HUGO peccator.

Charitas nunquam excidit (*I Cor.* XIII). Audieram hoc et sciebam quod verum erat. Nunc autem, frater charissime, experimentum accessit, et scio plane quod charitas nunquam excidit. Peregre profectus eram, et veni ad vos in terram alienam; et quasi aliena non erat, quoniam inveni amicos ibi: sed nescio an prius fecerim, an factus sim. Tamen inveni illic charitatem, et dilexi eam; et non potui fastidire, quia dulcis mihi erat; et implevi sacculum cordis mei, et dolui quod augustus inventus est, et non valuit capere totam: tamen implevi quantum potui. Totum implevi quod habui, sed totum capere non valui quod inveni. Accepi ergo quantum capere potui, et onustus pretio pretioso pondus non sensi, quoniam sublevabat me sarcina mea. Nunc autem longo itinere confecto, adhuc sacculum meum plenum reperio, et non excidit quidquam ex eo, quoniam *charitas nunquam excidit*. Illic ergo, frater charissime, inter cætera memoria tui primum inventa est, et signavi ex ea litteras istas, cupiens te sanum esse et salvum in Domino. Tu ergo vicem repende dilectionis, et ora pro me. Dominus Jesus Christus tecum sit. Amen.

첫 편지

라눌프 드 모리아코에게

"사랑은 가실 줄을 모릅니다."

사랑하는 형제 R에게, 죄인 위그가.

"사랑은 가실 줄을 모릅니다."(고린토1서 13장 8절) 이 말을 들었을 때 나는 이 말이 사실이라는 걸 알았다네. 사랑하는 형제, 이제 경험하고 보니 사랑은 가실 줄을 모른다는 걸 확실히 알겠네. 나는 집에서 출발해 낯선 땅의 자네에게 갔는데, 그곳에서 친구들을 만나고 나니 낯설어 보이지 않았다네. 내가 먼저 친구를 사귄 건지 내가 친구가 된 건지 모르겠네. 나는 그곳에서 사랑을 발견하고 그 사랑을 사랑했네. 나는 그 사랑이 싫증나지 않았네. 나에게 다정했으니까. 내 가슴속 작은 주머니를 채웠는데, 그게 너무 작아 그 사랑을 송두리째 담을 수 없어 애석했다네. 나는 한껏 채웠다네. 내가 가진 걸 완전히 채웠지만, 내가 발견한 걸 모조리 담을 수는 없었다네. 나는 한껏 받아들였다네. 더없이 귀한 보물로 가득 채웠지만 주머니는 조금도 무겁지 않았네. 그 주머니가 나를 떠받치고 있었으니까. 긴 여행이 끝난 지금 나는 이 주머니가 여전히 가득 차 있음을 알겠네. 줄어들지 않았다네. 사랑은 가실 줄을 모르니까. 사랑하는 형제, 이 주머니 속에서 무엇보다도 자네에 대한 기억을 보네. 그리고 그것으로 이 편지를 봉한다네. 자네가 주 안에서 안전하고 온전하기를 바라네. 이 사랑에 답해주고 나를 위해 기도해주게. 주 예수 그리스도께서 함께하시기를. 아멘.

차례

머리말 — 011
1. 낱말과 역사 — 019
2. 기억 — 035
3. 글월 — 055
4. 번역과 언어 — 085
5. 자기 — 111
6. 허위와 서술 — 129
7. 교습되는 모어에서 새말과 꽥꽥일률로 — 159
후기—침묵과 우리 — 177
간추린 참고문헌 — 189

이반 일리치 연보 — 234
옮긴이의 말 — 238
주요 용어와 고유명사 — 245

일러두기

1. 이 책은 Ivan Illich and Barry Sanders, *ABC: The Alphabetization of the Popular Mind*(London and New York : Marion Boyars, 1988)를 옮긴 것이다.
2. 각주는 모두 옮긴이의 것이다.
3. 원서에서 이탤릭체로 강조한 부분은 본문에서 **굵은 글씨**로 표시했다.
4. 일부 라틴어와 그리스어의 경우 국내 고전학자들의 견해를 존중해 표기했다.
5. 책, 신문, 잡지는 겹낫표(『 』)로, 논문이나 기사는 낫표(「 」)로, 음악·미술·영화 제목 등은 꺾은 괄호(〈 〉)로 표시했다.

머리말

이 책은 우리가 캘리포니아 주 클레어몬트와 멕시코에서 서로의 손님으로 지내는 동안 주고받은 대화 내용을 정리한 것이다. 대화를 나누는 동안 우리의 한결같은 관심사는 중세기 고문서였다. 12세기 말에 기록된 말이 평민의 마음에 미친 영향을 논의하던 우리는 어느새 20세기 말에 대두된 두 가지 문제점 앞에서 이런저런 생각을 하게 됐다. 하나는 기능 문맹• 수준을 벗어나지 못하는 사람이 늘고 있는데 이에 문맹 퇴치 운동이 어떤 영향을 미치는가 하는 것이고, 또다른 하나는 통신이론 때문에 영어라는 언어가 그저 부호로 탈바꿈하면서 우리 동료들의 현실 인식에 어떤 영향을 미치고 있는가 하는 것이다. 800년 전 양피지와 인장, 잉크, 펜이 세계관에 미친 영향을 이해하려 애쓰는 사이에 우리는 하나의 역설을 발견하게 됐다. 즉 문자문화▪는 현대의 통신 못지않게 현대의 교육 때문에도 위협받고 있지만, 그럼에도—강제적인 문자 교육의 부작용이 대부분의 우리 시대 사람들에게 불리하게 작용하고 있는데도 불구하고—여전히 문자문화는 언어가 '정보체제' 안으로 흡수되어 없

• 기능 문맹이란 읽고 쓸 줄 알지만 일상생활과 기본적 업무 활동에 부적합한 수준의 읽고 쓰는 능력을 말한다.

어지지 않도록 막아주는 유일한 보루라는 사실이다.

우리는 어쩌다가 이런 역설에 다다랐는지 그 경로를 되짚어보기로 했다. 우리가 글을 쓴 것은 우리 스스로의 만족을 위해서였고, 서로 메모를 주고받으며 기쁨을 누렸다. 이런 메모가 모여 긴 글이 됐을 때 그동안 고찰한 내용을 발표하자는 쪽으로 의견을 모았다. 우리는 어떠한 결론에 다다른 것도 아니고 뭔가를 권장하려는 의도도 없다. 그저 우리에게 새로운 이해를 안겨준 역사 그 자체를 묘사만 할 뿐이다. 우리는 존재하지 않는 미래는 추측하지 못한다. 적어도 우리 두 사람에게 존재하지 않는 미래에 대해서는 그렇다.

중세기를 연구하는 사람으로서 우리는 두 가지 경로를 따라 걸었다. 하나는 읽기의 궁극적 형태는 "글월▲을 묵상하는 것"이라는 생빅토르의 위그의 발견에서 출발하는 경로이다. 다른 하나는 제프리 초서와 그가 지은 『캔터베리 이야기』에서 너무나 거침없이 말하는 수다쟁이로 등장하는 배스의 아내로부터 마크 트웨인이 쓴 소설의 주인공인 허클베리 핀으로 이르는 경로로, 이들의 말은 묵상이 불

■ literacy. 글을 읽고 쓰는 '문자능력'을 가리키는 데 널리 쓰이며, 이것과 상대되는 개념이 '문맹illiteracy'이다. 그런데 이 책에서는 문자능력을 넘어 문자가 있다는 사실 때문에 생겨나는 모든 현실을 가리키는 말로도 자주 쓰인다. 이렇게 보면 문맹 역시 문자로 인한 현상이기 때문에 여기에 포함된다. 이것을 한글로 옮기자면 가장 적절한 낱말은 '문자성文字性'일 것이다. 그렇지만 이 낱말이 너무 낯설기 때문에 '문자문화'로 옮겼다. 엄밀히 말하면 문자문화는 문자성에 포함되므로 이렇게 옮기면 개념의 폭이 좁아진다. 문자문화 개념의 literacy와 상대되는 개념은 orality이다. 이것은 문자가 생기기 이전의 현실을 가리키는데, 이 또한 '구술성口述性'이 가장 적절한 낱말이겠으나 '구술문화'로 옮겼다. 구술문화 역시 구술성에 포함되는 개념이다.

▲ '글월'은 영어 낱말 text를 옮긴 것이다. text는 문맥에 따라 여러 뜻으로 쓰이지만, 대체로 글에서 글자의 모양이나 크기, 배경 등을 아무리 바꾸어도 변하지 않고 그대로 유지되는 부분을 가리키는 말로 보면 될 것이다.

가능하다.

우리 두 저자는 모두 '글을 아는' 사람, 즉 책의 산물인데, 이것은 단지 책을 쓰거나 해독하는 방법을 알기 때문만은 아니다. 중세기 이래로 존재하게 된 사회에서, 사람은 언제라도 펜을 집어드는 일을 피할 수 있지만, 묘사되고 확인받고 증명되고 취급되는 대상이 되는 일은 피할 수 없다—글월이 그런 것처럼. '자기 자신'이 되기 위해 손을 뻗을 때에도 사람은 글월을 향해 손을 뻗는다.

우리 두 저자는 지금의 이 사회가 언제 어떻게 존재하게 됐는지 이해하려 할 때 역사를 훑어 살펴보는 쪽을 선호한다. 자음, 모음, 낱말 사이의 공백, 문단, 제목 등 알파벳 글의 구성 요소가 되는 온갖 기법은 역사적인 발달 과정을 거쳐 오늘날과 같이 되었다. 생각이나 언어, 거짓말, 기억, 번역, 그리고 특히 자기 등 알파벳을 언급하지 않고는 존재할 수 없는 구성 개념은 이런 글의 기법과 나란히 발달했다.

이런 범주에 역사적인 시작이 있었다면 종말도 있을 수 있다. 문자문화는 역사적인 구성물이라는 점을, 즉 처음에 어떻게 등장했는지 묘사할 수 있는 대상이라는 점을 예민하게 의식하고 있기 때문에, 우리 두 저자는 그것을 보존해야 한다는 깊은 책임감을 느낀다. 문자문화의 **너른 땅**을 굳게 딛고 서면 인식론적으로 우리를 단절시키고 있는 깊은 구렁 두 개를 볼 수 있다. 그중 하나는 우리를 구술문화•의 영역과 단절시키고 있는 구렁이다. 다른 하나의 구렁은 스모그처럼 스멀스멀 다가와 우리를 집어삼키고 있는데, 문자를 정

• '문자문화'와 '구술문화'에 대한 앞 주 참조.

보의 조각과 같다고 봄으로써 읽기와 쓰기를 정보처리라는 차원으로 격하시킨다.

우리는 이와 같은 격하가 임박한 상황에 대해 이 책 끝에 이르러서야 논한다. 이에 대해서는 우베 푀르크젠이 다른 책에서 자세히 고찰하고 있다. 그는 우리가 속한 다섯 명의 동아리 중 한 사람으로, 이 책이 나오기까지 우리를 도와주었다. 우리 두 저자를 뺀 세 사람 역시 별도로 자기 자신의 원고를 탈고하고 있는 중이다. 푀르크젠은 중세학자이자 언어학자로, 라틴어가 유일한 과학 언어라는 지위를 잃었을 때 토박이말이 과학에서 사용된 역사를 연구한 것으로 유명하다. 그는 새로 내놓는 책에서 일상 언어의 '수학화'에 대해 다루고 있는데, 우리는 이를 제7장에서 **아메바 낱말**이라는 이름으로 다룬다. 네번째 친구인 마지드 라흐네마는 국제연합의 고위직을 그만두고, 개발의 주요 목표를 제도적 또는 기술적 수단을 통해 재설계할 게 아니라 개발의 정의 자체를 아예 새로 내려야 한다는 점을 알리는 일을 하고 있다. 우리가 문맹 퇴치 사업의 바탕이 된 여러 가지 범주의 역사에 한정하여 연구하는 사이에, 그는 문맹 퇴치 사업의 달갑지 않은 부작용을 분석하고 있다. 다섯번째 친구는 바르바라 두덴이다. 두덴은 현대적 신체가 사회적으로 어떻게 발생했는가에 대해 연구하고 있다. 그녀는 역사 연구에 비추어, '자기를 소유격으로 묘사'한(또는 우리 둘의 방식대로 말하자면, '소유욕에 빠진 자기 묘사'를 한) 결과, 신체가 글월을 켜켜이 쌓아 만든 케이크처럼 되었음을 보여주고 있다. 한 켜 한 켜의 '글월'은 저마다 다른 전문직이 작성한 것으로, 저마나 나름의 필요가 정의되어 있는데 해당 전문직만이 이 필요를 충족할 수 있다. 신체는 이로써

'글월'의 화신으로 나타난다.

이처럼 도와준 분들이 다루고 있는 주제에 비하면 이 책 끝에 실린 참고문헌은 그 관심 범위가 좁으며, 우리 대화의 출발점인 12세기 민중의 마음이 문자화한 것으로 한정하고 있다.

1
날말과 역사

역사는 '말'이 낱말로 바뀔 경우에만 가능하다. 한 글자 한 글자를 따라가는 이른바 축자逐字 전통에서만 역사학자는 과거를 재구성할 수 있다. 잃어버린 낱말을 다시 찾아낼 수 있는 곳에서만 역사가가 이야기꾼을 대체할 수 있다. 역사학자의 집은 글이라는 섬에 자리잡고 있다. 그는 그 섬의 거주자들에게 과거에 관한 제재를 공급한다. 파악이 가능한 과거는 글과 연관되어 있다.

이 섬의 해변을 벗어나면 기억은 낱말이 되지 않는다. 낱말이 남겨지지 않은 곳에서 역사가는 재구성을 위한 근거를 찾아내지 못한다. 낱말이 없으면 유물은 침묵한다. 좌절감이 들 때가 많지만, 우리는 역사 이전을 읽어낼 방법이 없다는 사실을 받아들인다. 이 구렁을 건널 다리를 놓을 방법은 없다.

역사는 축자적이지 않은 과거에 대해서는 묘사하지 않는 경우에만 엄정한 학문 분야로서 유지될 수 있다. 비판적인 역사학자는 헤로도토스나 호메로스를 읽을 때 그리스어 낱말이 생겨난 그 자체를 관찰하면서 찬탄한다. 낱말은 알파벳의 산물이며 언제나 존재하고 있던 것이 아니기 때문이다. 역사학자가 낱말이 없는 사회를 묘사하려 들면 그는 이내 자연사학자가 되고 아리스토텔레스 같은 인류학자가 되는데, 아리스토텔레스의 **안트로폴로게인**•은 '객쩍은 소리'나 '쓸데없는 이야기'로밖에는 달리 옮길 말이 없다.

헤로도토스는 역사가의 기록이 어디까지 미치는지 알고 있었다. 폴뤼크라테스가 죽은 지 1천 년이 지난 뒤, 그는 사모스의 독재자 폴뤼크라테스에 대해 다음과 같이 썼다. "크노소스의 미노스를 비롯하여 그 이전에도 바다를 지배한 인물이 있었겠지만, 그들을 제외하면 바다 지배에 나선 최초의 인물은 폴뤼크라테스였다. 우리가 인류라 부르는 사람들 중에는 그가 최초였음이 확실하다." 헤로도토스는 미노스의 존재를 부정하지 않았다. 다만 그가 보기에 미노

• anthropologein. '인류학anthropology'의 어원이 되는 그리스어로, 아리스토텔레스가 '잡담'이라는 뜻으로 썼다고 한다.

스는 문자 그대로의 인간이 아니었을 뿐이다. 그는 미궁을 건설한 미노스를 미노타우로스의 양아버지로서 계속 살아가게 했다. 헤로도토스는 신과 신화를 믿기는 했지만 역사적으로 묘사할 수 있는 사건의 세계 밖으로 제외시켰다. 그가 역사적 진실을 질적으로 다른 신화적 진실 옆에 기꺼이 나란히 놓을 수 있었던 것은 그가 역사학에 한계를 두었다는 사실 덕분이다. 나중에 그리스와 로마의 역사학자들은 아테나이의 소년들을 미노스에게 바친 것을 동방의 어느 호색한 권력자의 비위를 맞추기 위한 것이었다고 해석함으로써 신화 속에서 묘사가 가능한 진실의 고갱이를 찾아내어 해독하려 했지만, 헤로도토스는 그것을 자신이 할 일로 보지 않았다. 플라톤과 마찬가지로 그는 신화를 글을 모르는 사람과 어린이, 시인, 할머니들에게 들려주는 이야기로 보는 능력을 지니고 있었다.

플라톤은 역사 이전에는 기예와 지식의 규칙에 따라서가 아니라 신성한 열정과 깊은 감정에서 우러나 펼쳐지는 설화가 있다고 말한다. 이전의 시간에 해당하는 이것은 특별한 진실, 즉 신화이다. 소리를 적기 이전의 이 진짜 구술문화에서는 낱말이 있을 수 없고 따라서 글월도, 전승의 출처라고 제시할 원전原典도, 전해줄 수 있는 제재도 있을 수 없다. 새롭게 재현될 때마다 그것은 어떤 원전의 새판이 되는 것에서 그치지 않는다. 언제나 새로운 노래가 되는 것이다. 생각 자체가 날개를 타고 날아오른다. 말과 분리될 수 없으며, 마치 날아가고 있는 새처럼 한곳에 있다가도 다음 순간에는 그곳에 없다. 이야기꾼은 자기만의 실타래를 자아내면서, 낱말 하나하나를 그대로 되풀이하는 일 없이, 끝없이 이어간다. 어떠한 변형

판도 확고하게 고정될 수가 없다. 이는 선사시대의 마음을 '읽어내는' 일에 관여하는 사람들이 종종 놓치는 부분이다. 문학적으로 읽든, 구조주의적으로 읽든, 심리분석학적으로 읽든 모두 마찬가지다. 그래서 이들은 미노스를 인격체로, 미노타우로스를 꿈으로, 미궁을 상징으로 바꿔놓는다.

이런 선사의 기억은 역사 편찬을 거쳐야 역사학의 원천 자료가 되고 축자 전승이 된다. 역사학자가 그 기억을 적어놓아야만 후세를 위한 원천 자료로 동결된다. 이를 플라비우스 요세푸스는 『유대 전쟁사』에서 이렇게 역설했다. "내 일은 내가 들은 것을 써내려가는 것이지, 그것을 고스란히 믿는 게 아니다. 지금 나의 이 말은 내 작품 전체에 해당된다." 오로지 원전에서만 원천 자료와 역사가 한꺼번에 생겨난다.

원전은 모두 뭔가 들은 것의 기록이다. 어느 천재 필사자가 호메로스를 들었고 그 결과물이 『일리아스』가 됐다. 에라스뮈스의 제자로서 16세기 멕시코에서 프란체스코 수도회 선교사로 활동한 베르나르디노 데 사아군은 아스텍족의 노래 수백 편을 글로 기록했다. 그는 네사왈코요틀 왕이 지었다는 똑같은 주제의 노래 여러 편에 문헌비판 법칙을 적용해보았지만 하나의 원본을 재구성하는 데는 실패했다. 아주 비슷하긴 했지만, 적어놓고 보니, 그 노래 하나하나는 어떤 원본의 변형이 아니라 각각이 원본이었던 것이다. 인류학자는 글로 기록되지 않은 자료를 찾아나서는 사냥꾼이 된다. 그는 녹음기를 손에 들고 흑인, 여성, 농부 등 입술에서 선사시대의 낌새를 풍기는 사람이면 누구에게든 달려든다. 민속학자는 영웅담과 전설을 체로 걸러 구술 정형구의 조각을 찾아낸다. 이렇게 기록된 것의 어느 부분이 원천 자료에 해당하는지 알아내는 도구를 개발하는 일은 역사학자의 몫이다. 다른 글월에 근거하지 않고 말이 최초로 글로 고정된 부분이 바로 원천 자료다. 이런 기록은 구술의 영역으로부터 역사가의 해변으로 밀려온 잔해로, 처음으로 낱말로 구분된 말이자 소절로 엮인 노랫가락이기 때문이다.

말의 흐름을 응결시켜 언어의 뭉치를 수십 년, 아니 수백 년 동안 그대로 전해주기 위한 기법은 글만 있는 게 아니다. 곡조와 운율과 박자가 속담과 결합되면 종종 깨트리기가 불가능한 언어의 뭉치가 생겨난다. 콩고 강에서 그리 멀지 않은 자이르의 정글에 사는 로켈레족 북재비는 자기가 둥둥 두드리는 북소리에 딱 들어맞는 속담을 여전히 알고 있다. 사실 이들이 박자대로 북을 치려면 그 속담을 알고 있어야 한다. 그렇지만 오늘날에는 그 북소리가 뜻하는 바가 무언지, 나아가 거기에 담겨 있던 '내용'이 무언지 기억하는 사람은 아무도 없다.

파나마 해협에서 행해지는 어떤 의식에서는 일련의 노랫소리가 쓰이는데, 이 노랫소리는 가락, 박자, 발음이 3차원의 대위법적 선율을 이루고 있다. 이 대위 선율에는 사실상 어떠한 변화도 스밀 틈이 없으므로, 선사시대의 잊어버린 어떤 말이 소리를 읊는 행위를 통해 미라가 되어 전해진 것이라 할 수 있다. 율법, 맹세, 주문, 축복과 저주, 족보의 구성원, 신이나 영웅이나 장소 이름에 상투적으로 붙는 수식어 등은 이런 방식을 거쳐 변질되지 않고 원형 그대로 유지되는 경우가 매우 많다. 말은 또 사물과 묶일 수도 있다. 마오리족 연사가 손에 들고서 거기에 대고 엄숙하게 연설하는 부절符節, 잉카의 파발꾼이 소식을 묵주처럼 풀어낼 때 이용하는 '키푸'라는 매듭다발, 벽에 그려진 일련의 그림 등은 말하는 사람이 그 뜻을 모르면서도 소리를 원래 그대로 재현하는 데 도움을 줄 수 있다. 문자 이전 인도의 카스트제도는 브라만이 『베다』를 원래 그대로 보존할 수 있게 해주는 사회적 기억장치로 이해할 수 있다. 희생 예식에서 예전禮典에 따라 중얼거리며 하는 몸짓은 언어를 몸의 동작에 갖다 붙인다. 구술문화에서는 이런 갖가지 기법을 통해 말이 뭉치로 동결되어 이어져 내려갈 수 있다.

그러나 알파벳을 무엇보다도 이런 기억장치보다 무한히 향상된 것으로 본다면 커다란 실수가 될 것이다. 알파벳만이 '언어'와 '낱말'을 창조할 능력을 지닌다. 낱말은 글로 적히기 전까지는 드러나지 않기 때문이다. 선사시대 시인의 노래도 사제의 주문도 지배자의 구술도 낱말의 연속이 아니다. 낱말이 지니는 어마어마하면서도 덧없는 힘은 무어라 표현할 길이 없으며, 낱말을 발설한 사람들은 뛰어난 말솜씨에도 불구하고 자신의 말을 낱말이 구슬처럼 꿰인 한 가닥의 실로 볼 수 없었다. 우리는 낱말•을 하나 또는 그 이상의 소리마디로 이루어진 언어의 기본단위로 파악하여 사전을 가지고 그 의미 영역을 구획하고 있지만, 선사시대에는 이에 대해 알지 못했다. 선사시대에 인식한 단위에는 **귀로 들리는** 윤곽만 있을 뿐이다. 공백과 공백 사이에서 말의 특징을 이루는 연속적인 소리는 낱말이 아니라 음절, 구절, 어절이다. 원래의 **말씀**word 또는 로고스Logos는 말의 바로 이런 단위에만 연관된다. 우리가 언질을 '준

• '낱말'은 영어로 word인데, 크게 보아 문법적 관점의 '낱말,' 그리고 행동과 구분되는 '말'이라는 뜻을 지닌다. 이 글의 원문에서는 모두 word로 표현하고 있지만, 한글로 옮기면서 '낱말'과 '말/말씀'으로 구분했다.

다'거나 자신이 한 말을 '취소한다'거나 누군가와 '말을 나눈다'거나 할 때 이 의미를 되살리기는 하지만, 오늘날 이 의미는 부차적이 됐다. 우리에게 **낱말**의 '진짜' 의미는 **문법적 구성단위**이며, 우리의 펜이 종이에 닿는 때부터 종이에서 떨어지는 때까지 그 사이에 있는 것이다. 플라톤이 말하는 학살자, 미개인, 어린이는 여전히 로고스 이전의, 다시 말해 "낱말이 없는" 사회에서 살아가고 있다.

낱말이 없는 저 세계에서 '언어'가 쓰일 수 있다고 가정하면 역사학자는 선사시대를 잘못 읽게 된다. 저 구술시대에는 제대로 움켜쥐기도 전에 번번이 빠져나가버리는 날개 돋친 낱말과 구분되는 '내용'이란 것이 없고, 교사에게 맡겨 학생들이 습득하게 할 생각을 품을 수 있는 '제재'란 것도 없다. (따라서 '교육'도 '학습'도 '학교'도 없다.) 이질적인 두 가지 말의 시대를 갈라놓은 구렁 저 건너편에서 들리는 것을 가장 먼저 이쪽으로 실어나르는 게 소리를 적은 글이기 때문이다. 알파벳을 적는 사람은 끊임없이 스쳐지나가는 찰나에 들리는 말을 실어날라, 자신이 들은 것을 언어라는 영구한 공간에 정착시킨다. 오로지 이런 행위를 통해서만 지식이 태어날 수 있다. 말로부터 분리된 지식 말이다.

문자인으로서 우리는 말을 언어의 활용이라 생각한다. 그리고 이 언어는 말이 그 생명을 이어간 것으로 생각한다. 꼭 종이 위가 아니라 우리 안에라도 흔적을 남긴 것으로 보는 것이다. 알파벳을 빌려와 소리를 기록한다는 개념이 생겨나기 이전에는 말이 그런 발자취를 남길 수 있다고는 상상할 수 없었다. (천사일 수도 하느님일 수도 있는) 듣는 쪽이 없이 말하는 것은 미친 짓이라고 생각할 수밖에 없었는데, 말은 관심을 요구하기 때문이다. 이렇게 알파벳을 가져와 소리를 기록하기 이전에는 듣는 쪽을 기록자로 생각할 수 없었다. 고개를 끄덕이면 상대방이 알아들었다는 뜻이지, 말의 내용을 기록하고 정보를 받아들였다는 뜻이 아니었다.

말이 언어와 얼마나 다른가는 언어가 늘 중성적인 데 반해, 말은 늘 성별을 지닌다는 데서 또렷이 드러난다. 말하는 사람은 말 한마디를 할 때마다 자기 자신과 자기의 성별을 드러낸다. 듣는 쪽에게 말하는 쪽의 성별이 드러나는 것은 말의 종합적 속성 때문이지, '나'라는 대명사의 문법적 성별 때문이 아니다. (예멘의 하드라마우트에 있는 오아시스를 제외하면, 인칭대명사에 문법적 성별이 있는 곳은 그 어디에도 없을 것이다.) 문화 내에서 여성적인 말과 남성적인 말은 관례에 의한 것이지, 성대의 생물학적 특성 때문이 아니다. 남자와 여자가 말하는 방식은 많은 면에서 서로 대비된다. 언어학자, 인류학자, 사회학자는 이런 대비를 약 스물네 가지 범주로 구별하여 설명한다. 한 문화의 방식이 다른 문화와 똑같은 곳은 없다. 말에서 성별의 대비는 음소의 대비만큼이나 근본적이지만 거의 주목받지 못했다. 기껏해야 최근에야 언어학자들이 이른바 언어의 '사용'에서 여성을 차별하는 현상을 고찰한 바가 있을 뿐이지, 사실 언어에는 성별이 없다.

이런 성별의 대비는 말을 할 때는 나타나지만 종이 위에 언어로 응결되면 사라진다. 말이라는 순수한 시간의 차원으로부터 글이라는 영구한 공간의 차원으로 뛰어들 때 살아남지 못하는 것이다. 다시 헤로도토스로 돌아가보자. 역사학자가 할 일은 글로써 존재하게 된 "우리가 인류라 부르는 사람들"로부터, 같은 언어를 말하기 시작한 때의 남녀들로부터 출발한다. (우리 두 저자는 바벨탑 이야기가 바로 이것을 말하고 있는 게 아닐까 하는 생각이 들기도 했다.)

만일 알파벳 표기 덕분에 인류가 존재하게 됐다고 말할 수 있다면, 소리글자의 역사와 현상학을 연구하면 드러나듯 그것은 오로지 이런 종류의 표기가 독특하기 때문이다. 과정이 단계적이었기는 해도 완성된 순수 소리글자는 단 한 번 등장했었는데, 이 글자는 트럼펫 사이에 확성기가 놓인 것만큼이나 문자체계 중에서도 유별난 것이었다. 알파벳은 소리만 기록하고, 오로지 소리를 통해서만 의미를 부여한다. 알파벳은 상형문자나 표의문자 그리고 무엇보다 셈어 문자 같은 대다수 문자가 만들어진 목적과는 정반대의 일을 한다.

상형문자나 표의문자를 이용하는 문자체계에서는 읽을 때 말을 해야 한다. 표의문자 자체는 소리가 없기 때문이다. '1×1'은 '일일'이나 '일 곱하기 일,' 심지어 '곱셈표'라고도 읽는다. 그러나 마찬가지로 '예단 푸트 예단'• 으로도 읽을 수 있다. 기록된 이 모든 글자에서 읽는 사람은 이전에 했던 말의 기억을 되살려 말로 된 표현을 찾아내야 한다. 예컨대 마야 상형문자는 읽을 때 기억을 되살려 소리 내어 읽을 수 있도록 실마리를 제공한다. 이처럼 단순한 그림글자 이상의 역할을 하는 경계표를 통해 왕래가 잦은 길을 따라 나아갈 수 있도록 읽는 사람을 도와주는 것이다. 표의문자 역시 원래는 소리를 내어 읽도록 되어 있다. 하나하나의 요소가 줄지어 엮여있는 것을 보고 하나하나 이름을 불러주는 방식인데, 읽는 사람이 문자 내용에 익숙하리라는 전제가 깔려 있다. 따라서 읽는다는 것은

• 세르보크로아트어로 '일 곱하기 일'이라는 뜻이다.

거기에 묘사된 익숙한 내용을 어느 정도 정확한 규칙에 따라 다시 들려준다는 뜻이다. 서기전 3천 년에 이집트 상형문자나 메소포타미아 표의문자가 표어문자로 바뀌면서 개개의 문자를 오로지 하나의 낱말로만 읽어야 하게 됐는데, 이때조차 낱말에 어떤 소리가 난다는 표시가 전혀 없었다. 이것을 귀에 들리게 하려면 읽는 사람이 어미나 어형 변화를 붙여야 한다.

서기전 2천 년 초기에 중동 지역 여기저기에서 말을 글과 좀더 긴밀하게 묶으려는 시도가 드문드문 있었다. 표어문자가 된 특정 그림글자나 표의문자를 음절 표시로 이용할 수 있다는 약속이 생겨났다. 이런 낱말이 어떤 뜻을 지니고 있든, 읽을 때에는 의미를 배제하고 오로지 글월 속의 소리로만 읽었다. 이런 낱말을 음절 표시로서 사물 표시에 나란히 붙여놓아 해독하기 더 쉽게 했다. 글 읽기는 어느 정도 그림수수께끼를 푸는 것과 비슷해졌다. 그렇지만 이런 관습이 진정한 음절문자표로 진화한 곳은 어디에도 없었다. 인도의 음절 알파벳은 그리스어보다 상당히 더 후대에 생겨났다. 그것은 그리스에서 발명된 것을 바탕으로 생겨난 훌륭한 음성 표기체계라고 할 수 있다.

그런데 서기전 1400년 무렵, 갑자기 이집트 상형문자와 메소포타미아 설형문자가 사용되는 지역 사이의 경계에서 완전히 새로운 종류의 글자가 등장했다. 북부 셈족의 이 알파벳은 오로지 소리만 표시하는 기호체계로, 하나의 소리에 하나의 기호만 부여된 최초의 알파벳이었다. 일부 고고학자는 이 알파벳은 한 사람이 발명했을 것으로 추측하는데, 처음 등장한 그 순간부터 필기에서 요구하는 두 가지 조건 모두를 너무나 완벽하게 충족하기 때문이다. 그것은 들리는 온갖 소리—남자, 여자, 어린이, 노망난 늙은이, 가수, 넝마주이 등 모두 소리가 달라서 언어마다 거의 무한히 다양하게 나는 소리—를 한정된 가짓수로 줄여 그 하나하나에 꼬리표를 붙이는 일이다.

하지만 소리만 나타내는 문자인 이 비블로스 알파벳●에는 모음을 나타내는 문자가 없다. 숨을 막힘없이 내쉬면서 내는 소리의 특성은 표시되지 않고, 숨을 내쉴 때 거칠게 또는 부드럽게 가로막으며 내는 자음만 있는 것이다. 이 문자로 쓴 글은 아직은 말을 그대로 비춰주는 거울이 아니라, 언어의 뼈를 묻는 묘지에 가깝다. 순수한 음성 표기인 만큼 이전의 모든 글과는 철저하게 다르지만, 그럼에도 불구하고 특별한 종류의 분석 훈련을 받은 사람만 읽을 수 있다. 공백 없이 나열된 자음 속에서 두 개에서 다섯 개의 자음으로 이루어진 '어근,' 즉 낱말의 뿌리를 알아보는 능력을 갖춘 사람만이 이 뿌리에 숨을 불어넣어 살려낼 수 있다. 이 뿌리는 그것이 놓여 있는 맥락 속에서 수행해야 하는 의미론적 기능에 맞춰 소리로 되살려낼 때에만 낱말로 자라난다.

구약성서의 예언자 에제키엘■은 환상을 보고 이 과정을 이렇게 묘사한다. "야훼께서 손으로 나를 잡으시자…… 들 한가운데 이끌려 나가보니…… 그 들바닥에는 뼈들이 굉장히 많았는데 그것들은 모두 말라 있었다…… 분부하신 대로 말씀을…… 전하는 동안 뼈들이 움직이며 서로 붙는 소리가 났다…… 그러나 아직 숨쉬는 기

● 페니키아의 고대 도시였던 비블로스(오늘날 레바논의 주바일)에서 발견된 유물에 새겨진 문자체계. 아직 해독되지 않았다.

■ 공동번역성서를 따랐다. 그 외 한글판 성서에는 '에스겔'로 돼 있다.

척은 없었다…… '주 야훼가 말한다. 숨아, 사방에서 불어와서 이 죽은 자들을 스쳐[직역: 너의 영(**네페쉬**)을 이들에게 주어] 살아나게 하여라.' ……그러자 모두들 살아나 제 발로 일어서서 굉장히 큰 무리를 이루었다."(에제키엘 37장 1~10절) 놀랍게도 이 가나안의 유목민 부족들은 이 발명품이 자신의 것이라고 감히 주장한다. 출애굽기가 전하는 바에 따르면, 이스라엘은 표음문자를 발명함으로써 '이집트'를 지성적으로 또 감정적으로 이겨냈다. 그들의 무덤 속에 있던 미라들이 낱말의 뿌리에 밀려났다. 상형문자를 해독함으로써 사후에도 생명이 이어진다고 약속할 수 있는 사람이 이제는 사제로만 한정되지 않는다. 셈어 문자가 발명되면서 오시리스의 삶과 죽음에 대한 새로운 관계가 가능해진다.

소리는 덧없이 사라지는 세계에 속해 있었지만, 이제부터는 문자를 글로 적음으로써 소리를 그곳으로부터 구출해낸다. 살아 있는 말은 필경사에 의해 해체된다. 필경사는 구술해주는 말을 듣고, 그 말을 음미하여, 귀에는 들리지 않는 그 뿌리를 고찰한 다음, 그 뿌리가 되는 (대개) 세 개의 자음을 판별하여 점토판에 새겨넣는다. 그가 땅에 묻은 문자는 어떤 뿌리를 발성으로 기록했는지 알려주며, 또 이렇게 묻혀 있는 문자를 언제든 알파벳으로써 읽어 부활시킬 수 있음을 알려준다.

그리스의 상인은 소아시아 연안의 시리아 무역업자에게서 셈어 자음을 배웠다. 이들은 문자의 순서를 뒤섞지 않고 그대로 두었고, 모양도 알아볼 수 있게 유지했으며, 각 글자의 명칭도 바꾸지 않았다. 그러나 글자의 용도는 변질시켰다. 셈족에게는 **베스**beth가 '집'이란 뜻이어서 의미가 연관돼 있었지만, 그리스인에게 베스는 특정 소리를 나타내는 글자의 명칭에 지나지 않았다. 셈어 문자 중 네 개는 그리스인에게 불필요했는데, 미개한 잡소리로 들릴 뿐이었기 때문이다. 서기전 8세기의 그리스인은 불필요한 문자 네 개를 이용하여 모음을 나타냈다. 이제 자음이 모음 사이에 놓였고 낱말이 그대로 지면 위에 놓였다. 읽는 사람이 뼈다귀를 살펴보고 그것을 눈으로 올바르게 짜맞춘 뒤, 숨을 불어넣어 살을 입힐 필요가 없었다. 지면이 소리의 기록이 된 것이다.

이제 소리글자는 지금까지 자음만으로 하던 일의 정반대를 할 수 있었다. 자음은 필경사가 말의 흐름에서 뽑아낸 의미 단위를 기록하는 데 이용된 반면, 그리스인은 말의 흐름 자체를 지면에 고정시켰다. 그전까지는 문자를 해석하는 행위를 통해 두루마리의 내용을 소리로 냈다. 그러나 알파벳 표기는 지면에 소리를 고정한 것이기에 읽는 사람은 알파벳에 따라 과거의 소리를 그대로 현재로 가져오면서 그 소리를 듣고 해석했다. 유대인은 귀에는 들리지 않는 뿌리를 눈으로 찾아 자신의 숨으로 살을 입힌다. 그리스인은 지면으로부터 소리를 가져와, 문자로 기록된 대로 자신이 내는 소리 속에서 보이지 않는 관념을 찾는다.

문자능력이 생겨나면서 그리스에서 어떤 탈바꿈이 일어났는지는 시뷜라의 등장에서 상징적으로 잘 나타나 있다. 시뷜라는 언니인 퓌티아를 대신하여 앞날을 예언하는 무녀의 모범이 되는데,• 이에 관한 이야기는 헤라클레이토스가 들려주고 있다. 헤라클레이토스는 피타고라스학파에 속하는 사람으로, 크라튈로스가 그의 가르침

• 시뷜라와 퓌티아는 아폴론의 신탁을 받는 델포이의 예언가들이다.

을 플라톤에게 전해주었으므로 플라톤이 그의 제자였다고 주장할 수 있다. 헤라클레이토스는 최초로 자음과 모음을 구분한 사람이다. (그리고 자음을 무성음 **아프통가**와 유성음 **아포나**로 구분했다.) 플루타르코스가 전하는 헤라클레이토스의 글에는 시빌라가 처음으로 등장하는 대목이 있다. 시빌라는 시간이라는 맥락 속에 들어 있는 말을 시간 바깥으로 끄집어내어 알파벳의 형상을 부여함으로써 예언을 하나의 문학 장르로 바꿔놓는다. "열광에 빠진 상태에서 시빌라는 신의 계시가 고스란히 천 년 동안 울려퍼지게 만든다. 기쁨도 냄새도 꾸밈도 없이……" 그렇게 미래를 적어낸다. 시빌라는 처음 한동안은 잎사귀에 신탁을 적다가 나중에는 돌판에 새겨놓는다. 그녀는 신탁을 적은 돌판을 로마 남쪽 캄파냐 지방(로마인에게 알파벳을 전해준 에트루리아의 도시들)을 다스리는 왕 타르퀴니우스에게 가져간다. 이제 더이상 델포이의 퓌티아가 음산한 목소리로 중얼거리는 신탁을 알아듣기 위해 애써 귀기울일 필요가 없었다. 절박한 미래를 이제는 읽을 수 있게 되었기 때문이다.

2
기억

하늘이 아직 땅을 끌어안고 있던 시절, 우라노스가 엉덩이 풍만한 가이아와 누워 있을 때, 올림포스의 신들보다 영겁도 더 전에 티탄들이 태어났고 그들과 함께 기억, 즉 므네모시네가 태어났다. 「헤르메스에게 바치는 찬가」에서는 므네모시네를 무사들의 어머니라 부른다. 여신들 중 가장 먼저 태어났으며, 수금을 든 아폴론보다도 앞선다. 헤시오도스는 그녀를 태초의 여신이라 말하며 제우스 곁에서 침상에 몸을 누인 채 머리칼을 하늘하늘 늘어뜨린 것으로 묘사한다. 그녀는 아홉 딸을 낳는데 이들이 곧 무사들이다. '수줍음 많고' '무서움 많은' 님프 마이아의 아들 헤르메스를 양자로 삼는 것도 그녀다. 이로써 헤르메스는 두 어머니의 아들이 된다. 므네모시네는 헤르메스에게 두 가지 진귀한 선물을 주는데, 그것은 수금과 '영혼'이다. 헤르메스가 무사의 노래에 맞춰 연주하면 그 소리를 듣고 시인과 신들은 므네모시네의 기억의 샘으로 이끌려온다. 그 맑은 물에는 삶의 잔해들이 떠 있다. 레테 강이 세상을 떠난 자들의 발에서 씻어낸 것들이다. 죽은 자는 이렇게 기억이 씻겨나가고 그냥 그림자로 변한다. 신들의 축복을 받은 자는 므네모시네에게 다가가, 현재에 있고 과거에 있었으며 미래에 있게 될 것에 대해 무사들이 다

채로운 목소리로 불러주는 노래를 들을 수 있다. 그리고 므네모시네의 가호 아래 그 물을 마심으로써 므네모시네의 가슴속에 가라앉은 찌꺼기들을 건져올릴 수 있다. 그 샘에 들렀다가 돌아오면, 그렇게 꿈이나 환상에서 돌아오면 그 사람은 거기서 건져낸 것에 대해 이야기를 들려준다. 필론이 말하길 시인은 그림자를 대신함으로써 죽은 자가 잊어버린 행적을 회상해낸다고 한다. 이런 식으로 산 자의 세계는 끊임없이 죽은 자의 세계와 접촉한다.

현대의 **기억**memory은 **므네모시네**에서 유래한 말이 아니라 훨씬 더 후대의 라틴어 낱말 **메모리아**memoria에서 왔다. 낱말이나 글월과 마찬가지로 기억 또한 알파벳의 산물이다. 말의 흐름을 표음문자로 고정할 수 있게 된 뒤에야 지식—즉 정보—을 마치 창고에 보관하는 것처럼 사람의 마음속에 보관할 수 있다는 관념이 생겨났다. 오늘날 우리는 이 관념을 너무나 철저히 당연하게 받아들이기 때문에, 회상을 창고에 들어가 물건을 꺼내는 일 또는 장부를 들여다보고 어떤 항목을 확인하는 일과 같이 생각하지 않았던 시대를 재구성하기란 어렵다. 서기전 4세기 때부터 사람들은 기억을 '열고 뒤지고 활용할 수 있는 저장고'로 이해했다. 철학자는 이 저장고가 어디 있는지를 놓고 논쟁을 벌였다. 심장에, 뇌에, 공동체에, 또는 어쩌면 하느님 안에 있다고들 했지만, 이런 모든 논의에서 기억은 하나의 궤나 밀랍판 또는 책의 형태를 유지했다.

이 관념을 뒤집었다는 점에서 밀먼 패리는 거의 아인슈타인에 가깝다. 그렇지만 패리의 업적이 띠는 의미가 이해될 때까지는 시간이 훨씬 더 오래 걸렸는데, 인문학자는 일반적으로 물리학자보다 훨씬 더 보수적이기 때문이다. 하버드의 젊은 고전학자 밀먼 패리와 그의 조수 앨버트 로드가 1930년대에 한 연구 덕분에 지금은 순수한 구술 전승에서는 회상과 행동 사이에 구분이 없다는 것이 명백해졌다. 중세의 시인은 시를 짓기 위해 기억의 저장고를 뒤적이지만 알파벳 이전 시대의 구송시인은 그러지 않는다. 그보다는 정형구와 형용구가 들어 있는 주머니에 손을 넣은 채 수금의 박자를 타고 이야기의 실을 자아낸다.

패리는 1928년 소르본 대학에 제출한 논문에서 『일리아스』는 구술 암송을 통해서만, 또 육보격•의 박자로 읊음으로써만 존재할 수 있었다고 주장했다. 패리의 가설에 따르면 사회의 지속성이 유지되는 데는 질적으로 서로 다른 두 가지 과정이 있다. 하나는 원래 그대로 자자구구 반복되는 법이 없는 선사의 서사적 이야기 흐름이고, 다른 하나는 낱말이라는 반석 위에 세워진 역사이다. 순수한 구술 전승에서 노래와 서사와 속담은 삶으로부터 유리된 상태로 떠돌지 않는다. 구술 전승의 삶은 서사의 회상에 흠뻑 젖은 복잡 미묘한 세포조직이다. 이 회상의 물줄기가 설화로서 가시적 형태를 띨 가능성이 조금이라도 생기면 이 물줄기는 응고하여 하나의 권위로, 기준점으로, 사회로부터 유리된 규칙으로, 살아 있는 지혜의 배설물로서 필경사라 불리는 새로운 종류의 현자가 만들어낼 수 있는 대상물로 변한다.

역사와 선사가 이처럼 인식론적으로 서로 다른 성질을 지니고 있

• hexameter. 그리스에서 가장 오래된 시 형식으로, 한 행이 여섯 개의 보격步格(소리걸음)으로 이루어져 있다. 긴 음절 둘(장—장—) 또는 긴 음절 하나와 짧은 음절 둘(장—단단)이 모여 하나의 보격을 이룬다. 육보격에서 첫 네 개의 보격은 둘 중 어느 것이든 올 수 있으나, 다섯번째는 거의 언제나 장—단단이고 마지막은 반드시 장—장—이다. "육—보격 / 노—래에 / 세—상을 / 담—아— / 읊—어나 / 보—세—"와 같은 식이다.

다는 사실이 받아들여지기까지는 시간이 걸렸다. 이것은 인간의 경험은 여러 가지 범주를 가지고 **간략하게** 묘사할 수 있다는 과학의 전제에 반한다. 패리의 가설이 설득력을 띠는 것은 오로지 글월이 있을 때 그것이 문자 이전의 전승을 직접 그대로 받아적은 것일까 하는 질문에 엄격한 규칙을 적용하여 답하는 것이 가능해졌기 때문이다.

패리가 창시한 이 새로운 연구 분야 덕분에 하나의 글월이 엄밀한 의미에서 선사의 것인지—즉 문자 이전의 즉흥 암송을 있는 그대로 기록한 것인지, 아니면 언어나 기억을 이용하여 글월을 작성하는 사람이 하는 말을 적은 것인지를 확실히 구별하는 것이 가능해졌다. 지난 오십 년 동안 패리의 제자들은 음성학에 따른 언어학을 문학작품 비평과 구술 전승 연구에 적용했다. 이들은 몇몇 주요 그리스어 글월의 언어학적 특성을 자세히 연구할 때, 오늘날까지 전해지는 구술 전승 요소들을 활용하면 부족한 부분이 보완되는 경우가 많다는 것을 알게 되었다. 그 밖의 언어로 된 서사 연구에서도 마찬가지였다. 이들은 구술 시와 모든 종류의 문자 저작물을 서로 구별할 수 있는 여러 가지 기준을 개발하고 시험하여 다듬었는데, 인상적이리만치 일관된 결과를 얻었다. 이들이 개발한 기준은 정보를 적은 **글**이나 원본, 사본이 등장하기 이전, 우리로서는 알기 어려운 문자 이전의 회상이라는 활동을 되살려내는—우리가 아는 한—최상의 방식이다.

『일리아스』에 관한 패리의 논문에서 시작해보자. 『일리아스』는 자기의식이 있는 문자능력의 산물일 수 없는 일정한 표현 양식 내에서만 움직이는 뛰어난 자기제한을 보여준다. 에릭 해블록이 "같음 속의 변화"라 부르는 것에 근접한 시인은 아무도 없다. 다음과 같은 다섯 가지 형태의 자기제한을 동시에 다 보여주는 글월만이 진정으로 즉흥 구술을 그 자리에서 직접 기록한 것으로 볼 수 있다. 첫째, 그리스 서사시에서 육보격은 표준 낱말군으로 구성된다. 둘째, 이런 낱말군은 구술을 읊는 동안 서로 이끌린다. 순전히 통계학적으로 말해, 한 서사시의 같은 부분에서 같은 관용표현을 찾아낼 가능성이 갈수록 높아진다. 셋째, 한 행의 시구는 대개 하나의 구문 단위와 일치한다. 마침표나 쉼표로 끝날 수 있는 시구가 많은데, 적어도 의미가 그곳에서 끝나기 때문이다. 넷째, 음소 수준에서 복잡하긴 하지만 통일된 양식이 나타난다. 양식을 벗어나는 소리의 조합은 필연적으로 즉흥 구술이 아니라 글로 된 작문을 가리킨다. 끝으로, 양적으로 검증되는 이런 자기제한은 나아가 이야기 전체의 양식과도 연관된다. 예컨대 즉흥 구술에서 영웅의 귀환 부분을 들려줄 때, 같은 문화 안에서는 모두 똑같은 정형구를 사용하여 들려준다.

패리에 따르면, 호메로스 서사시의 기원을 둘러싼 문제가 그토록 오랫동안 풀리지 않았던 것은 관점을 잘못 잡았기 때문이다. 심지어 오늘날까지도 호메로스에 관한 연구는 저자가 누구인가 하는 쪽으로 가닥을 잡고 있다. 2만 7,000개의 육보격을 낳은 사람은 누구일까? 사람들이 외우고 있는 노래를 수집하여 편찬한 사람일까? 남자일까 여자일까? 아니면 노래를 직접 지은 신과 같은 시인일까? 직접 받아적었을까, 아니면 다른 사람을 시켰을까? 그것도 아니면, 다른 사람들이 그에게서 노래를 배워서 외워두었다가 훨씬 나중에, 알파벳이 발명된 뒤에 마치 그리스판 사미즈다트•처럼 기록되게 한 것일까?

패리가 볼 때 두 가지 가설, 즉 편찬자라는 가설과 시인이라는 가설 모두 성립되지 않는다. 선사시대에는 외우는 것도 작문도 가능하지 않았다. 글이 있기 이전에는 영화 대본이나 희곡의 한 역할처럼 속으로 외워두었다가 나중에 재현할 수 있는 글월이라는 것이 없었다. 글월이 있기 이전에는 암송이 있을 수 없었다. 플라톤 시대에 이미 호메로스의 서사시를 외우고 있는 사람들이 있었다. 『이온』에서 플라톤은 그것을 외우고 있는 사람과 소크라테스가 나누는 대화를 묘사한다. 크세노폰도 호메로스의 작품을 모두 외우고 있어 사람들의 찬사를 받는 어느 음송시인에 대해 말한다. 그러나 그렇게 찬사를 보낸다는 그 사실이 이미 구술시대를 지나 고전시대가 됐음을 나타내며, 그 시인의 기억 활동을 비범한 위업으로 보았다는 증거가 된다. 구술 사회에서는 서사를 읊는 시인이 뛰어난 회상 능력으로 찬사를 받는다는 이야기가 없다. 그들은 불세출의 천재도 초인적인 기억술의 대가도 아니었다.

게다가 호메로스는 글을 아는 사람도 아니었다. 그것은 그저 당시에 문자가 없었기 때문이었다. 『일리아스』의 시구는 낱말의 연속이 아니다. 『일리아스』를 읊은 사람들은 수금의 박자에 맞추어 노래했다. 2만 7,000개의 육보격 안에서 우리는 둘 이상의 낱말로 이루어진 정형구가 2만 9,000번 반복되는 것을 발견할 수 있다. 호메로스는 선사시대의 음송시인으로서 노래했다. '음송시인'이라는 뜻의 그리스어 **랍소데인**은 꿰어 이어붙인다는 뜻으로, 마찬가지로 꿰

● 러시아어로 불법 출판물을 가리킨다. 소비에트연방 시절의 지하 출판 활동과 지하 출판물에서 유래한 말이다.

어 이어붙인다(한데 묶는다)는 뜻인 산스크리트어 **수트라**와 언어학적인 연관이 있다. 호메로스의 기예는 일련의 상투어와 정형구를 꿰어 이어붙이는 것이었다.

우리는 말(그리고 말할 때 쓰는 언어)과 생각(그리고 그 생각에 옷을 입히는 언어)을 구별하는 데 너무나 익숙해져 있는 나머지 이제는 즉흥적으로 노래를 지어 읊을 능력이 없다. 그 옛날의 음유시인에게는 이런 어려움이 있을 수 없었다. 그는 노래를 짓는 동시에 그것을 읊었다. 음유시인은 시어 속에서 상투어를 하나 고르면 그것을 육보격에 맞는 그다음의 상투어로 쉽게 이어가는데, 그리스어로 말하는 박자를 놓치지 않으면서 동사를 다루는 것만큼이나 간단하다. 한정된 수의 낱말군 가운데 꼭 맞는 음조의 것을 고르는 일은 간단하다. 자기 시대의 시어 속에 있는 방대한, 그러나 결국에는 한정된 관용표현 중 발음에서도 구문에서도 꼭 맞는 관용표현을 택하기만 하면 된다.

시어를 고를 때 음송시인은 자신이 고른 그 형용구의 의미 자체에 대해서는 그다지 신경을 쓰지 않았다. 따라서 이런 서사시를 고전시대의 미적 기준으로 판단한다면 잘못이다. 베르길리우스와는 달리 호메로스에게는 낱말이 없었을 뿐 아니라 언어도 없었다. 『일리아스』를 노래하는 가수는 육보격 장단에 실어가면서 기막히게 정확한 뉘앙스의 그리스어 동사형을 찾아 활용할 수 있었고 자신이 가지고 있는 방대한 양의 '날개 달린 낱말' 속에서 골라 쓸 수 있었다. 이 공연이 끝나는 결과 남는 대상물은 없다. 호메로스의 기예는 엄격히 제한된 수단 이내에서 거침없이 즉흥적으로 노래를 짓는 것이었다. 고전주의 예술에서는 시적 창작에 자유를 부여한다.

이때의 창작은 주어진 글월을 신중히 개작하는 것이다. 즉 더 나은 모방을 바탕으로 하고 있다는 뜻으로, 아리스토텔레스는 이런 모방에 찬사를 보낸 바 있다. 베르길리우스에게 『아이네이스』는 예술작품이었다. 『아이네이스』는 그가 여기저기 낱말을 하나씩 바꿈으로써 계속해서 더 좋게 고쳐나간, 그러다가 임종의 순간에 좌절감에 빠져 태워버리려 했던 하나의 대상물이었다. 『아이네이스』는 바꿔 쓰는 것을 허용한다. 이와는 달리 호메로스는 부를 수 있을 뿐, 낱말과 뜻을 서로 억지로 떼어낼 수는 없다.

패리의 이론은 살아 있는 전통 음송시인의 노래를 그가 직접 관찰할 수 있기 전까지는 단순한 추측에 지나지 않았다. 1930년대에 그는 제자 앨버트 로드와 함께 세르비아로 건너가, 그때까지도 발칸반도 지역의 서사시 전승에 뿌리를 두고 있던 민요 가수 여러 사람과 친분을 쌓았다. 이들은 터키의 카페나 시골 혼인식에서 밤새도록 노래를 부르고 **구슬라** 반주에 맞추어 이야기를 들려주었다. 패리는 제이차세계대전 이전의 복잡한 장치를 이용하여 이들의 서사시를 금속 원반에 녹음했다. 자신의 이론이 맞는지 관찰하여 확인하기 위해서였다.

어떤 **구슬라르**도 같은 서사시를 낱말 하나하나 그대로 되풀이하지 않았다. 패리가 예상한 대로 공연은 하나하나가 옛 이야기에 새로운 옷을 입힌 것이었다. 로드는 패리가 죽은 뒤에도 오랫동안 연구를 계속했다. 그는 젊은이가 구슬라르가 되는 과정을 관찰할 수 있었다. 젊은이는 먼저 스승이 노래하는 것을 여러 해 동안 들었다. 그는 가축을 돌보는 동안 상투적인 관용표현의 용법을 연습하면서 차근차근 시어에 익숙해졌다. 자신감이 붙으면서 구슬라 반주에 따라 그런 정해진 표현을 점점 더 잘 쓸 수 있었다. 그러나 원숙한 경지에 다다른 숙련된 음유시인이라 해도 장단이 잘 맞는 관용표현 조각들을 전부 활용할 수 있는 사람은 소수에 지나지 않았다. 활용할 수 있는 관용표현이 많을수록 또 정통할수록 자신이 듣는 노래의 내용을 더 명확히 이해할 수 있었다. 이 능력을 완전히 터득하고 나면 모르는 노래라 해도 하룻밤만 들으면 한 주 뒤 그 노래를 직접 재현해낼 수 있었다. 들은 그날 재현할 수 있는 사람은 아무도 없었다. 구슬라르 사이에서는 이야기는 음유시인 안에서 숙성될 시간이 필요하다는 말이 있다. 적어도 하루 낮 하루 밤은 걸린다.

패리의 이론 덕분에 우리는 『일리아스』처럼 구조가 복잡한 시마저 단숨에 불렀다는 것을 이해하게 됐다. 메모도, 계획표도, 초안도 사용하지 않았다. 로드가 세르비아에서 관찰한 바에 따르면, 한 사람의 음유시인이 관용표현을 이용하여 수만 행의 시를 짜맞춰 단번에 불러내는 것도 전적으로 가능하다. 로드는 이런 작품이 어떻게 기록됐는가 하는 수수께끼도 풀렸다고 했다. 세르비아에서 그는 녹음기 없이 긴 서사시의 정확한 기록물을 얻고자 노력했다. 그 결과 영리한 마을 관원 한 사람과 능숙한 구슬라르 한 사람이 힘을 합쳐서 놀라울 정도로 좋은 결과물을 만들어낼 수 있었다.

처음에 이 음유시인은 노래를 부르다가 자꾸 멈춰야 했기 때문에 불쾌해하고 불편해하면서, 구슬라를 계속 뜯으며 가락을 유지했다. 그렇지만 이내 이 구슬라르는 이런 시간적 여유를 즐기며 그 짬을 이용하여 좋은 관용표현을 찾아내어 읊었다. 그리고 그는 이 마을 관원을 자기 재량껏 노래를 끝까지 풀어낼 수 있게 해주는 청중으로 삼았다. 『일리아스』를 받아적은 것도 이와 비슷한 상황에서 이루어졌을 것이며, 호메로스 역시 글월에 대해 이 구슬라르와 같은 태도를 취했을 것이다. 구슬라르들 중 받아적은 글월에 대해 조금이라도 관심을 보인 사람은 단 한 명도 없었다. 올바르게 받아적었는지 확인하려고 한 행이라도 읽어보라고 요구한 사람도 아무도 없었다.

이처럼 세르비아의 구슬라르와 호메로스를 비교하여 얻은 지식은 지난 오십 년 동안 기록이 닿지 않는 영역에서 면면히 이어내려온 문화를 연구하는 데 도움이 된 것으로 나타났다. 이것은 앵글로색슨 세계의 서사시에 관한 학문적 논의의 한 가지 토대가 됐고, 중세기의 서사시를 연구할 때 완전히 새로운 이해를 갖게 했다.

서사시를 구술로 전하는 일은 글의 등장과 함께 맥이 끊기고, 이와 더불어 역사의 여명기에 이르러 기억은 영원한 회상의 여신이라는 관념도 서서히 사라진다. 그리스의 고전시대에 이르러 시인은 더이상 '저편'으로부터 회상을 가져올 필요가 없어졌기 때문이다. 이제 더이상 한마디 한마디 말은 그 말을 하는 사람이 개울에서 건져올린 보물 같은 나뭇조각이 아니며, 머나먼 저편에서 물살에 쓸려 생각의 해변으로 밀려온 것이 아니다. 이제 더이상 생각과 기억은 한마디 한마디 속에서 생각과 말의 구분 없이 하나로 얽혀 있지 않게 되었다.

서사시 전승이 기록된 전승이 되고 관습이 성문법이라는 희한한 것으로 탈바꿈할 때 시인이 시어를 길어오는 원천은 얼어붙어 글월이 된다. 시인은 기록된 글월의 글줄을 따라갈 수 있지만, 그 원천으로 이어지는 강은 더이상 기억되지 않는다. 그리스 도시 중 므네모시네에게 바치는 제단을 보존한 곳은 하나도 없다. 그녀의 이름은 오늘날 하나의 지면으로 상상되는 '기억'을 가리키는 기술적

용어가 됐다. 기억의 강물은 이제 작가와 독자가 능숙하게 쓰고 읽는 것으로 변한다. 유동적인 말을 되새긴 것보다는 점토판에 고정된 낱말이 더 권위를 얻는다.

서기전 4세기 초에 살았던 플라톤은 그리스가 구술문화에서 문자문화로 넘어가는 문턱에 서 있었던 사람이다. 남자아이들이 글을 배우는 광경을 나타내는 최초의 비문과 그림은 그 연대가 플라톤의 어린 시절로 거슬러올라간다. 그 시대의 사람들은 이미 여러 세기 동안 호메로스의 서사시를 글월로 낭송하고 있었지만, 글을 쓰는 기술은 아직까지 크게 보아 수공예에 속했다. 서기전 7세기 때부터 6세기로 넘어간 한참 뒤에도 그리스에서 구술을 받아적고 읽는 기술은 아주 소수의 집단에 한정되어 있었다. 서기전 5세기에 들어와 장인들은 알파벳 문자를 깎거나 새기는 기예를 익히기 시작했다. 그러나 여전히 글을 배워야 한다는 인식은 없었다. 대부분은 기껏해야 자기 이름만 쓰고 읽을 줄 알면 됐다. 말하는 것을 받아적고 또 글로 적힌 것을 능숙하게 읽는 능력은 아직 통제와 교육에 활용되는 지식에 속하지 않았다. 서기전 5세기까지 아테나이의 학교교육은 순전히 구술, 음악, 체육으로만 이루어졌다. 그리스의 교과과정에서는 **무시케**가 핵심이었다. 즉 시를 낭송하고 즉흥적으로 지었고, 장단을 맞춘 수사를 연습했으며, 학생은 현악기와 관악기, 노래와 춤을 배웠다. 교사가 철필을 들고 있는 모습을 보여주는 그림은 몇 점밖에 남아 있지 않긴 하지만, 이런 그림을 보면 이제 알파벳 덕분에 교사가 시를 학생에게 읽어주고 외우게 할 수 있게 됐음을 알 수 있다. 이처럼 철필을 손에 쥐기 정확히 한 세기 전의 학생은 글월을 외울 수 있었다. 즉 능숙하게 쓰고 읽을 것을 학생에게 요구하기 오래전, 이들은 귀로 들을 수 있는 고정된 글월에 대한 이해와 그 속에 있는 낱말의 소리에 대한 존중심을 길렀다는 말이다.

플라톤의 시대는 운율에 따라 낭랑한 목소리로 대중에게 말하는 법을 가르치다가 산문체로 말하는 것이 우세해진 큰 변화의 시기였다. 예전에는 읊거나 노래로 부르기만 할 수 있던 것을 이제는 펜으로써 고정시킬 수 있었다. 이렇게 적은 글은 복제될 수 있었고, 한 사본은 다른 사본의 원본이 되었다. 교사는 '자료'를 두루마리에 고정시킬 수 있었다. 말이 아니라 과거의 언어를 현재로 불러낼 수 있게 됐다. 플라톤은 피타고라스학파와 소크라테스가 하는 말을 들었다. 그 구술을 받아적었다고 주장하진 않지만 적어도 자신의 회상 능력만큼은 자랑한다. 그는 구술로 전해지던 피타고라스의 은밀한 가르침을 폭로한 히피아스 같은 배신자는 아니다. 이렇게 말하면 크나큰 시대착오로 들릴 수도 있겠지만, 그는 이미 저자이다. 그의 대화록은 문학적으로 산문이다. 그는 말을 모방하는 대화 글의 모범을 만들어냈다. 그가 남긴 문학작품은 선사시대로부터 내려온 호메로스의 노래를 적은 것과 상대되는 짝을 이룬다.

플라톤은 그리스 최초의 저자는 아니었다. 그러나 불편한 마음으로 문자를 사용한 최초의 사람이었다. 그는 글과 관계없는 생각이 더 우월하다는 확신을 가지고 글을 쓴 최초의 인물이었다. 그는 알파벳이 자기 학생들에게 미치는 영향 때문에 고민했다. 소리 없는 수동적 글월에 의존하면 학생들의 회상의 물줄기는 좁아지고 얕아져 침체될 수밖에 없었다. 그 이전에 알파벳에 대한 이와 같은 불신은 아이스킬로스의 『결박된 프로메테우스』에서 나타난 바 있다. 제우스는 인간에게—"무사들의 기예를 낳는 창조의 어머니, 즉 문자의 조합으로 모든 것을 기억 속에 보관하는"—알파벳을 가져다준 죄로 프로메테우스에게 벌을 준다. 제우스는 므네모시네의 샘에서 딸들을 낳았는데, 그것은 딸들이 졸졸 흐르기를 바랐기 때문이지 글 속에 갇히기를 바랐기 때문은 아니었다.

글이 명상적 성찰을 위협한다고 본 플라톤은 므네모시네의 질문, 즉 기억/회상으로 계속 되돌아왔다. 과거를 어떻게 현재로 가져올 것인가? 그는 이 질문을 『향연』의 디오티마를 통해 답한다. 에로스를 찬양한 뒤 그는 이렇게 말한다. "**명상**이라는 낱말이 지나간 지식을 가리키지 않는다면 무엇을 가리킨다는 말인가? 우리가 잊어버릴 때 지식은 사라진다. 그럴 때 명상은 우리에게 새로운 지식을 가져와 여전히 똑같은 외양을 부여한다."

디오티마는 세르비아의 **구슬라르**가 망각으로부터 같은 소재를 반복적으로 꺼내어 그것으로 새로운 노래를 자아내는 과정과 매우 비슷한 말로 진리의 탐구를 묘사한다. 플라톤이 진리와 관념을 찾아가는 지적 경로는 서사시의 경로다. 이는 디오티마의 말을 더 읽어 내려가면 더 명확해진다. 에로스의 비밀에 대해 가르쳐주기를 바라는 소크라테스에게 들려주는 그녀의 대답에서 이에 대한 내용이 나온다. 디오티마에게 '명상'은 창조적 사랑의 표현 내지 형식으로, 불멸을 추구할 때 이 사랑은 언제나 자신을 새로이 바치고 언제나 물러난다. 에로스는 영원한 것을 간절히 바라며, 우리가 불멸의 진리, 즉 **에이도스**를 명상할 때 형상을 갖춘다. 이런 사랑의 명상만이 지혜로 이어질 수 있다. 플라톤은 진리의 샘을 찾으려는 이와 같은 노력이 글을 바탕으로 하는 박학다식 때문에 위협을 받는다고 본다.

이 위협에 형태를 부여하기 위해 플라톤은 문자를 발명한 신 토트의 이야기를—파이드로스의 말을 빌리자면—'날조'한다. 토트는 테바이의 왕 타무스에게 문자를 **파르마콘**이라며 '팔고자' 한다. 그는 이것이 신하들의 회상 능력과 지능을 강화해주는 약이라고 왕에게 설명한다. **파르마콘**이라는 낱말에는 마법과 식물계라는 암시가 담겨 있다. 이 낱말은 '약물'로 옮길 수 있는데, 사용 방법에 따라 치료약도 독약도 될 수 있다. 어느 쪽인지는 이 낱말에 붙는 형용어에 따라 결정됐다. 어떤 말에서는 파르마콘이 '은덕'이라는 뜻이고 또 어떤 말에서는 '해코지'라는 뜻이다. 토트는 왕에게 새로운 수단의 발명자로서 다가갈 뿐 아니라 새로운 종류의 목적 또한 제시한다.

타무스 왕은 감사를 표한 다음 이런 말로 거절한다. "오, 솜씨 좋은 토트 신이여, 어떤 기술의 발명자가 된다는 것은 그 기술을 사용함으로써 어떤 장점, 어떤 단점을 얻게 될지 판단해야 하는 위치에 놓이는 것과는 다릅니다. 그대는 내 앞에 문자의 아버지로 서 있습니다. 자식을 사랑하는 아버지로서 그대는 소유 불가능한 재산을 문자에게 쥐어주고 있습니다. 이 기술은 사람들이 쉽게 잊게 만들 것입니다. 명상을 익히지 않을 것이기 때문입니다. 사람들은 문자에 의존할 것입니다. 이질적인 기호를 수단으로 삼아서, 밖에서 사물을 회상할 것입니다. 자기 안에서 회상하지 않을 것입니다. 당신이 내게 권하는 것은 회상을 위한 약물이지 기억을 위한 것이 아닙니다…… 당신의 가르침은 사람들에게 진실인 듯 보이는 것을 전하겠지만, 진실 자체를 전하는 게 아닙니다. 당신은 무지한 만물박사들을, 아무것도 모르는 참견꾼들을, 아는 체하는 따분한 사람들을 길러낼 것입니다."

이처럼 고전시대에 기억은 두 종류로 나뉘었다. 자연적인 것(생각과 동시에 태어나는 것)과 인위적인 것(세밀한 기법이나 방안, 연습으로 향상시킬 수 있는 것)이다. 수사법을 가르친 고전시대 교사들은 회상을 여전히 여행의 결과물로 보았지만 이때의 여행은 강가로 나가 플라톤이 말한 회상 저편에서 잃어버린 것과 '비슷한' 나뭇조각을 주워오는 여행이 아니다. 이제 이 여행은 저장고를 향한 여행이다. 아리스토텔레스의 말처럼 "자신의 기억 속에 **보관돼** 있는 예전의 감흥을 통해 지식을 찾아내기 위한" 것이다.

수사학에 관한 주요 작품 세 가지는 모두 본질적으로 똑같은 기억술을 다루고 있다. (첫째는 서기전 82~81년에 쓰인 것으로, 훗날 서양의 기억술 훈련 전통의 기반이 된 『헤레니우스에게 바치는 수사학』인데, 키케로가 썼다고 하나 지은이를 알 수 없다. 둘째는 키케로가 서기전 55년에 쓴 『연설가에 대하여』이며, 셋째는 퀸틸리아누스가 서기 1세기에 쓴 『수사학 교육』이다.) 가능하면 널찍한 건물을 지어, 그 건물 내부를 기억 속에 각인시킨다. 창고, 다락, 계단, 전실, 후실 등 건물의 각 장소를 가구, 그림, 조각품 등 모든 장식물과 함께 기억한다. 그런 다음 기억해야 할 관념을 특정 이미지(**이마기네스 아겐테스**•)와 같이 둔다. 퀸틸리아누스는 닻과 무기를 예로 드는데, 아마도 배와 전쟁을 나타내기 위해서였을 것이다. 마음속에서 이런 이마기네스 아겐테스를 그 건물 내의 여러 **장소**에 둔

• imagines agentes. '생생한 이미지'라는 뜻의 라틴어다.

다. 특정 사실을 '상기하고' 싶으면 이렇게 정해두었던 장소를 찾아가 다시 찾아내기만 하면 된다.

기억의 궁전 짓기는 수사학에서 필요로 하는 부분을 충족시켜주었다. 설득력 있는 연설을 하자면 연설자는 계획된 순서에 따라 연설을 기억해야 하며, 논리를 펴려면 이전에 연결해둔 요지를 기억해야 했다. (계획된 순서라는 관념은 물론 서사시 시인에게는 이질적이었을 것이다. 이야기는 그가 연주하는 악기에서 음표 하나하나가 서로 이어지는 것만큼이나 필연적으로 풀려나가기 때문이다.) 기억의 '궁전'은 사실을 상기해내도록 해줄 뿐 아니라 잘 짜인 수사학적 논리에 반드시 필요한 형태까지 갖추도록 해준다.

이런 건축물 이미지는 청각에서 벗어나 서기전 5세기 말의 그리스 같은 문자문화에서 요구하는 시각적 강조에 잘 맞는다. 실제로 플루타르코스는 '인공' 기억 방안을 발명한 사람이라 생각되던 케오스의 시모니데스가 그림을 '소리 없는 시'라 부름으로써 호라티우스가 **우트 픽투라 포에시스**•라는 말로 요약하고 있는 두 예술의 시각적 측면을 똑같이 놓았다는 사실을 언급한다. 저 세 가지 라틴어 기억술 교재를 쓴 사람들의 관점에서 기억은 인장 반지처럼 밀랍에 자국을 남긴다. 아리스토텔레스는 『기억과 생각해냄에 관하여』라는 책에서 사실상 똑같은 이미지를 사용하여 므네모시네의 옛 샘물에 대해 이렇게 적는다. "어떤 사람은 상당히 강한 자극이 있을 때 기억해내지 못한다. 병이나 나이 때문인데, 마치 흘러가는 물에 대고 철필이나 인장을 누른 것과 같다."

• ut pictura poesis. '시는 그림과 같이'라는 뜻의 라틴어로, 호라티우스의 『시학*Ars poetica*』에 나오는 말이다.

아우구스티누스와 같은 시대 사람인 마르티아누스 카펠라는 이보다 더 나아간다. 인장 반지의 보석을 철필로, 기억의 밀랍에 대고 반지를 누르는 이미지를 보이지 않는 서판에 문자를 적어넣는 이미지로 확실하게 바꿔놓는 사람은 카펠라이다. 고전시대의 기억인 3차원 그림문자는 이로써 마음의 서판에 적어넣은 표어문자 형태를 띤다. 카펠라가 쓴 『필롤로기아와 메르쿠리우스의 결혼』은 중세기에 읽혔고, 일곱 개의 자유학문•을 중심으로 구성된 수도원의 교육 과정은 부분적으로 카펠라가 공상을 동원하여 요약해놓은 고대의 학문을 바탕으로 만들어졌다. 그는 키케로로부터 알퀴누스와 아퀴나스 사이를 이어준 인물로, 이들을 통해 기억은 저장소라는 관념이 우리에게 전해졌다.

고대에 이 같은 문서보관소라는 기억의 이미지는 일차적으로 수사학자가 사용하는 기억술의 방법을 말하고 있지만, 스콜라철학에 와서는 기억을 의지나 지성과 마찬가지로 각각의 영혼에 딸려 있는 기능으로 만들었다. 따라서 영혼은 제각기 양심까지 짊어지게 됐다. 양심은 자신의 행위가 적힌 기록이었으며, 성직자와 평신자, 글을 아는 사람과 모르는 사람이 똑같이 읽고 심문할 수 있는 대상이었다. 수사학적 방법이던 기억은 이제 자기 가슴속에 간직하고 있는 비밀을 말로 표현하는 죄의 고백이라는 새로운 활동을 위한 밑바탕이 됐다. 그래서 사람의 행위는 그것을 했음이 인정될 흔적을 남길 뿐만 아니라, 그 행위를 초래한 과거의 말과 심지어 과거의 생각까지도 양심의 심문을 통해 읽어낼 수 있었다.

• liberal arts. 중세기에 자유민이 배워야 한다고 여긴 일곱 가지 교양과목, 즉 문(법)학, 논리학, 수사학, 산술, 기하학, 천문학, 음악을 가리킨다.

3
글월

서기 697년 무렵 그림으로 문자를 장식해 만든 『린디스판 복음서』는 구술과 묘사적 사고를 갈라놓은 분수령을 시각적으로 보여준다. 린디스판 성서의 각 복음서 도입부에는 글자 없이 아일랜드와 색슨의 검 자루, 은잔, 브로치 양식으로 꾸며진 지면이 있어서, 글자가 있는 맞은편의 지면과 균형을 이룬다. 본문 첫 글자는 장식된 지면에서 나타나지만, 또 그것은 글자가 있는 지면의 언셜 글꼴 글줄을 관통하면서 그 테두리가 되기도 한다. 흡사 대문자의 필적 하나가 넘쳐흘러 문장들을 받치는 피륙을 짜는 역할을 하는 듯 보인다. 서로 엮여 있는 색색의 줄들은 이따금 길쭉한 개나 새 같은 모양을 띠다가, 무한정 길게 늘어난 혀와 꼬리와 귀로 바뀐다. 네 명의 복음사가를 그린 초상들만 이런 그림의 날실과 글자의 씨실로부터 부각된다. 기호가 아닌 강렬한 느낌의 인물들이 고대 후기의 동전 양식에 따라 북부의 또렷한 선으로 그려져 있는 것이다.

그로부터 1백 년 뒤에 만들어진 『켈스의 서』에서는 글자와 그림을 따로 취급하기가 더 쉽다. 글자 모양에서 책이 만들어진 시기가 드러난다. 이제 더이상 로마 대문자 글꼴이 아니다. 하지만 아직은 중세의 소문자 글꼴이 되지도 않았다. 역사학자는 이 책이 만들어진 장소와 이 책에 사용된 양식의 기원을 두고 지금까지도 의견이 갈린다. 1185년 무렵 웨일스의 제럴드는 이 책의 아름다움에 여전히 깊이 감동하고 있었다. 만듦새가 "너무나 꼼꼼하고 세밀하며, 너무나 정확하면서 치밀하고, 매듭과 고리가 가득하며, 색상은 너무나 생생하고 선명하여 이 모든 것이 사람이 아니라 천사의 작품 같다고 말할 수 있을 것이다."

미술사학자들은 이 책의 '바로크적' 지면 위에서 표출되는 야만적인 본능을 논하면서, 이 본능은 곧 카롤루스대제가 시도한 개혁에 맞선 반동이라고 말하곤 했다. 우리라면 이렇게 말할 것이다. 이 책은 아직은 문자문화가 정착되지 않았다는 것처럼 말해준다고. 이 책은 구불구불 엮여 있는 실의 양식을 통해 말한다. 이 실은 네 개의 이야기로부터 그리스도의 삶이라는 하나의 이야기를 엮어 짜서 '하느님의 말씀,' 즉 복음의 진리에 살을 입히길 독자에게 요구한다. 이런 식으로 보면, 『켈스의 서』는 일종의 '호메로스적 지면'이며, 먼 옛날 영국에서 구술 구연이 잠시 동안 시각적으로 응결된 것에 해당한다. 가수의 노랫소리 사이사이로 수금 뜯는 소리가 들리는 것처럼, 글자 사이사이로 매듭과 고리가 보조를 맞추며 지면 위에 나타난다. 복음이 시각적으로 나타난 것이다. 고치에서 섬유를 뽑아 손가락으로 꼬아 실을 만들듯 실을 자아 설화로 짜고 그 설화로 이야기를 엮어내는 가운데 복음이 형체를 갖춘다. 이야기라는 은유는 실과 물레와 베틀에서 가져왔으며, 구술 사회에서는 이를 이용해 말로 표현할 수 없는 인식에 형체를 부여해서 공유한다. 오늘날에도 나바호족과 아이마라족 여성은 자기 부족의 우주론을 부족의 인문지리와 하나로 합치되는 현실로 엮어낸다. 메사에서도 안데스에서도 씨앗을 들로 가져갈 때 그 씨앗이 자라날 장소가 담고 있는 무언의 이야기를 들려주는 수건에 싸 가져가야 한다. 영국제도 북부에서 구술 전승이 강하게 이어지던 마지막 때에, 『켈스의 서』에 있는 지면은 이런 유의 무언의 이야기를 눈에 보이게 만들어준다. 문자를 모르는 사람조차 볼 수 있게. 그러나 독자가 볼 때 이 지면 위에 있는 것과 이 책 안에 있는 것은 서로 다르다. 글자와 글줄은 똑같은 이야기를 서로 번역이 불가능한 비대칭적인 방식으로 들려준다. 매듭진 줄은 이따금 형상을 이루긴 하지만 아직은 글월에 딸린 삽화가 아니다. 글자가 적힌 줄의 짜임새가 아직은 눈에 가시적 '글월'로 인식되도록 배치되지 않았기 때문이다.

책 안에 있는 '글월'이라는 관념은 **지면 위에** 있는 가시적 요소들이 커다란 변화를 거치지 않고는 생겨날 수 없었다. '글월'의 출현은 지면 위에 있는 글줄과 색의 배치를 보면 알 수 있는데, 현대의 문맹자, 즉 『켈스의 서』에 사용된 인슐라 글꼴을 해독하지 못하거나 라틴어를 한 문장도 이해하지 못하는 사람조차도 알 수 있다. 구텐베르크 이전 800년 동안 필사본의 지면이 변모하는 과정을 보면 서양에서 마음이 생겨난 단계를 알 수 있다.

글자를 타고 새로운 유형의 사회가 들어온 것은 중세기 이후의 일이다. 이 새로운 종류의 사회가 탄생하는 과정에서 글자가 한 역할은 두 가지 수준에서 고찰할 수 있다. 그 한 가지는 말을 글로 보존함으로써 장사를 하고 기도 생활을 북돋우고 정의를 집행하는 새로운 방식이 모두 가능해졌다는 것이다. 이제 말할 뿐 아니라 읽기도 하는 말이 새로이 널리 퍼지지 않았다면 12세기의 이단도, 새로운 수도회도, 새로 생긴 도시도, 그곳의 대학교도 이해가 불가능하다.

글자가 사회를 바꾼 두번째 방식은 글자 자체의 상징성이 문화의 이면으로 파고들어 글로 적힌 말이라는 측면에서 사회의 인식을 바꿨다는 것으로, 이에 대해서는 연구가 훨씬 덜 이루어졌으며 논하기도 훨씬 더 어렵다. 이와 같은 연구의 공백이 있는 이유는 필시 우리가 과거 사회에 대해 말할 때 적용하는 모든 범주가 읽음으로써 얻은 것이기 때문일 것이다. 이런 범주는 본질적으로 **묘사**하는 역할을 한다. 이것들은 사회적 관계가 문자언어에 의지하여 지배되는 사회에 대해 이것저것 말할 때 적합하다. 우리는 시인이라 해도 글자의 사람들이다. 우리가 과학이라 부르는 것은 묘사에서 시작됐다. 우습게도 우리는 현재 남아 있는 구술 전승을 '구술 문학'이라

표현하는데, 이것은 문자 그대로 '구술 글'이라는 뜻이다. 따라서 중세기에 글이 퍼지면서 사회가 어떻게 속속들이 뒤집어졌는지는 전달하기가 매우 어렵다.

12세기 중반과 13세기 말 사이 유럽의 알프스 산맥 이북 지역에서 사회적 관계의 성격에 이제껏 보지 못한 변화가 일어났다. 이때부터 신뢰, 권력, 소유 그리고 일상적 지위 등은 알파벳이 수행하는 기능이 됐다. 글의 지면을 형성하는 새로운 방식이 등장함과 아울러 문서를 사용하게 되자, 중세 초기와 성기 동안 하느님 말씀의 신비한 화신이라며 찬양하고 기렸던 글이 이제 세속적 관계의 매개가 이루어질 때 하나의 구성 요소로 관여하게 되었다.

중세 성기까지 그랬던 것처럼, 문자를 사용하는 능력이 소수에게 국한되는 한 권력 행사는 외부에서 지배를 가하는 형태로 이루어졌다. 1186년에 외지인인 수도원장 샘슨은 수도원장으로 선출된 지 채 사 년도 되기 전인데도 자신의 『치부책』에 의지하여 베리세인트에드먼즈 땅의 모든 토지로부터 받아야 할 빚이 각기 몇 말씩 되는지 모조리 알고 있었다. 소작인은 글자를 몰랐다. 소작인이 볼 때 수도원장이 기억을 되살리는 수단은 심판의 날에 보게 될 자신의 죄상이 적힌 장부만큼이나 생경했으나, 글은 소작인의 영혼에 마치 채찍질과 같은 자국을 남겼다. 이제 소작인은 딱히 기억해내고 싶지 않은 빚을, 글 때문에 어쩔 수 없이 갚아야 했다.

문자능력이 더 널리 퍼져나가면서, 그리고 중세기 말에 이르러 그것이 사회의 큰 부분을 포괄하면서 모든 사람의 일상생활에 변화가 스며들기 시작했다. 구술 바탕의 사회적 관계를 일률적으로 지워버리지 않았으므로 이 때문에 관습과 법률 간의 긴장이 커졌다.

맹세를 글로 적었는데, 이것을 보면 정식으로 하는 말에 두던 신뢰가 이제 법적 효력을 발휘하는 문서로 옮겨갔음을 알 수 있다. 맹세는 격식을 갖춰 하는 말로서, 말로 하는 약속이다. 이런 종류의 단정적인 발설은 모든 민족에게서 나타나는 것 같다. 맹세는 자신이 하는 말에 대한 보증이다. 맹세의 대상에 들어 있는 진실이나 의도는 의례 행위를 통해 말과 동작을 연계시킴으로써 강화된다. 말과 동작은 모두 전통적 형태를 띠며, 동작은 말에게 특별한 힘을 부여한다. 맹세는 변화가 끼어들지 못하도록 가장 주도면밀하게 유지되는 발설 형태에 속한다. 음률, 두운법, 반복법 등을 동원하여 구성함으로써, 마치 잊어버린 과거 속의 잊을 수 없는 조각처럼 망각 속으로 떨어지지 않게 한다. 종종 맹세하는 사람에게 맹세의 형식을 읊어주었는데, 게르만 세계에서는 맹세 막대를 들어올린 채 그렇게 했다. 맹세를 하는 동안 맹세자는 자신의 손을 성전 기둥이나 흙덩어리나 자신의 검에 올려놓거나, 아니면 자신의 무기를 하늘을 향해 쳐들고 한쪽 발로는 돌을 디뎠다. 덴마크에서는 신하가 영주에게 충성을 맹세할 때 "함선의 옆면과 방패의 테두리를 두고, 검의 날과 말의 넓적다리를 두고" 했다. 맹세는 실외에서 이루어졌다. 18세기 폴란드 법정에서는 여전히 창을 열어놓고 그 옆에서 맹세를 했는데, 그 맹세가 신이나 정령, 죽은 자들에게 확실히 전달되게 하기 위해서였다. 맹세를 이행하겠노라고 선언하는 동안 맹세자는 검을 들어올리거나, 아니면 손가락 세 개를 들어올리거나 세 손가락을 자신의 수염이나 고환에 댔고, 동물을 제물로 잡아 그 피를 자신에게 묻힌 지역도 많았다. 여자는 남자와는 동작이 달랐는데, 자신의 가슴이나 땋은 머리 또는 자신의 배에 손을 대고 맹세했다.

맹세를 하는 사람은 자기 자신에게 조건부 저주를 선언한다. 거짓을 말하거나 약속을 어길 경우 사지가 끊어지거나 쇠약해지거나 눈이 멀기를 비는데, 자신의 몸, 사지, 눈, 명예, 심지어 후손까지 담보로 내놓는다. 맹세자는 함께 맹세하는 사람들을 매개자로 삼아, 자기 부족 전체를 끌어들여 물리적으로 자신의 맹세에 동참하게 한다. 내 말이 거짓말이라면 그들에게 벼락이 떨어지기를, 그들을 악마가 잡아가기를, 내 아내가 절름발이를 낳기를 비는 것이다.

구경꾼들에게는 맹세자의 말과 동작이 합일하여 신성한 증표 같은 효과를 띤다. 맹세는 말을 눈에 보이게 만든다. 지면 위가 아니라, 당사자의 살아 있는 신체 안에 보이는 것이다. 맹세자가 하고 있는 말의 진실성이 맹세를 통해 구체화한다. 구술문화라는 맥락에서 진실은 정직과 불가분의 관계에 있다. 맹세는 이러한 형식과 내용의 합일을 가시적으로 드러낸다. 구술적 정신구조의 본질이 여기에 담겨 있다.

맹세는 문자의 본질과는 근본적으로 반대되는데도 불구하고 성문법 속에서 끈질기게 살아남았다. 성문법은 맹세를 통제함으로써 스스로 정당성을 부여하려 한다. 맹세를 통제하는 방법은 바로 독점이다. 중세의 기록에서 살펴볼 수 있듯, 법정 밖에서 맹세와 저주를 하지 못하도록 엄격히 금하는 법이 통과됐을 때 맹세의 기능이 뒤집어졌다.

맹세를 엄중하게 만들기 위해 맹세자가 자신의 수염이나 방패 테두리, 검 자루에 손을 대던 것을 화려한 장정의 복음서로 대신했을 때 맹세와 글 사이에 새로운 관계가 시작됐다. 맹세자가 자신에게 내리는 저주의 동작에 복음서라는 사물을 넣기는 했지만, 희한하게도 복음서의 내용은 맹세의 어법에 들어가지 않고 빠졌다. 이것이 더욱 희한한 것은 마태오의 복음서 5장 33~36절에 어떤 종류의 맹세도 철저히 금한다는 내용이 있다는 사실이다. "또 '거짓 맹세를 하지 말라. 그리고 주님께 맹세한 것은 다 지켜라'고 옛 사람들에게 하신 말씀을 너희는 들었다. 그러나 나는 이렇게 말한다. 아예 맹세를 하지 말라. 하늘을 두고도 맹세하지 말라. 하늘은 하느님의 옥좌이다. 땅을 두고도 맹세하지 말라. 땅은 하느님의 발판이다. 예루살렘을 두고도 맹세하지 말라. 예루살렘은 그 크신 임금님의 도성이다. 네 머리를 두고도 맹세하지 말라……" 산상설교에 이처럼 명확한 구절이 있는데도 불구하고 개혁된 유스티니아누스 법전에서는 맹세 때 복음서에 손을 얹을 것을 요구하고 있다.

이 새로운 제도를 살펴보면 더욱 많은 것을 알 수 있는데, 비잔틴제국의 그리스도교도였던 황제 유스티니아누스가 서기 528년에 행한 개혁에 따라 로마법의 소송 절차에서 맹세가 처음으로 일반 의무 수준으로 격상되었기 때문이다. 이때 선교사들은 알프스 이북 지역의 전통적 법정에서 복음서를 가지고 하는 맹세를 도입했다. 이런 법정의 소송 당사자들은 이제 제물로 바친 짐승의 피에 담갔던 반지를 두고 맹세하지 않고, 십자가나 성인의 유골, 제단, 나아가 복음서를 두고 맹세했다. 803년의 리부아리아 법전에서는 이것이 필수 규정이었다. 교회는 맹세를 어기는 행위를 벌하는 신성한 임무를 맡았다.

법정의 맹세 동작에서 복음서를 사용하고부터 얼마 지나지 않아 맹세 의식에서 사용하는 말의 형식이 글로 적히게 됐다. 전통적으로 자신에게 내리던 저주가 정교한 공식 문구로 바뀌었다. 영국에서는 이것이 너무나 복잡하고 이상해진 나머지, 고소인은 복음서를 손에 드는 것보다 빨갛게 달군 쇠를 거머쥐는 시련을 감내하는 쪽을 선호했다. 그 공식 문구를 틀리지 않고 그대로 다 말할 방법이 없다는 것을 잘 알고 있는데다, 틀리게 말하면 맹세를 어기는 것과 같기 때문이었다.

중세기에는 맹세뿐 아니라 이전에 구술의 지배를 받던 일상생활의 폭넓은 영역까지도 새로운 종류의 형식적, 법적 문자문화의 지배를 받게 됐다. 이 시기에 인구 중 많은 사람이 사물을 소유하거나 권리를 행사하기 이전에 그것을 묘사해 양피지에 보존해야 한다는 사실을 깨달았다. 신뢰가 말로 하는 약속에서 인장이 찍힌 문서로 옮겨간 것이다.

사물은 이제 소유하는 게 아니라 정당하게 '보유'할 수 있게 됐다. 과거에 신학자들은 세계는 하느님의 책이며 사람은 그것을 해독해야 한다고 표현했으나, 이제 세계는 문서로 묘사함으로써만 사적 소유가 가능한 사물이 됐다. 이 시기에 기록된 수천 건의 지형 묘사가 우리에게 전해진다. 경계는 다음과 같은 묘사로써 효력을 지녔다. "시냇가 늙은 참나무에서 커다란 바위까지, 거기서부터 직선으로 언덕을 올라가 성벽까지……" 이처럼 현실을 묘사해 사유화하는 방식은 처음에 법률학적 방법으로 출발했으며 자연과학의 기초가 된 것은 나중의 일이다.

마이클 클랜시는—우리는 그의 연구를 바탕으로 논의를 풀어가겠지만—12세기 영국에서 작성된 재산 양도증서는 3만 부를 넘지 않았을 것으로 추산한다. 이와는 대조적으로 1250~1350년 사이에는 수백만 부가 작성됐다. 이것은 묘사 가능한 소유물 한 건당 양도증서가 거의 다섯 부씩 작성됐다는 말이다. 이러한 변화와 더불어 같은 기간에 문구류의 소비량이 열 배, 스무 배 증가했다. 영국 대법관청에서 소비하던 봉랍은 1226년 주당 약 1.4킬로그램이었으나 1256년에는 5.9킬로그램, 그로부터 겨우 10년 뒤인 1266년에는 14.1킬로그램으로 늘었다. 법정 심리가 진행되는 동안에는 문서 기록 목적의 양피지를 만들기 위해 더욱 많은 양의 가죽을 벗겨야 했다. 13세기 초에는 수십 마리 정도였다. 1283년 영국 서퍽에서는 매우 평범한 법정 심리를 한 차례 치르는 데 500마리 이상의 양 가죽을 벗겨야 했다.

양도증서뿐만 아니라 **영장**이나 칙령과 '편지'도 더 일반적으로 쓰이게 됐다. 이것은 오늘날 남아 있는 1080~1180년 사이에 발부된 칙령의 수를 살펴보면 알 수 있다. 프랑스 왕의 칙령은 3건에서 60건으로, 영국 왕의 칙령은 25건에서 115건으로, 교황의 칙령은 22건에서 180건으로 늘었다. 1180년 이후 그 증가율은 치솟았다. 인노켄티우스 3세 교황의 재위 기간(1198~1216)에 발부된 칙령 중 280건이 남아 있고, 인노켄티우스 4세 교황(1243~1254)의 칙령은 730건, 보니파키우스 8세 교황(1294~1303)의 칙령은 5만 건이 남아 있다.

12세기에 대법관청은 주권의 독보적 상징이었다. 이때 이미 대법관 베켓은 서류 작업을 위해 한 무리의 서기를 거느리고 있었다. 그가 재직한 1155~1158년 사이에 열여섯 명의 필적을 식별할 수 있다. 그러나 그뒤 1200년 무렵부터 주교와 대공이 대열에 끼기 시작했다. 더러 신부를 불러들여 읽고 쓰는 일을 맡기는 것으로는 더는 감당할 수 없었기 때문이다. 1350년에 이르자 대법관청은 정신적 정치적 지배의 필수 요소가 돼 있었다. 필기실은 이 시기에 여러 가지 용도로 널리 쓰이던 풍차와 수차보다도 빠른 속도로 그 수가 늘어났다. 11세기에는 문서와 보석을 성물함에 넣어 성인의 유골과 나란히 보관했다. 그뒤 양도증서, 영장, 사본 등이 넘쳐나자 이런 보물들이 함 밖으로 밀려났다. 예전에는 가보로 간직하던 것들이 이제 증명을 위한 도구가 됐다.

12세기에 들어 편지는 그 심부름꾼이 전하는 소식의 비중과 무게를 가시적으로 나타내는 표시로 작용한 때가 많았다. 편지는 보내는 사람의 신분에 심부름꾼이 걸맞지 않을 때 필요했다. 조프레 뤼델이 연인에게 자기 궁정의 어릿광대를 보내 노래를 전할 때 노래를 부르되 양피지는 그녀에게 건네지 말 것을 강조했다. 12세기의 몇몇 연애편지는 학문적인 저작 또는 예술적인 작품이어서 받는 사람이 그것을 가져온 심부름꾼에게 해석을 듣게끔 작성돼 있었다.

서신이 발신인이 수취인의 손에 쥐어주는 약속의 기록이 되기까지는 오랜 기간이 걸렸다. 1142년에 엘로이즈가 몽부아시에의 피에르 수도원장에게 보낸 편지에서 이것이 명확히 나타난다. 그녀의 남편이자 거세당한 연인인 아벨라르가 클뤼니 수도원에서 모범적인 수도사로 생활하다 죽자, 클뤼니의 수도원장 피에르가 아벨라르의 시신을 삶아 뼈만 추려 말린 다음 파라클레 수도원에 보내어 무덤에 묻게 했다. 나중에 엘로이즈가 함께 묻힐 수 있게끔 한 것이다. 피에르 수도원장은 아벨라르를 기리는 동시에 엘로이즈를 칭찬하는 감동적인 편지를 유해와 함께 엘로이즈에게 보냈다. 그러나 그녀는 그것으로 만족하지 않았다. 답신에서 그녀는 죽은 남편을 클뤼니의 수도사들이 영원히 기억하고 기리겠다는 약속을 글로 적어 보내줄 것을 피에르 수도원장에게 요청했다. 피에르의 편지가 서명의 성격을 띠고 있으나, 그것에 덧붙여 그녀는 수취인이 앞으로 할 요구의 근거가 될 수단을 요청한 것이다.

이런 모습은 유언장에서 아주 분명해진다. 사람이 마지막 순간에 남기는 유언은 이제 더이상 상징물, 예컨대 물려줄 땅의 흙 한 줌, 열쇠, 검 같은 것들을 건네주면서 표현하는 것이 아니게 되었다. 이제 날인한 문서 한 통이 그와 같은 사물을 대치한다. 상속은 이제 임종 때 남기는 마지막 말을 귀담아들은 증인이 아니라 양도증서에 의해서 결정된다. 이 문서 자체가 증거 수단이 된 것이다.

"이에 대한 증거로서"•라는 말은 통치권이나 작위, 재산권을 넘겨준다고 약속하거나 맹세할 때 그 증표가 되는 사물을 건네면서 하는 행동이나 동작을 뜻했다. 단검이나 술잔을 건네주면 그것이 땅을 물려준다는 증표 역할을 하기도 했다. 나중에는 이 사물에 글귀를 새기기도 했다. 세인트올번스 수도원에 소장된 채찍의 손잡이에는 "이것은 노보카스텔로의 길버트가 선물로 주는 암말 네 마리이다"라는 뜻의 글귀가 새겨져 있다. 이런 식으로 말은 유형의 증표와 함께 '증인'이 됐다. 13세기에 말과 증표는 글로 적은 진술서로 압축됐다. 처음에 진술서는 과거의 사건을 적은 기록물이었다. 그다음 단계에서는 양피지를 작성하는 과정 자체가 진술서에서 묘사하는 사건이 됐다. 1180년에 이르렀을 때 법률가들은 진술서가 증거 수단이 되려면 과거의 합의 내용을 **완벽하게**in perfectum 기록

• In witness whereof. 오늘날에도 계약서에서 자주 쓰이는 표현으로, 주로 계약 당사자의 서명을 적는 부분에서 볼 수 있다.

하고 있어야 한다고 주장했다. 기록된 글월에 서명하는 것은 그 내용을 인정한다는 말에 해당했다.

신의가 이런 식으로 문서에 기록되자 신의를 주는 사람과 그 신의를 받는 사람이 이 문서의 사본을 한 벌씩 갖는 것이 중요해졌다. 그러지 않으면 군주에게서 선물을 하사받은 수도원의 필사실에서 증거 수단을 무한정 만들어내 전임자들이 받은 것이라고 주장할 수 있을 것이고, 그렇게 만든 것을 군주의 대법관은 인정하지 않을 수 없을 것이다. 오늘날 누가 있지도 않은 약속을 확증하는 문서를 만들어 그것으로 권리를 얻으려 한다면 우리는 이를 위조라고 생각할 것이다. 11세기와 12세기에는 그렇지 않았다. 증거 수단을 통해 권리의 증여를 입증하는—각서를 통해 부수적으로 뒷받침하는 게 아니라—법률적 방식은 너무나 새로운 관념이었다. '문서화'하고, 그리고 그 문서를 발행한 사람이 그 문서의 정확한 사본을 보관할 필요가 있다는 사실은 12세기 말에 발견한 신기술에 해당한다. 문서출납부, 색인목록, 사본, 인장, 날짜, 서명 등은 이 새로운 기술에서 결정적으로 작용하는 요소이다.

지배자의 지시를 기재하는 문서출납부의 유래에 대해 로마의 법률가들은 이미 잘 알고 있었다. 4세기에 교황 한두 명은 이를 실행에 옮겼다. 인노켄티우스 3세 교황 때부터는 이것이 로마 교황청의 규칙이 되지만, 신성로마제국 대법관청에서 규칙으로 제정된 것은 14세기의 일이었다. 색인목록 기법은 증거 수단 사본을 만드는 기법보다 늦어 15세기에 들어서고도 한참이나 지나서야 생겨났다. 중세 성기 수도원의 도서관에서는 어느 필사본이 어디에 있는지 기억하는 수도사들이 있었지만 색인목록은 아직 없었다. 특히 비교적 오래된 수도원의 수도사들은 후원자들이 그들 문서보관소에 무엇을 보관하고 있는지를 후원자 자신보다 더 잘 알고 있었고, 따라서 위조문서를 손쉽게 만들어낼 수 있었다.

수도원 도서관 최초의 조사명세서는 도서관에서 소장하고 있는 품목을 조사하여 매년 작성한 색인목록으로 1170년경에 만들어진 것이다. 색인목록이 발명되자 책은 성물 안치소를 벗어나게 됐다. 책 창고가 문서보관소, 말 그대로의 도서관이 됐다. 어느 도미니크회 수도사가 1260년에 쓴 보고서에는 수도사들이 그 자리에서 즉시 찾아볼 수 있도록 책을 선반에 진열했다고 되어 있다. 권위 있는 신학자를 인용할 때 그것을 확증하는 것이 중요해졌는데, 이는 묘사된 임야의 경계선을 입증할 때 글로 적힌 증거를 참조해야 하는 것과 비슷했다. 소유하고 있는 책의 색인목록을 만드는 일과 문서 출납부나 등재부, 양도증서부를 만드는 일은 13세기에 나란히 진행되었다.

그러나 수도원 필사실에서 책 사본을 만드는 것과 대법관청에서 양도증서 사본을 만드는 것 간에는 근본적인 차이가 하나 있었다. 책의 원본은 수도원에 남아 있었던 반면, 양도증서의 원본은 대법관청을 벗어났던 것이다. 대법관은 남아 있는 사본이 **이덴**iden, 그러니까 원본과 **동일**identical하게 할 책임이 있었다.

똑같은 사본을 만들자면 글 쓰는 작업이 두 배로 늘 뿐만 아니라 사본의 오류를 바로잡는 작업도 필요했다. 1283년에 케임브리지에서는 유급 교정사에게 최초로 **연금**을 제정했다. 교정사의 일은 형식ratio, 가독성lettera, 어순dictio, 철자법sillibo에 따라 문서를 검사하는 것이었다. 이로써 문서가 법적 효력을 지니려면 두 문서가 서로 동일해야 한다는 새로운 기준이 생겨났다. 구텐베르크의 인쇄술이 나오기 200년 전, 문서보관소는 인쇄물의 지적 원형에 해당하는 것이 생겨나는 계기가 됐다. 그것은 수많은 동일 사본을 만들고 작성할 때 사용된 원본(더이상 존재하지 않을 수도 있는)이라는 관념이었다. 법정 사무관을 그린 14세기 그림에서 교정사는 종종 서기와 사본사의 뒤에 서서 어깨 너머로 지켜보며 두 문서가 똑같은지 확인하고 보증하는 모습으로 표현된다. 공증을 발행하여 두 글월이 똑같음을 증명하는 일은 돈 잘 버는 사업이 됐다. 이제는 심지어 사람에게까지도 증명을 요구했다. 이미 1248년에 부르고뉴의 골리아르•는 증명서를 지니고 다녀야 했는데, 사람을 '개인'으로서 '신원을 확인"하는 방향으로 나아간 첫걸음이었다.

개개의 양도증서가 증명 능력을 영구히 유지하도록 하기 위해서는 증서를 사본으로써 보증할 뿐 아니라, 새로운 종류의 시간 속에 또 공간적으로 확고히 보관해두어야 했다. 11세기에 이미 대부분의 문서에 발행 장소가 표시되어 있었다. 문서에 시간이 표시되어 있으면 이는 대개 문서에서 묘사하는 소송에 나온 증인의 기억에 남을 만한 두드러진 사건과 연관이 있었다. 문서는 예컨대 성 세베리노 축일에, 장날에, 혼인식 전날에, 수도원 설립 기념일에, 또는 군주의 행차가 있었던 날에 작성됐다. 공증인들이 농장 주인이 바뀐다든가 하는 사소한 소송을 감히 주님의 탄신일과, 그리하여 인류 구원의 역사와 직접 관련짓게 된 것은 13세기에 들어와서의 일이었다. 이와 같은 방식으로 세상은 구원의 역사를 통째로 빌려와

• goliard. 12~13세기 유럽에서 형성된 성직자 중심의 지식인 집단으로, 늘어나는 교회의 모순을 비꼬는 라틴어 시나 노래를 짓고 공연을 벌였다.

자신의 역사로 삼았다.

이러한 날짜 표시의 결과로, 시간은 글월을 통해 무언가 새로운 것이 됐다. 이제 시간은 세상이 진행하는 경로나 글쓴이의 인생행로에 나타나는 상대적 거리의 주관적 경험이 아니라, 절대적 기준축으로서 거기에 증서를 꼬리표처럼 고정시킬 수 있게 됐다. 14세기 말에 이르러 증서에 표시된 날짜는 심지어 기계적으로 움직이는 시계탑과도 연계될 수 있었다. 계약서에 '아홉번째 울리는 시간에'라고 적혀 있으면 아홉시에 이 문서 서명이 이루어진 것이다. 기억에 새로운 차원 한 가지가 늘어났다. 이제 이런저런 기억들은 나름의 중요도나 호감도가 아니라 그 기억이 생겨난 날짜에 따라 차례로 줄을 세울 수 있었다. 그리고 '죽음의 춤' 그림•에서 해골이 비로소 모래시계를 들고 나타난다. 15세기에 이르면 이 해골은 '시간은 희소한 것'이라고 주장한다.

이처럼 초점이 사건의 묘사에서 그 사건에 필수적인 증거 수단의 생성으로 옮겨가면서 서명도 그 기능이 바뀌는데, 그 이유는 서명이 개개의 의지를 '가시적'으로 만들고 또 그럼으로써 그 의지를 보편적 좌표 속에 고정시키는 데 도움을 주기 때문이었다. 낭랑히 울리던 맹세자의 이름은 더이상 자국을 남기지 않는다.

12세기에도 문서는 여전히 소리를 내어 말했다. "문자는 사물의 기호로서 사람의 말을 그 사람의 목소리가 없이도 우리 귀에 들리게 하는 힘이 있다." 한때 토머스 베켓의 비서였고 풍자적이고도

• 중세 때 유행한 미술 장르로, 의인화한 죽음이 교황, 왕, 어린이, 노동자 등 온갖 신분의 사람들과 어울려 춤추며 무덤으로 가는 광경을 그림으로써 죽음은 누구도 피할 수 없다는 사실을 담고 있다.

세련된 저술가였던 솔즈베리의 존(1120?~1180)의 말이다. 그는 이와 같이 정의함으로써 세비야의 이시도르가 문자는 "사람이 소리를 내어 말하는 것을 나타낸다"고 한 말을 되살린다. 입법된 법령은 공표되기(포고자로부터 '듣기') 전에는 법적 효력이 없었다. 글로 된 사본은 아직까지는 그렇게 말로 공표한 것의 기록에 지나지 않았다.

문서를 어떤 선언된 내용을 생각나게 하기 위한 방편으로만 이해하는 한, 인장 반지나 서명은 그 문서가 묘사하고 있는 구술 사건의 명확한 확인에 해당하기는 했으나 아직은 그 사건을 입증하는 것이 아니었다. 입증 문제에는 신경을 쓰지 않았기 때문에 같은 사람이 마음 내키는 대로 매번 다른 서명을 사용했다. 이것은 문서가 법적 효력을 띠는 수단이 된 13세기와 14세기에 달라졌다. 법정에서 입증 문제에 관심을 기울였다. **벨룸**(송아지 가죽)이 **멤브라눔**(양가죽)으로 대체됐는데, 더 얇아 지우기가 쉽지 않았으므로 위조를 막을 수 있기 때문이었다. 이제 보증 효력을 지니기 위해서는 서명된 문서가 필요했다.

'보증인'이라는 뜻의 고대 프랑크어 **베라**wera, 고대 프랑스어 **바랑디르**warandir는 차츰 서명함으로써 효력을 갖는 서면 **워런티**warranty(보증)가 됐다. 인장은 글의 효력을 나타내는 표시가 됐다. 글을 쓸 줄 모르는 사람조차도 인장을 사용하여 문서를 발급함으로써 자신을 위해 법적 효력을 띠는 행동을 취할 권한을 얻었다. 자신의 말이 효력이 없으면 문서를 통해 말할 수 있었고, 이렇게 법적 행동을 취함으로써 권한을 행사할 수 있었다. 13세기에는 농노와 자유농민까지도 자신의 인장을 지니고 다녔고 따라서 공증인을 통해 자신의 재산명세서를 작성할 수 있었다. 12세기까지만 해도 인장을 지닌 사람은 자신의 인장을 단검이나 잔, 채찍 등과 같은 여느 물건과 같이 생각했다. 암말 네 마리를 표시하는 세인트올번스 수도원의 채찍 손잡이와 마찬가지로, 날인한 밀랍은 재산의 주인이 바뀔 수 있게 하는 매개물이었다. 날인한 밀랍은 이따금 무게가 1파운드(약 450그램)를 넘기기도 했는데, 거기에 어쩌다가 문서가 첨부되어 있으면 이 문서는 주로 날인 내용의 연장이었다. 채찍 손잡이에 글귀를 새겨 적은 것이나 마찬가지였다. 사물(**레스**res, 물건)에 속하던 인장이 손으로 적는 서명의 대용물이 되기까지는 오랜 기간이 걸렸다. 글월 자체의 무게가 그 글월을 담는 매개물보다 무거웠고, 재산을 구입하고, 물려받고, 팔고, 잃는 모든 사람들의 일상생활 깊숙이 이 무게를 짐 지웠다. 구술문화가 문자문화로 바뀔 때 언어가 말하는 사람으로부터 분리된 것과 마찬가지로, 글월은 더이상 사건의 연장이 아니라 사건과는 별개로 나름의 확정성을 띠었다.

이 시기에 많은 교회의 출입문 위 아치 안쪽에 최후의 심판을 묘사하는 장면이 등장하는데, 이것을 보면 책이 어떤 식으로 저자와 분리되었는지 알 수 있다. 최후의 심판에서는 대천사 미카엘이 영혼의 무게를 달아, 낙원으로 보낼지 지옥에 던져야 할지 판단한다. 그런데 이 부조 중에는 판관이 책을 쥐고 있는 것이 꽤 많다. 책에는 죽은 사람의 모든 행위와 욕망, 나아가 모든 말과 생각이 적혀 있다. 펜을 만져본 적도 없고 책을 손에 들어본 적도 없어도, 필경사에게 한 줄 불러준 적도 없고 양도증서에 인장을 찍은 적도 없어도, 신자는 교회 문을 들어설 때마다 자신의 가장 은밀한 생각까지도 스스로 삶이라는 글월로 **적고** 있다는 것을 되새기고, 그리고 자신이 적고 있는 그 글월을 통해 저 무시무시한 날에 심판을 받으리라는 것을 되새기는 것이다.

그러나 생명의 책이 그리스도교의 설교에서 중요해진 저 시기에, 글을 쓴다는 것은 펜을 쥐고 양피지에 문자를 그려넣는다는 뜻이 아니었다. 글을 쓴다는 것이 무슨 뜻이었는지는 베르나르의 필사실 구조를 보면 잘 알 수 있다. 12세기 초 클레르보 수도원의 원장이던 베르나르는 자신의 손으로 글을 쓰지 않았다. 키케로처럼 수도원장은 필경사를 두고 또박또박 명확히 들리도록 말하며 받아적게 했다. 그렇지만 로마의 키케로보다는 느리게 말했는데, 왜냐하면 키케로의 노예 티로와 달리 베르나르 수도원장의 아마누엔시스 amanuensis(서기, 문자 그대로의 뜻은 '손을 빌려주는 이')는 속기를 할 줄 몰랐기 때문이다. 베르나르의 구술 기록 중 일부는 두 가지 판본으로 현존하는데, 문헌비판을 거쳐도 하나의 원본을 찾아올라가기가 불가능하다. 이것은 두 명의 서기가 똑같은 설교를 받아적은 것이 분명하며, 밀랍판에 받아적은 것을 바탕으로 서로 다른 정서본이 만들어진 것이다. 고대의 글월 중 상당수가 이런 식으로 서기가 구술자의 말을 받아적은 것이다. 받아적은 것을 바탕으로 일단 정서본이 만들어지면 베르나르는 이따금 그것을 다시 읽게 하여 자신이 듣고 확인했다. 그러나 그가 필사본을 교정한 적이 없다는 점에 대해서는 아직까지 의심의 여지가 없다.

글쓰기에서 몇 가지 기술 혁신이 있고 나서야 저자가 직접 글을 쓰는 것이 일반화되었다. 이 시기에 베껴쓰든 새로 쓰든 글을 쓰는 일반적 방법은 구술하여 받아적게 하는 것이었다.

고대 로마공화정 시대에 구술하여 받아적게 한다는 것은 운율을 살려 낭랑하게 읊는 **둑투스**ductus라는 방식으로 말한다는 뜻이었다. **스크리베레**scribere는 글짓기와 글쓰기라는 육체적 행위를 나타내는 말이었다. 중세기에는 두 가지 뜻의 경계가 사뭇 달라졌다. **딕타레**dictare는 글월을 짓는 행위를 가리켰고, **스크리베레**는 그저 문구류를 가지고 하는 일이라는 뜻이 됐다. 수도사가 자기 방에 혼자 있을 때 구술을 할 수 있었음을 암시하는 사례도 이따금 있었다. 12세기까지 **아르스 딕타미니스**ars dictaminis는 읽고 쓰는 기예라기보다 읽고 짓는 기예였다. 글을 쓰는 기예는 필사본이 만들어지기까지 필요한 여러 가지 기예 중 **하나**였다. 가죽 벗기는 사람, 양피지 만드는 사람, 밀랍판 제작용 벌을 치는 사람, 세밀화 그리는 사람, 제본공, 필사실에서 낭독하는 사람이 모두 필요했다. 글줄이 낱말로 구분되면서 상황이 달라졌다. 필사자는 눈앞에 놓인 낱말을 직접 보고 하나씩 베껴쓸 수 있었다. 13세기에는 글을 읽지 못하는 사람을 필사자로 활용하여 베끼게 했다는 증거가 어느 정도 있는데, 이들이 더 정확하게 베낄 수 있었기 때문이다.

고대에 바로나 퀸틸리아누스 같은 뛰어난 문법가들이 낱말을 지적으로 터득하여 문장 중에서 낱말의 형식과 기능을 가르칠 수 있었지만, 그 이후에도 글은 여전히 순수하게 **그라마티카**grammatika, 즉 문자의 연속이었다. 낱말은 물리적인 구분 없이 하나로 줄지어 꿰여 있었다. 문자가 그렇게 이어져 있었기 때문에 그것을 큰 소리를 내어 읽기 전에는 글월 속의 낱말을 파악하기가 불가능했다. 그 이치를 따져볼 때 저자는 낱말을 또박또박 읊어주며 받아적게 했을 테지만, 필경사를 거치면 그것은 공백 없이 줄줄이 나열되는 문자의 연속이 됐다. 읽을 때는 이 일련의 문자를 귀로 들으며 낱말을 끄집어내어 분리해야 할 뿐 아니라, 그것을 매끈히 다듬어 운율에 맞춰 낭랑하게 읊어야 했다.

매우 소극적이지만 낱말을 분리하기 시작한 사람은 히에로니무스였다. 그는 히브리어 성서를 라틴어로 번역하면서, 문자를 모두 붙여 쓰면 무슨 말인지 거의 모르게 될 부분에서는 읽기 쉽도록 하기 위해 절節과 구句에 따라per cola et commata 문자 사이를 끊어놓았다.• 낱말을 엄격하게 띄어 쓴 최초의 문장은 세비야의 이시도르가 지은 『어원』의 초기 필사본 제목에 나타난다. 일반적으로 낱말을 띄어쓰기 시작한 것은 7세기였다. 당시 알려진 세계의 북쪽 변방에 속했던 켈트족의 '무식한 사람들'을 사제로 만들기 위해 라틴어를 가르칠 필요가 있었다. 낱말 띄어쓰기는 이처럼 야만인에게 새로운 언어로 라틴어를 가르치는 수단으로 도입됐다. 라틴어의 새로운 발음과 마찬가지로 이것은 8세기 말에 알퀴누스를 통해 투르를 거쳐 대륙으로 들어왔다. 새로운 발음은 금세 퇴짜를 맞았지만, 낱말이 글의 시각적 단위가 된 이 혁신은 널리 받아들여졌다. 학교에서 **디스팅크티오**distinctio, 즉 낱말 사이에 공백을 두기 시작했음을 보여주는 최초의 증거는 9세기로 거슬러올라간다.

낱말의 분리라는 새로운 시각 효과는 필사실에서 나타났다. 8세기 이전에 그려진 그림에서는 필사실이 구술을 받아적는 방으로 묘사됐다. 그러다가 필사실을 그린 그림들 중 일찍이 볼 수 없던 그림이 8세기 초에 나타났다. 필경사가 자신이 베끼고 있는 내용이

• 의미 단위로 잘라 줄 바꿈(행갈이)을 했다는 뜻이다.

담긴 기다란 양피지를 앞에 놓고 앉아 있는 그림이다. 그렇지만 이 때까지도 가장 일반적인 베끼기 방법은 필경사가 자기 자신에게 구술하며 받아적는 것이었다. 이미 9세기 초부터, 이따금씩 화가들은 그림에서 저자의 영감을 책상에 앉아 글 쓰는 사람 앞에서 두툼한 책을 들고 있는 천사로 묘사했고, 심지어 복음서 저자들의 영감까지도 그렇게 묘사했다. 그렇지만 진짜 철저한 변화가 일어난 것은 13세기에 가서의 일이었다.

13세기 초반 세밀화에 묘사된 글 쓰는 사람은 이제 왼손에 칼을 들고 있지 않다. 잘 문질러서 편평하게 펴야 하고 이따금은 칼끝으로 책상에 고정시켜두어야 하는 딱딱한 가죽에 글을 쓰고 있지 않다. 이제는 얇은 양피지에 쓰고 또 종이에도 쓰기 시작한다. 자세는 훨씬 더 편안하다. 글쓰기는 이제 힘이 많이 드는 작업이 아니게 됐다. 그의 오른손 역시 일이 더 쉬워졌다. 글을 쓰는 면이 매끈하고, **둑투스**는 거침없이 이어지며, 그리고 고대 말기 이후로 기억에서 사라졌던 흘림체가 마침내 중세기 나름의 모양으로 만들어졌기 때문이다. 거장은 이제 스스로 글을 쓸 수 있게 됐다. 한 세기 전에는 구술을 하는 사람으로 그려졌지만, 이제는 깃촉을 손에 들고 있는 모습으로 그려진다.

13세기 중반에 토마스 아퀴나스는 이미 더 새로운 문구류—양피지, 주머니칼, 갈대, 잉크 등—를 마음대로 쓸 수 있었다. 그가 직접 쓴 초고가 우리에게 전해지는데, 생겨난 지 한 세대도 지나지 않은 지라 아직 완전히 표준화되지 않은 고딕 흘림체로 적혀 있다. 이 거장은 자신이 적은 쪽지를 비서가 베껴쓸 수도 있다는 생각을 아직 하지 못했다. 거장이 손으로 쓴 글을 제자들이 베끼는 것은 그다음 세대에 이르러서야 가능해졌다. 교실에서 토마스 아퀴나스는 여전히 자신이 준비한 쪽지를 보면서 그것을 바탕으로 강의 내용을 구성해가며 낭랑하게 읊어주는 방법으로 강의했다. 강의를 위한 쪽지를 몇 장의 밀랍판에 압축해 넣을 필요가 없었다. 그는 잘 훈련된 자신의 기억을 돕는 용도로 쪽지를 활용했다. 강의 때 다룰 논지의 개요를 쪽지로 만든 것이다. 그리고 대체로 먼저 개요를 읊어주고 그다음에 그것을 바탕으로 한 강의를 읊어주었다. 그 이전의 교사들은 쪽지를 보며 강의하지 않았고 자신이 가르치는 내용의 출처를 대부분 확인할 수 없었다.

베르나르는 출처를 언급할 때 자신의 기억을 바탕으로 했다. 그로부터 두 세대가 지난 뒤의 알베르투스 마그누스와 토마스 아퀴나스는 참고도서를 활용한 최초의 인물이었다. 이들은 참고도서에 적힌 그대로를 인용했고, 이들이 죽은 뒤에는 이들이 쓴 책이 사슬에 묶인 채 도서관 책상에 비치됨으로써 참고도서가 됐다. '참조'라는 새로운 기법 덕분에 13세기의 저자는 어떤 내용을 인용할 때 출처를 보고 그것이 정확한지 확인할 수 있게 됐다. 저자는 원하는 구절을 찾아 그것을 눈으로 보면서 구술해줄 수 있다. 구술자는 자기 앞에 놓인 기억에 임의로 접근을 하기 시작했다. 초서는 『캔터베리 이야기』의 일부인 「기사 이야기」를 쓸 때, 보카치오의 장시 「테세이데」 본문을 앞에 놓고 **아욱토리타스**auctoritas 즉 원천자료로 삼았음이 분명하다. 수사학자가 제자에게 상상 속에 지으라고 가르친 기억의 건축물이 수백 년이 지나서야 지면 위에 모습을 드러냈다. 『린디스판 복음서』에는 아치 장식 아래 내용을 적어 만든 표준대조표•가 열여섯 쪽에 걸쳐 나온다. 『켈스의 서』에서는 책의 시작 부분에 4세기 때의 에우세비우스 대조표를 배치해두어, 읽는 이에게 마태오, 마르코, 루가,▪ 요한의 복음서가 서로 유사하다는 암시를 줌으로써 네 개의 이야기를 하나로 읽을 수 있도록 해놓았다. 그러나 이 기억의 건축이 별개의 모습으로 그 실체를 드러낸 것은 12세기 말의 일이다. 책 읽는 사람이라면 누구나 언제든 자기가 읽은 책으로 되돌아갈 수 있다. 머잖아 연구생들은 자기 수도원의 장서뿐 아니라 외부의 장서에도 손을 뻗을 수 있게 됐다. 최초의 종합 도서목록이 소르본 대학 설립 직후 생겨난 것이다.

그렇지만 쉽게 자료를 찾아볼 수 있는 도서관 서가를 만든 것보다 훨씬 더 중요한 것은, 책 안에서 책의 내용을 배치하는 새로운 방식이었다. 거룩한 계시를 적은 원천자료의 정확한 위치를 되찾아가는 기법은 그리스도교 저자를 이교도 저자와 구분하는 데 처음부터 꼭 필요했다. 이런 점에서 보면 이 일을 가능케 한 기법이 형성되기까지 수백 년이 걸렸다는 게 놀라울 따름이다. 천 년 동안 성서는 간접적으로 언급되지 않고, 언제나 직접 **인용**됐다. 아우구스티누스는 자신이 쓴 『신국』의 방대한 내용을 독자들이 쉽게 찾아볼 수 있게 도울 목적으로 한 가지 장치를 고안해 실험했다. 각 권을 요약한 **브레비쿠스**brevicus를 마련한 것이다. 카시오도루스는 6세기에 핵심 낱말을 주석으로 활용하는 법을 실험했는데, 받아적게 구술해주면서

● 복음서 본문을 오늘날처럼 장과 절로 구분한 것은 13세기(장)와 16세기(절)의 일이다. 고대 후기와 중세 때는 표준대조표canon tables를 만들어 사용했는데, 이를테면 마태오의 복음서에 있는 특정 구절이 나머지 복음서에도 나오는지, 나온다면 어느 대목에서 나오는지 알 수 있게 한 것이다. 그리고 복음서 본문에서 해당 구절을 쉽게 찾을 수 있도록 여백에 표시를 넣었다.

▪ 공동번역을 제외한 한글판 성서에서는 '마태' '마가' '누가'로 나온다.

본문에서 핵심 낱말을 뽑아 여백에 넣었다. 세비야의 이시도르는 아라비아인들이 스페인 남부에 정착하기 직전에 자신이 쓴 방대한 『어원』에서 처음으로 장 제목을 달았다. 그러나 성서의 장 구분이 표준화되기까지는 매우 오래 걸렸다. 절 구분은 그보다 더 오래 걸렸다.• 차츰 신약성서 문구가 장과 절로 언급되기 시작했다. 구약성서를—문구의 직접 인용 없이—장과 절로 언급할 수 있게 된 것은 서기 1200년 이후였다. 그러다가 12세기 말엽 책을 참조 도구로 쓸 수 있게 한 장치가 아주 느닷없이 생겨났다. 바로 성서 전체에 대한 주제별 색인이었다. 이로써 글월을 쪽 번호로 참조할 수 있게 해준 인쇄술을 약 250년 앞질러 책 전체에 하나의 격자망이 덮였다. 이 격자망은 내용 자체와는 아무런 관련도 없는 장치였다.

12세기를 거치는 동안 문자로 적힌 글월은 공간 속에서 서로 관계를 맺으며 시각적으로 고정됐다. 시각적으로 고정된 글월에서 특정 요소는 돌출되게 했다. 이제 인용문은 다른 색으로 표시했다. 주석 때문에 본문에서 여백으로 눈길을 옮기는 데 익숙해진 독자의 눈은 색인으로부터 해당 쪽으로, 한 책에서 다른 책으로 옮겨가는 데 숙달되어야 했다. 이제 눈은 그저 글줄만 받아들이는 게 아니라 글월 전체를 통째로 받아들였다. 이런 기법 중 일부는 아라비아의 영향을 받아 개발됐을 가능성도 충분히 있다. 무슬림은 자연을 그려서는 안 됐기 때문에 문자의 배치만으로 쪽의 내용을 구성하고자 했다. 그 결과 아라비아의 필경사들은 같은 시대의 라틴어 책에 비해 색을 더 다양하게 사용하고 문자 배치 방식을 더 다양하게 발

• 앞 주 참조.

전시켰다. 아라비아로부터 번역서가 들어오면서—톨레도나 몽펠리에의 유대인들이 만든 번역서가 많았는데—13세기 수도사들이 사용한 새로운 기법에 일부 영감을 준 것이 분명하다. 그러나 서양의 제책 기법에서는 그림이 배제되지 않았다. 여러 가지 새로운 방법 덕분에 글월이 시각적 형태를 띨 수 있게 됐다는 바로 그 이유 때문에, 이 시각적 글월은 그림이 그려진 여백 및 세밀화와 새로운 관계에 들어갔다. 글월과 장식은 이제 『린디스판 복음서』에서처럼 서로 모호한 방식으로 얽히지 않는다. 문양은 이제 『켈스의 서』에서처럼 글줄 안으로 파고드는 정도를 넘어서지 않는다. 그림을 그리는 작업과 칠하는 작업은 따로 구분됐으며 가끔은 서로 다른 사람의 손을 거쳤다. 그러면서도 13세기와 14세기를 지나는 동안 삽화와 글이 융합됨으로써 서양의 필사본이라는 멋진 종합체가 등장하는 밑바탕이 마련됐다.

이제 세계는 묘사된 모습으로 독자의 눈앞에 놓여 있다. 책은 이제 임의로 접근이 가능해졌다. 독자는 색인이 어디를 가리키고 있든 마음대로 그곳을 찾아갈 수 있다. 글로 적힌 내용을 독자는 눈으로 보며, 이때의 시각화 과정을 삽화가 도와준다. 독자의 전거는 스승이 아니라 저자로 인식된다. '그 자신이 말했다ipse dixit'는 이제 '그 자신이 썼다ipse scripsit'로 바뀌었다. 이제 학생들은 스승 앞에 앉아, 자신의 무릎 위에 놓여 있는 스승의 글월에 눈을 고정시킨다. 이들은 더이상 스승의 말소리를 상기해내지 않아도 된다. 그 대신 스승의 논거 구조를 파악하여 자신의 마음속에 각인시켜야 한다. 13세기 말에 이르렀을 때 파리의 학생들은 대출이 가능한 도서관에서 필사본을 빌려 수업시간에 스승과 함께 읽을 수 있었다. 도서관은 조용한 장소가 된다.

이제 정말로 독자는 생빅토르의 위그가 1128년에 말했던 그대로 말할 수 있다. "Trimodium est lectionis genus: docentis, discentis vel per se inspicientis."(내가 네게 [소리를 내어] 읽어줄 수 있고, 네가 내게 [소리를 내어] 읽어줄 수 있고, 내가 나 자신에게 명상적으로 읽어줄 수 있다.)• 이제 교사가 하는 활동으로서의 읽기, 다시 말해 소리를 내어 읽기와 듣는 활동으로서의 읽기는 제3의 소리 없는 유형의 읽기로 보완된다. 그것은 곧 책을 명상하며 읽는 것이다.

• 라틴어 원문은 다음과 같다. "읽기의 방식은 세 가지이다. 가르치는 읽기, 배우는 읽기, 혼자 생각하는 읽기이다." 스승이 가르치기 위해 학생에게 글을 읽어주는 것, 제자가 그것을 귀로 듣고 익히기 위해 읽는 것, 그것을 새기려 혼자 읽는 것을 말한다.

4

번역과 언어

낱말 없이 이루어지는 말에서는 의미가 낱말 대 낱말로 재현되지 않는다. 글이 생겨났지만 그 때문에 언어의 경계가 결정된 것도 아니고 번역에 의존할 수밖에 없게 된 것도 아니다.

우리는 번역자가 여러 면에서 경계에 선 사람이란 것을 자주 망각한다. 번역자는 경계 자체를 만들고 그 너머로 건너가 노획물을 품고 이리로 건너온다. 그는 야만스러운 지껄임이 오가는 저 야생지대를 '저편' 강기슭으로 바꾸어놓는 뱃사공과 같다. 번역자란 구술문화의 세계에서는 존재할 수 없다. 그 세계에서는 오스만제국의 재판관 집무실 주위에서 어슬렁거리는 '드라고만' 같은 역관도, 두 글월이 서로 일치하는지를 잘 아는 독일의 '돌메체르' 같은 해석자도, 같은 내용을 동시에 말하는 국제연합의 '동시통역사'도 없다. 이들 모두는 글월의 직공들이다. 이들은 말을 한다는 것은 필경사를 앞에 두고 있는 것처럼 구술하는 것이라는 전제에서 출발한다. 이 구술이 글로 남겨지는가는 중요하지 않다. 글로 남겨지든 남겨지지 않든 그 결과물은 하나의 '글월'이기 때문이다. 오늘날 번역은 한 글월을 다른 글월로 바꾸는 것을 나타낸다. 그 이면에는 글월 속에는 내용물이 담겨 있어—어휘, 문법, 발음, 문맥 등 나름의 특색을 지닌—하나의 그릇에서 다른 그릇으로 그 내용물을 옮겨 부을 수 있다는 관념이 놓여 있다.

오늘날 '언어'의 역사를 연구하고자 할 때 독자 대부분이 마주치는 장애물 한 가지는 인간은 원래부터 한 가지 언어를 사용한다는 믿음이다. 소쉬르에서 촘스키에 이르기까지 언어를 사용하는 사람, 즉 말하는 사람은 '호모 모놀링귀스homo monolinguis'라고 가정한다. 이 관념은 고대 그리스나 중세기에는 없던 것이다. 오늘날에도 이런 관념이 낯선 사람들이 많다. 인도네시아의 자와 섬이나 사하라 남쪽 사헬 지역의 일상에서는 수많은 사람들이 여전히 여러 종류의 담화를 편안하게 느낀다. 현대적 의미에서 보면 각기 별개의 언어로 주고받는 담화다. 그러나 이런 지역의 사람들—예컨대 자와 섬 사람들—은 사물을 다르게 인식한다. 지금도 이들은 "나는 당신의 언어를 모른다"고 말하지 않고 "나는 당신이 뭐라고 말하는지 모르겠다"고 말한다. 이들은 상대방이 설명이나 몸짓, 요약으로써 말하려는 내용을 파악하는 데 중점을 두고 있지, 그 사람이 하는 진술의 통역을 원하는 게 아니다. 우리 현대인이 '언어'라고 판단하도록 배운 두 문화 사이의 경계가 이들에게는 고대 그리스에서 그랬던 것처럼 유동적인 상태로 남아 있다. '번역'이라는 관념에 따라 번역자가 오갈 수 있는 경계가, 번역자가 아니면 오갈 수 없는 저

경계가 아직 만들어지지 않은 것이다.

증인의 증언을 법정 용어로 받아적는—예를 들면 증인이 슈바벤어로 하는 말을 라틴어로 기록하는—11세기의 성직자는 필경사와 같다. 그는 번역을 할 생각이 없다. 투르 공의회에서 정한 법규에 따라 설교를 읽어주는 주교도 번역을 하는 것이 아니다. 그는 하느님의 말씀을 알리고 그것을 해석하여 가르치고 있다. 사람들이 이해하도록 돕는 것이다. 이것은 번역과는 거리가 멀다.

오늘날에도 우리는 종종 이렇게 말한다. "좀 도와주실래요? 저 어르신 또는 과학자가 무슨 이야기를 하고 있는지 알고 싶어서요." 이때 우리는 번역자를 찾는 게 아니라 이해를 도와줄 사람, 즉 해석자를 찾고 있는 것이다. 우리는 노파의 중얼거림이나 니더바이에른 지방의 방언, 과학 용어 또는 중국어를 이해하게 해주는 매개자에게 의존한다. "뭐라는 건가요?"라는 질문에는 "저이가 하려는 말이 무언지 제게 말씀해주세요"라는 요청이 담겨 있다. 우리는 그 사람이 그 말을 낱말 대 낱말로 이해했을 것으로 기대하지도 않는다. 우리는 그저 **그 사람이** 이해한 것을 이해하고자 할 뿐이다. 이처럼 설명을 이해하는 것은 자신이 이해한 것을 설명하는 능력과 아울러 말로 주고받는 담화의 기본이다.

언어라는 감옥에 갇힌 채 언어를 관념론적으로 바라보는 사람이 볼 때 이런 유의 소통은 상상도 할 수 없거나 짜증나는 일이 됐다. 그는 자신이 '언어'라는 용어로 가리키는 현상에는 역사가 있다는 것, 즉 사회적으로 만들어졌고 따라서 사라질 수도 있다는 것을 받아들이기 어려워한다. 낱말이 글을 통해 지금과 같은 형태를 띠게 된 것과 마찬가지로, '언어' 역시 글월의 번역을 통해 지금과 같은 형태를 띠게 됐다는 사실 말이다.

조지 스타이너에 따르면 번역은 그리스도 이전 시기에는 문제가 되지 않았다. 글을 아는 소수의 사람들은 대개 두 가지 언어를 사용했고, 한 언어로 들은 것을 다른 사람들에게 다른 언어로 다시 들려주거나 요약하거나 알리거나 그에 대한 의견을 달 수 있었다. 키케로와 호라티우스는 번역을 기예라 말한 최초의 사람에 속한다. 그리스어로 된 작품을 라틴어로 옮길 때 **베르붐 프로 베르보**verbum pro verbo, 즉 낱말 대 낱말로 옮기지 않았다. 한 언어의 낱말로부터 그 의미를 떼어내 다른 언어 안에서 되살아나게 했으며, 형식을 벗겨내고 내용을 유지하고자 했다. 번역에 관한 이론은 거의 달라지지 않았다. 번역은 한 언어의 비밀을 다른 언어로 누설하는 것으로 묘사됐다. 1950년대에 해석학이 등장하기까지는 그랬다. 번역 연구는 해석학이 등장하고서야 응용언어학 이론으로서 문학이론에서 분리되어 나왔다. 결국 우리는 보르헤스가 한 말에 동의할 것이다. "Ningún problema tan consustancial con las letras y con su modesto misterio como el que propone una traducción."(번역은 문학에서 가장 신비스러운 부분을 반영한다.)•

이론이 없었음에도 중세기가 번역의 시대로 자라나는 데에는 아무런 지장이 없었다. 번역의 시대는 그리스도교의 욕망에서 시작했으니, 그 하나는 복음을 온 세상 사람들에게 전하겠다는 욕망이었다. 그리고 서양의 고대 후기 문화는 아우구스티누스를 거치면서 단일언어로 변해 있었으므로, 히브리어와 그리스어로 된 그리

• 스페인어 원문을 직역하면 다음과 같다. "문학과 그것이 담고 있는 자그마한 신비에 있어 번역으로 인해 생겨나는 것보다 더 본질적인 문제는 없다."

스도교의 책을 그들의 문화 속으로 가져오고자 하는 욕망이 있었다. 성 히에로니무스는 번역자로서 하는 자신의 활동을 하나의 이미지로 정의했는데, 이에 대해 라이헤나우의 수도사들은 다음과 같이 비유했다. "Quasi captivos sensus in suam linguam victoris iure transposuit."(승자가 포로를 전쟁의 규칙에 따라 끌고 오는 것과 마찬가지로, [번역자 역시] 의미를 자기 자신의 언어 안으로 가져온다.) 그리고 히에로니무스는 번역을 통해 글월에 가해지는 폭력을 의식하고 있었기 때문에 그 과정에 한계를 둘 것을 요구했다. 그는 성서를 라틴어로 번역하면서 표현할 수 없는 어떤 것을 해석할 때, 그것을 감추기보다는 뜻을 이해하지 못하더라도 낱말을 원문 그대로 번역하여 나열하는 쪽을 택하면서 다음과 같이 말했다. "Alioquin et multa alia quae ineffabilia sunt, et humanus animus capere non potest, hac licentia delebuntur."•

중세기의 번역에는 독특한 의미가 있었는데, 글에 쓰이는 유일한 언어라는 라틴어의 독특한 위치 때문이었다. 라틴어는 신의 계시를 부어넣을 수 있는 유일한 그릇이었다. 카롤루스대제 시대(8세기 말~9세기 초)에 이르러 라틴어는 그리스어 및 히브리어와 함께, 다른 언어로 번역이 가능한 거룩한 언어가 되어 있었다.

9세기의 수도사들은 **테오티스크**theotisc▪를 라틴어 성서의 내용물을 감히 부어넣을 수 있는 하나의 그릇으로 만들어가기 시작했

• 히에로니무스가 구약성서 에제키엘서 1장 13~14절에 붙인 주석의 일부로, 라틴어 원문은 다음과 같은 뜻이다. "그렇게 하지 않으면 사람의 마음으로 표현할 수 없거나 헤아릴 수 없는 수많은 것들이 그로 말미암아 사라지고 말 것이다."

▪ 이 시기에 독일 민중이 쓰던 언어다.

다. 뮈르바흐나 라이헤나우 섬•에서는 이제 독일어에 구체적인 형태를 부여하는 것이 학문적인 관심사가 됐는데, 거룩해진 라틴어로부터 번역할 수 있도록 하기 위해서였다. 한 세대가 채 지나지 않아 이들 수도원의 수도사들은 베네딕투스 수도회의 규칙을 번역하려는 목적으로 라틴어 어휘에 대응하는 독일어 어휘를 만들었다. '라틴어 사고 및 문학을 거르는 마지막 단계'를 위해 용어집을 만들어 대응하는 말을 찾아냈다. 심사숙고를 거쳐 새로운 낱말을 만들고, 새로운 의미 분야를 정확하게 정의하며, 말을 빌려오거나 같은 어원으로부터 새로운 낱말을 만듦으로써 완전히 새로운 것이 생겨났다. 독일 방언을 가지고 라틴어와 동등하다고 볼 수 있는 독일 언어를 결정화한 것이다.

9세기 중반에 로망스어로 작성된 문서 하나가 우리에게 전해진다. 우연히도 이것은 선서문으로 니타르트가 쓴 연대기에 포함돼 있다. 연대기는 당시로선 보기 드물게 뛰어난 라틴어로 적혀 있다. 니타르트는 아버지의 뒤를 이어 생리퀴에 수도원장이 됐고, 그의 어머니 베르타는 카롤루스대제의 딸이었다. 그는 카롤루스대제의 또다른 손자이자 자신의 사촌인 샤를 대머리왕(샤를 2세)을 섬겼다. 그가 연대기를 쓴 것은 844년 전투로 죽기 두 해 전의 일이었다. 그는 자신이 경험한 바를 생생한 표현으로 묘사한다. 신성로마제국이 쇠퇴하고 있고 그해 날씨가 유독 나빴다는 점을 불평한다.

• 뮈르바흐는 프랑스 알자스 지방에 있는 코뮌으로 뮈르바흐 수도원이 있는 곳이고, 독일 남부의 라이헤나우 섬은 라이헤나우 수도원이 있던 곳이다. 두 수도원 간 거리는 직선으로 145킬로미터 정도 된다. 둘 모두 8세기에 설립됐으나, 라이헤나우 수도원은 19세기 초에 문을 닫았다.

우리는 그가 쓴 연대기를 통해, 841년에 샤를 대머리왕과 루트비히 독일왕이 모의하여 두 사람과 형제간인 로타르 1세와 전쟁을 벌였음을 알고 있다. 니타르트는 두 지배자와 그들의 병사들이 모의하면서 나눈 맹세를 기록했다. 각 지배자는 자기 자신과 휘하의 병사들을 대신하여 상대방의 언어로 맹세했다.

토박이말로 주고받은 두 사람의 맹세는 모두 빈틈없이 작성된 라틴어 원본을 바탕으로 했다. 이 원본은 어쩌면 니타르트가 자신의 주군이자 사촌을 위해 작성했겠지만 오늘날에는 남아 있지 않다. 이 두 가지 맹세에는 스트라스부르 맹세라는 이름이 붙었는데 프랑스어와 독일어의 역사에서 매우 다르기는 하지만 결정적인 역할을 했다.

로마나 링구아romana lingua(로망스어)로 된 이 글월은 프랑스에서 일상어를 알파벳으로 적은 최초의 기록물이다. 프랑스에서는 라틴어 문자로 완벽하게 표기할 수 있는 방언이 약 1천 년 동안이나 쓰이고 있었지만 기록된 적은 없었다.

상인, 수공업자, 여자, 관리 들이 쓰던 '통속' 생활어가 프랑스에서 서른 세대 동안이나 살아 있었지만 우리는 이 언어에 대해 아는 것이 없다. 라틴어와 마찬가지로 이 언어는 이탈리아에서 왔으나, 라틴어보다 더 일찍 뿌리를 내렸고 더 오래 사용되었다. 하지만 롬바르디아나 이베리아반도에서 그랬던 것처럼 이 언어 역시 라틴어와는 다른 별개의 '언어'로 구별되지도 않았고 기록된 적도 없었다.

스트라스부르 맹세의 로망스어 글월을 자세히 분석해보면 니타르트의 글월은 말로 한 언어를 그대로 옮겨적은 게 아니라는 사실이 의심의 여지없이 드러난다. 주도면밀하게 구성한 형식에 따라 라틴어로 생각하고 쓴 글을 가지고, 알자스 지방 표현 양식의 발음과 구문으로 각색하려 한 것이다. 맹세의 글월은 이미 발달한 법률 용어와 과장된 전문 어휘를 복잡하고도 유식한 구문에 담아 표현한 좋은 예로, 오늘날 우리에게 전해지는 카롤링거 왕들의 라틴어 맹세와 정확하게 맞아떨어진다. 카롤링거의 두 왕이 모의한 내용은 여기서 자기네 방언으로 복제되어 큰 소리로 낭독됐고 각 군대는 이를 엄숙히 따라 말했다.

이 방언은 '라틴어' 방언이 아니었다. 서기 79년 베수비오 화산이 분출했던 때조차 로마인은 이미 라틴어를 철자대로 말하지 않았다. 사람들이 집 벽에 서투르게 적은 낙서가 화산재에 뒤덮여 보존됐다. 교육받지 못한 이들이 갈겨쓴 이들 낱말의 구조를 보면, 최근까지도 언어학자들이 그보다 천 년 뒤에 일어났을 것으로 생각했던 변화가 일어날 조짐이 드러난다. 예를 들면, m으로 끝나는 낱말의 경우 끝의 m이 빠져 있는 때가 많다. 필시 이 m은 발음되지 않았거나 그 바로 앞의 모음과 합쳐져 콧소리가 됐을 것이다. 비슷한 현상을 오늘날 포르투갈어에서 볼 수 있다. 학자 중에는 말해진 대로의 언어와 글로 적힌 대로의 언어 사이의 이러한 간격이 가난한 계층 사람에게만 있었던 현상이 결코 아니었을 것이라 생각하는 사람이 많다. 이 시기의 고전시는 브라질어같이 m을 삼켜버릴 때 새로운 매력을 띤다. 그리고 베수비오 화산 분출이 있은 지 700년이 지난 서기 841년에 갈리아 지방에서 쓰인 로망스어는 이베리아에서 쓰인 로망스어와 마찬가지로 라틴어의 낱말 구조로부터 훨씬 더 멀어져 있었다. 읽을 때는 **링구아 로마나**lingua romana의 지역적인 형태에 가깝게 읽었다. 읽는 사람의 관점에서 낱말 구조는 문법에 따라 결정됐고 발음은 지역에 따라 결정됐다. 오늘날 영어가 그렇듯 라틴어의 발음도 철자법과 동떨어진 곳이 많았을 것이다.

카롤링거왕조가 개혁을 일으킨 목적에는 라틴어를 제국 전역에서 똑같은 방식으로 읽도록—그리고 결과적으로 똑같은 방식으로 말하도록—하려는 것도 있었다. 카롤루스대제는 철자법이 이미 통일되어 있는 것처럼 소리도 통일하고 싶어했다. 오늘날이라면 이런 목표는 서로 알아들으려면 그렇게 할 필요가 있겠구나 하고 이해할 것이다. 그러나 당시에는 서로 알아듣게 하기 위해 그런 개혁을 일으킬 필요는 전혀 없었다. 수도사는 누구나 자기 수도원의 라틴어 발음을 배웠다. 한 수도사가 이탈리아의 수비아코에서 독일의 풀다까지 걸어가다 보면 그의 발걸음보다도 그의 귀가 새로운 발음에 적응하는 속도가 훨씬 더 빨랐다. 오늘날 인도의 순례자가 발걸음을 한 번 뗄 때마다 새로운 환경에 귀가 적응되고 있음을 느끼는 것과 마찬가지다. 더욱이 억양이 크게 다르기는 했지만—오늘날이라면 언어가 다르다고 하겠지만—전통 사회에서는 사람들이 귀기울여 듣고 이해하려고 하는 태도가 오늘날 학교 교사가 상상하는 것보다 훨씬 더 적극적이다. 어떤 의미에서 라틴어는 천 년이 넘도록 살아 있었다.

카롤루스대제와 그를 에워싼 지식인 수도사들—어른이 된 대제가 작문 스승으로 모시고 싶어했을 문법학자 페트루스, 지금도 교회 예배에서 불리는 성가를 지은 파울리누스, 궁정 역사학자 파울루스 디아코누스, 꾀가 많고 예술에 뛰어났던 서고트인 테오둘프, 카롤루스의 전기를 쓴 평신자 아인하르두스 등—은 모두 함께 제국의 전체 백성을 한 목소리로 말하는 사람들로 만들어내겠다는 야심찬 목표를 품고 있었다. 왕권은 교회에 봉사하도록 하느님이 내린 은총으로 해석됐다. 삶의 모든 영역을 가시적으로 통일하고 표준화하려는 데에는 실제적이기보다는 상징적인 목적이 더 컸다. 그것은 깊이 뿌리내린 습관을 원전에 따라 바로잡자는 것이었다. 라틴어 성서를 위한, 교회법을 위한, 예전을 위한, 그리고 수도원 생활을 위한 가공의 '원본 글월'을 탐구했다. 라틴어 발음을 표준화하려는 계획은 이와 똑같은 맥락에서 볼 필요가 있다. 즉 신학적인 동기에서 출발한 것으로서, 상징적인 효과가 뚜렷하고 획일적이며 위엄 있고 죽어 있는 '언어'를 만들겠다는 것이었다. '의사소통 수단'을 향상시키겠다는 게 아니었다.

대륙에서 그런 계획을 실행에 옮길 사람은 아무도 없었을 것이다. 획일적 문자언어에는 획일적 발음이 필요하다는 관념은 교회의 기본적 믿음에 어긋났다. 요한의 묵시록은 하나였고, 모든 사람이 각기 자기 말로 알아들을 수 있어야 했다. 동일한 것을 모든 사람이 자기 말로 알아듣게 하는 이 위업을 일상적으로 실행함으로써 오순절의 기적•을 끊임없이 재현했다. 영국에서는 이 '기적'이 로망스어가 토박이말이였던 적 없는 지역을 빼곤 어디서나 행해질 수 있었고, 따라서 라틴어로 적힌 글을 '올바르게' 발음하는 것이 8세기에 하나의 연구 주제가 될 수 있었다. 베다 베네라빌리스는 철자법에 대한 논문을 썼다. 베다가 죽던 해(735)에 태어나 베다의 제

• 신약성서의 사도행전 2장에 기록된 사건을 말한다(사도행전 2장 1~4절). "마침내 오순절이 되어 신도들이 모두 한곳에 모여 있었는데 갑자기 하늘에서 세찬 바람이 부는 듯한 소리가 들려오더니 그들이 앉아 있던 온 집안을 가득 채웠다. 그러자 혀 같은 것들이 나타나 불길처럼 갈라지며 각 사람 위에 내렸다. 그들의 마음은 성령으로 가득차서 성령이 시키시는 대로 여러 가지 외국어로 말을 하기 시작하였다."

자들 틈에서 자란 알퀴누스는 카롤루스대제의 궁정 교사로 불려가 투르의 학교를 맡았다. 그는 **링구아 로마나**의 연장선이 아니라, 수도원과 예전 속에 체계적으로 채택된 라틴어의 연장선상에 뿌리를 둔 고전 교육의 전통에서 성장한 사람이다.

카롤루스대제는 알퀴누스에 의지하여 라틴어 발음을 통일하려 했다. 알퀴누스는 대륙에 있던 그의 동료들과 달리 글월을 읽을 때 죽어 있는 언어처럼 발음했다. 그는 제자들이 라틴어를 자신이 요크에서 배운 방식대로 읽게끔 가르쳤다. 그것은 각 문자에 정확한 음가를 부여하는 방식으로, 다시 말해 각 문자를 매번 똑같은 소리로 발음하는 것이었다. 발음을 통일하려는 이 같은 관심은 새로 생겨난 카롤링거왕조의 표준 필기체에서 나타나는 단축형에도 반영됐다. 낱말 안에서 프랑크인이라면 강세를 충분히 두지 않거나 아예 발음하지 않을 부분만 적는 일이 되풀이됐다. 그뒤 스트라스부르 맹세가 있기 40년 전, 알퀴누스의 학교에서는 라틴어를 '읽을' 때 의도적으로 토박이말를 쓰는 사람들이 들어도 이해할 수 없게 하려 애쓰고 있었다. 니타르트가 링구아 로마나를 어떻게 발음 나는 대로 적을 생각을 했는지는 이 맥락에서만 이해할 수 있다.

알퀴누스의 발음 개혁은 라틴어에 새 생명을 불어넣기 위함이었다. 하지만 그 직접적인 결과는 라틴어를 소리 내어 읽을 때 듣는 이가 이해할 수 없게 되었다는 것이다. 카롤루스의 이러한 **레노바티오**renovatio(개혁)는 교회의 가르침에 방해가 되었다. 카롤루스대제가 역사적인 근거 없이 내놓은 정확한 발음이라는 개념을 거부한다는 교회의 결정은 그가 죽기 한 해 전 투르 공의회에서 공식화됐다. 투르는 공의회가 열리기 불과 몇 년 전 알퀴누스가 가르쳤던 도시였다. 공의회에서는 예배를 드리는 동안 사제가 새로운 방식으로 낭독하지 못하도록 금했다. 공의회에서는 예배를 집전하는 사제가 라틴어로 적힌 이 책을 보고 읽도록 규정했지만, 낭독할 때 로망스어나 **테오티스크** 토박이말로 읽어주도록 노력할 것을 요구했다. 투르 지방의 사제들은 아무런 불만 없이 늘 하던 그대로 계속하면 되었다. 글월은 라틴어로 적혀 있지만 그것을 낭독할 때는 예배에 모인 회중들의 토박이말로 들려주었던 것이다.

되살려낸 라틴어를 지지하는 측과 교회 사제들 간의 논의는 '읽는다'는 것을 어떤 활동으로 해석하느냐에 달려 있었다. 죽은 지 오래된 언어의 소리에 따라 문자를 한 자 한 자 또박또박 발음하는 쪽인지, 아니면 적혀 있는 글줄을 자기네의 살아 있는 말로 탈바꿈시키는 쪽인지에 따라 달라지는 것이다. 이 교회법을 규정함으로써 투르 공의회에서는 표준 문자언어에 하한선을 설정하는 일에 반대하고 있었다. 라틴어에 대한 알퀴누스의 생각은 제국 전체에 걸쳐 하나의 발음법을 공식화하는 것이었다. 이 새로운 발음법은 만민(**겐테스**gentes)에게 쓸모가 있어야 할 라틴어 글의 기능을 위험에 빠트리고 있었다.

투르에 모인 주교들은 이렇게 선언했다. "Easdem omelias quisque aperte transferre studeat in rusticam romanam linguam aut theotiscam, quo facilius possint intellegere quae dicuntur."• 공의회는 회중이 글월을 이해할 수 있도록(quo facilius possint intellegere) 문호를 개방한 상태를 유지하고자 했

• 저자도 이어 설명하고 있지만, 라틴어 원문은 다음과 같은 뜻이다. "설교는 테오티스크어든 로망스어든 토박이말로 읽어 모두가 이해할 수 있도록 해야 한다."

다. 따라서 낭독자가 자신이 읽고 있는 내용(quae dicuntur)을 낭독할 때, 성서 해설에 도움을 주도록 작성된 라틴어 글월(omelias, 설교문)이 사람들이 이해할 수 있는 방식으로 전해지도록(aperte transferre… in rusticam linguam) 노력을 들여(studeat) 발음할 것을 요구했다. 라틴어 글월을 독일어로 읽어주든 프랑스어로 읽어주든 상관이 없었다. 여기서 요점은 **루스티캄**(rusticam)이었다. 읽어줄 때 토박이말을 사용하여 단순한 방식으로 하라는 것이다. 토박이말 중 두 가지가 언급됐다. **로마나**romana와 **테오티스카**theotisca이다. 이로써 발음(방언)을 바꿈으로써 라틴어를 독일어나 프랑스어로 바꿔 읽어줄 수 있었다.

오늘날의 용어로 보면 우리는 '언어'는 하나하나가 독립적인 의사소통 체계이며 또 언어끼리 맞대놓을 수 있다고 생각하는 경향이 있기 때문에 독일어와 프랑스어가 대립된다고 생각하지만, 이것은 언어가 따로 떨어져 있는 맥락에서만 그렇다. 이처럼 깔끔하게 정의된 언어라는 오늘날의 관념도 그리고 언어가 서로 대립관계에 있다는 관념도 9세기의 글월에는 적용할 수 없다. **로마나**와 **테오티스카** 사이에 있는 **아우트**aut는 이쪽 아니면 저쪽이라는 양자택일의 의미라기보다 이쪽과 저쪽 사이의 어느 지점이라는 상대적인 의미에 훨씬 더 가깝다. 공의회가 라틴어를 읽어주는 쪽과 전체적으로 알아들을 수 있게 말하는 쪽을 서로 대립관계에 두는 데 반대한 것과 마찬가지로, 이 교회법은 번역 과정이 아니라 읽는 과정에 관해 규정하고 있다. 책에 어떻게 쓰여 있든 상관없이 이해할 수 있게 읽어준다는 것은 라틴어를 고대 프랑스어나 고대 고지독일어로 번역하는 것과는 다르다.

이는 **테오티스크**theotisc라는 낱말을 생각해보면 잘 알 수 있다. 이 낱말이 '민중적'이라는 뜻에서 '독일에서 생겨난'이라는 뜻으로, 또 **테오티스카 링구아**theotisca lingua가 '민중의 말'이라는 뜻에서 '독일어'로 바뀌기 시작한 것은 서기 800년이 되기 직전에 와서의 일이었다. 라이헤나우와 풀다, 알자스의 수도원에 있던 수도사들이 초보적인 형태의 게르만어를 만들어내기 위해 노력을 기울인 덕택에, **테오티스크**는 라틴어와 동등하지만 라틴어와는 구별되는 언어이며, 다른 언어로 또는 다른 언어로부터 번역이 가능한 언어라는 관념이 생겨났다. 그렇지만 아직 이 관념은 널리 받아들여지지 않은 상태였다. 오늘날 우리는 언어를 각기 별개로 구별된 새장이며 우리는 그 안에 갇혀 있다고 생각하지만, 이때의 토박이말은 그것과는 여전히 거리가 멀었다.

토착 문법이 처음으로 생겨나기 이전에—다시 말해 15세기 말에 이르기까지—**링구아**나 **방언**이나 **아블라**•는 칸칸이 구분된 서랍장의 서랍이라기보다는 무지개 속의 색깔에 더 가까웠다. 말을 이해할 수 있는 정도는 색깔의 농도에 비할 수 있었다. 하나의 색깔이 진하게 또는 연하게 나타나 주위로 퍼져가는 것처럼, 경관이 서로 어우러져 들어가는 것처럼, 공의회의 **로마남**romanam과 **테오티스캄**theotiscam 사이에 있는 **아우트**aut도 그와 마찬가지였다. 라틴어는 이 두 가지 '방언'과는 대비되는데 그것은 라틴어가 철자법이 있는 '언어'이기 때문이다. 그러나 철자법에 따라 읽어줘야 한다는 강제가 없는 한, 읽는 사람은 자신이 읽고 있는 것의 뜻에 무지개의

• habla. 지역에서 통용되는 자신의 '말'을 가리키는 스페인어.

어떤 색이라도 마음대로 입힐 수 있었다. 그리고 투르 공의회가 교회법에서 강조한 것은 바로 표음문자로 적힌 글월을 표어문자처럼 읽는 그리스도교의 전통이었다.

글 읽기의 성격을 이런 식으로 결정함으로써 그리스도교는 일찌감치 스스로 성전 밖으로 떨어져나왔다. 1세기에 작성된 유대교의 메길라 타니스(단식 문서)•에 따르면, 일흔 명의 유대인 현자들이 토라를 그리스어로 번역함으로써 70인역 성서가 완성되던 바로 그날, 온 땅 위에 사흘 동안 어둠이 내렸다고 한다. 쿠란은 오늘날에도 아라비아어로부터 다른 언어로 번역할 수 없다. 그리스도교의 가르침은 히브리어로 전하는 내용을 예루살렘에 있던 모든 이방인이 자기 자신의 언어로 들을 수 있었다는 바로 그 사실에 의존하고 있다. 그리스도교가 전하는 내용에서, 글월을 읽을 때 모두가 듣도록 소리 내어 하는 명상은 본질적으로 중요하다. 그레고리오 단선율 성가처럼 각 음절에 소리의 변화를 싣는 것과 복음을 토박이말로 선포하는 것은 글 읽기의 두 가지 양극단에 있는 형식이다. 므네모시네를 제대로 이해하지 못하면 경건한 글 읽기라는 그리스도교의 관념도 이해하기가 불가능하고, 하느님이 성서 속에 적혀 있는 말씀이 되었다는 것이 무슨 뜻인지도 알 수가 없다. 이처럼 글 읽기에 여러 가지 형식이 있다는 맥락에서 거룩한 글월을 4중으로 해석해야 한다는 교리가 절정에 이르렀다.

하지만 스트라스부르 맹세라는 증거물로 볼 때, 9세기 이후 글을 읽을 때 표의문자처럼 읽는 방식은 정확하게 그 반대의 효과를 낳

• '메길라 타니스'는 히브리어로 '단식 두루마리'라는 뜻이며, 유대교 축일 서른다섯 개를 달력 날짜순으로 기록하고 있다.

았다. 니타르트가 보존한 글월은 누가 실제로 한 말을 적은 것이 아니다. 교활한 종군 사제가 교묘하게 고안해 만든 이 한 토막의 말은 대법관청에서 고대의 형식으로 서약을 받는 수단이 됐다. 두운과 강렬한 낱말 때문에 군대는 익숙지 않은 맹세에 완전히 주의를 기울이게 됐다. 전투에 나선 사람은 모두 성직자가 읊어주는 문장을 한마디 한마디 그대로 따라 말했다. 로망스어로 적힌 문장 구조와 표현을 보면 이처럼 과장된 라틴어 관용표현이 토착 로망스어에 침입해 들어가는 것이 니타르트 시대에 새로 나타난 현상이 아니었음을 명확히 알 수 있다. 몇 가지 정해진 형식의 어법을 보면 대법관청에서 사용하면서 이미 다듬어져 있었다는 인상을 받는다. 이 맹세는 누군가가 문자를 더듬어 알아내거나 해독할 수 있게 되기 이전뿐만 아니라 민중의 토박이말로 노래나 진술이 적히기 이전에 이미 문자가 어떤 방식으로 민중을 형성할 수 있는지를 보여주는 한 예가 된다. 대중문화에서 문자로 적히지 않았음에도 사람들이 외우게 되는 글에는 여러 가지가 있는데 맹세는 그중 하나에 지나지 않는다. 기도문은 필시 이보다 훨씬 더 효과적으로 외웠을 것이다. 13세기까지도 성직자는 신자 개개인이 주기도문과 사도신경을 외우고 있는지를 알아보기 위한 한 가지 수단으로 고해성사를 활용했다.

중세기 성직자가 습관적으로 토박이말 증언을 듣고 그것을 라틴어로 적거나 라틴어로 된 맹세, 사도신경, 진술문을 토박이말로 읽어 사람들이 따라하게 한 걸 보면, 서사시가 실제 노래한 원래 그대로 기록된 예가 왜 그렇게 드문지 그 까닭을 알 수 있다. '호메로스'의 노래를 들은 그대로 받아적은 그리스의 필경사와 달리, 로마의 성직자는 자신이 이해한 대로 라틴어로 적었다. 그리고 간간이 토박이말로 적을 때 로마의 교양 있는 필경사는 '더 좋게 다듬어' 적도록 훈련을 받았다.

언어의 역사에서 또하나의 이정표에 해당하는 사건은 1492년 8월 18일에 일어났다. 콜럼버스가 돛을 올린 지 겨우 보름이 지난 이날, 엘리오 안토니오 데 네브리하라는 이름의 스페인 사람이 『카스티야어 문법서』를 펴냈다. 근대 유럽 언어 중 최초인 이 문법서는 하나의 토착 언어를 일련의 문법 규칙으로 격하시키려 한 책이다. 네브리하는 프랑크어로 말한 진술을 듣고 라틴어로 받아적은 카롤루스 왕조의 필경사를 넘어선다. 그는 스페인어를 말하는 용도가 아니라 말을 기록하는 용도의 언어로 만들 것을 요구한다.

그는 『카스티야어 문법서』를 여왕에게 바치면서 함께 올린 여섯 쪽에 이르는 상소문에서, 콜럼버스의 출항으로 시작된 새로운 시대에는 민중의 토박이말을 향후 모든 사람이 학습해야 하는 하나의 언어로—하나의 '인공물'로—바꿔놓을 필요가 있다는 논지를 간결하고도 강력하게 역설한다. 이 시기에 스페인 군주들은 정부의 개념을 뜯어고치는 일에 착수해 있었다. 이들은 예로부터 이어온 귀족 자문 집단을 학식 높은 공직자 조직으로 바꾸었다. 겨우 몇 년 동안이긴 하지만 최근 왕실은 교회가 관장하던 이단 심문소를 빼앗아 와서, 검을 차고 다니는 귀족을 몰아내고 그 자리에 문인을 앉히는 데 필요한 힘을 얻었다. 군주의 말을 확실히 실행하는 장치라는 개념을 지녔던 정부는 이제 군주의 서명을 받기 위한 글월을 준비하는 장치로 바뀌었다. 글월을 관리함으로써 다스리는 국가—즉 현대적 관료 국가—가 형성되는 중이었다. 그리고 16세기 말 합스부르크 왕가가 지배하는 동안 이 변화는 의전에서 가시적으로 나타났다. '대신,' 즉 고위직 필경사가 행렬과 예전 등 궁정 의전행사에서 임무를 맡았는데, 무관보다 지위가 높은 때도 많았다. 네브리하는 **아르마스 이 레트라스**armas y letras라는 이른바 문文과 무武 사이의 이 새로운 세속적 균형 문제를 다룬다. 그는 문과 무 사이의 새로운 협정을 위해 여왕과 논쟁을 벌이면서, 왕권이라는 세속적 영역에 포함되어 있는 두 영역 간의 계약을 제안한다. 이 협정은 중세기에 성聖과 속俗을 잇는 다리 역할을 한 황제와 교황 간의 협정과는 구별되는 것이었다.

네브리하는 조각조각 흩어져 있는 스페인을 그러모아 단 하나의 절대 왕국으로 일어서게 하려면 교회와 국가의 결합을 보완하는 **아르마스 이 레트라스**의 새로운 결합이 반드시 필요하다는 점을 다음과 같이 매우 교묘한 말로 여왕에게 일깨워준다.

> 이 통일된 주권체는 여러 세기가 지나도 갈라놓지 못할 외형과 내적 결합력을 지니게 될 것입니다. 교회가 정화되고 이를 통해 우리가 하느님과 화해한 지금, 신앙의 적들이 우리의 무기 앞에 무릎을 꿇은 지금, 정의로운 법이 시행되어 우리 모두 평등하게 살게 된 지금, 평화로운 기예arts의 개화 말고 무엇이 남아 있겠습니까? 그런데 기예 중에서도 가장 중요한 것은 우리를 야생동물과 구별되게 만드는 언어와 관련된 것입니다. 인간을 유일무이하게 만들어주는 언어, 그것을 능가할 수 있는 이해의 수단은 오로지 명상밖에 없는 언어 말입니다.

네브리하는 청원을 계속 전개하면서 자신의 논지에서 결정적으로 중요한 요소를 소개한다. 그것은 '**구속도 지배도 받지 않는 말**La lengua suelta y fuera de regla'로, 사람들이 실제로 그 말 안에서 살아가며 자신의 삶을 일구고 있으므로 그 자체가 왕권에 대한 도전이 되기에 이르렀다고 주장한다. 이렇게 네브리하는 역사적으로 아무 문제가 없던 하나의 사실을 새로운 종류의 정치체인 현대적 국가 건설에 문제가 되는 것으로 해석한다.

> 폐하, 우리나라가 위대해지는 것을 보는 것, 그리고 저와 같은 말을 쓰는 사람들에게 한가로이 읽을 만한 책을 제공하는 것은 저의 변치 않는 바람입니다. 현재 그들은 거짓으로 가득한 소설과 허황된 이야기로 헛되이 시간을 보내고 있습니다.

표준화된 언어를 주장하는 논거는 오늘날에도 나오지만 지금은 그 목적이 다르다. 우리 시대의 사람들은 표준화된 언어를 사람들에게 글을 가르치기 위한 필요조건으로 생각하며 인쇄된 책을 배포하는 데 없어서는 안 될 조건으로 본다. 네브리하는 그와는 정반대의 주장을 편다. 1492년에 그는 수십 가지의 토박이말로 말하는 사람들이 독서라는 전염병의 희생자가 됐기 때문에 화가 났다. 사람들은 관료 제도로는 통제할 수 없는 방식으로 유통되는 책에 여가를 낭비하는 터였다. 필사본은 너무나도 드물고 귀했으므로 당국에서는 말 그대로 사본을 **모조리** 압수하여 불태워 그 글월을 말살시키는 방법으로 한 저자의 작품을 금지할 수 있었다. 책은 그렇지 않았다. 2백 부에서 1천 부—흔히 1쇄 때 찍던 발행 부수—정도로 소량을 찍어도 그 전체를 압수하는 일은 어떻게 해도 가능하지 않았다. 인쇄된 책은 '금서 목록'을 수단으로 검열을 가할 필요가 있었다. 책은 금지할 수 있을 뿐이지 말살은 불가능했다. 그러나 네브리하의 제안은 최초의 '금서 목록'이 발행된 1559년보다 50년 이상 더 앞선 시기에 나왔다. 그리고 그는 인쇄되는 말을 나중에 교회가 시도한 방법보다도 훨씬 더 깊은 차원에서 통제하고 싶어했다. 민중의 토박이말을 문법학자의 언어로 대체하고자 한 것이다. 이 인문학자는 일상어의 표준화를 제안함으로써 인쇄라는 신기술이 토박이말의 영역에 들어가지 못하게 하려 했다. 사람들이 그때까지 구어로만 써왔던 갖가지 언어들을 인쇄하지도 읽지도 못하게 하기 위함이었다. 공식어이자 교습을 통하는 언어를 이렇게 독점함으로써 그는 교습을 통하지 않는 미개한 토박이말을 읽지 못하도록 금지할 것을 제안한 것이다.

사람들이 제멋대로 재미로 책을 읽는 것을 막으려면 표준화된 모국어를 통한 의무교육이 필요하다는 네브리하의 논리가 어떤 의미를 지니는지 완전히 이해하려면, 그 시기에 인쇄의 지위가 어떠했는가를 염두에 둬야 한다. 네브리하는 활자가 등장하기 전에 태어났다. 활판이 처음으로 사용됐을 때 그는 열세 살이었다. 철이 든 뒤의 성년기는 '인쿠나불라'•로 불리는 초기 인쇄본의 시대와 일치한다. 인쇄술이 발명된 지 25년째 되던 해에 그는 라틴어 문법책을 펴냈고, 35년째 되던 해에는 마침내 스페인어 문법책을 펴냈다. 우리들 중 많은 사람이 텔레비전 이전 시대를 기억에서 되살려낼 수

• incunabula. '요람'이란 뜻의 라틴어로, 구텐베르크 인쇄술이 발명된 1450년부터 1500년 사이에 나온 활판본을 일컫는다.

있는 것과 마찬가지로, 네브리하는 인쇄 이전 시대를 기억에서 되살려낼 수 있었다. 우연이지만 네브리하의 글월은 윌리엄 캑스턴•이 죽은 그해에 출간되었다.

네브리하의 상소문 끝 문단에서는 달변가의 면모가 드러난다. 수사학을 가르쳤던 그는 자신이 가르친 과목에 대해 잘 알고 있었던 것이 분명하다. 네브리하는 자신의 제안을 설명했다. 여왕이 그것을 받아들여야 할 논리적 이유를 설명했고, 그 제안에 귀를 기울이지 않을 경우 무슨 일이 일어날지 겁을 주었다. 끝으로, 콜럼버스처럼 그는 여왕이 스스로 운명이라 느끼고 있는 부분에 다음과 같이 호소한다.

> 폐하, 이제 폐하께서 저의 문법으로 얻게 될 마지막 이점에 대해 말하겠습니다. 이를 위해 올해 초 살라망카에서 제가 이 책의 초고를 바쳤던 때를 상기해주십시오. 그때 폐하께서는 그런 문법이 도대체 어디에 소용이 되겠는가 하고 하문하셨습니다. 이에 대해 아빌라의 주교가 끼어들어 저 대신 답했습니다. 주교는 이렇게 말했습니다. "이내 폐하께서는 외국의 방언을 쓰는 수많은 야만인을 지배하실 것입니다. 폐하께서 이처럼 승리하심으로써 이 사람들에게는 새로운 것이 필요해질 것입니다. 승리자가 피정복자에게 내릴 법률이 필요할 것이고, 우리가 그들에게 가져다줄 언어가 필요할 것입니다." 저의 문법은 그들에게 카스티야어를 알리는 데 소용될 것입니다. 우리의 젊은이들에

• William Caxton(1422~1491). 1476년 영국에 처음 인쇄기를 도입한 것으로 알려진 인쇄업자이자 작가, 번역가이다. 초서의 『캔터베리 이야기』를 비롯한 많은 문헌을 영어로 인쇄해 대중에게 보급한 것으로 유명하다.

게 라틴어를 가르칠 때 문법을 활용해온 것처럼 말입니다.

우리는 살라망카에서 네브리하가 자신이 펴내려는 책의 초고를 여왕에게 바쳤을 때 어떤 일이 있었는지를 재구성해볼 수 있다. 여왕은 성서의 언어인 히브리어, 그리스어, 라틴어에 대해서만 펴내던 문법서를 카스티야어에 대해서도 펴내는 공로로 이 인문학자를 치하했다. 그러나 이사벨 여왕은 자신을 섬기는 **레트라도**letrado(지식인)의 업적—살아 있는 말을 문법 규칙으로 묘사한다는 것—은 이해할 수 있었지만, 한편으론 그런 일을 벌인다 해서 실제로 무슨 소용이 있을는지는 이해할 수 없었다. 여왕이 볼 때 문법은 그저 교사가 써먹으려는 목적만으로 고안된 도구일 뿐이었다. 더욱이 여왕은 애당초 토박이말 교습이 가능하다고 여기지 않았다. 여왕이 왕실의 눈으로 본 언어학에서는 여왕이 다스리는 수많은 왕국의 신민이 제각기 자신의 삶을 살면서 자기 언어를 **자기 스스로** 완벽하게 지배하는 것은 원래부터 당연한 이치였다. 이런 형태의 '주권적 언어학'에서 보면 토박이말은 **신민**에게 속하는 영역이다. 본질적으로 토박이말은 지배자의 권위가 미치는 범위 바깥에 있는 것이다.

이사벨 여왕이 처음에 네브리하의 제안을 거절했다는 데서 그것이 전례가 없는 일이었다는 사실이 더욱 뚜렷해진다. 네브리하는 이사벨 여왕이 품고 있는 전통적이고도 전형적인 이베리아의 선입관—왕권은 왕국 내의 다양한 관습을 침해할 수 없다는 관념—에 맞서서 반론을 펴면서, **현대적** 왕이 수행해야 할 새로운 사명, 보편적인 사명이라는 이미지를 그려냈다. 네브리하는 이사벨 여왕의 이런 모호한 사명을 위해 전력을 다하겠다고 약속함으로써 여왕의 선입관을 이겨냈다. 첫째, 그는 토박이말을 **아르티피시오•**로 대체하여 왕권이 더 널리 더 오래 미치게 해야 한다고 주장했다. 그런 다음 네브리하는 왕궁의 결단에 따라 예술을 장려할 것과, 마구잡이식의 독서와 인쇄로 인한 위협에 대항하여 기존 질서를 수호할 것을 주장했다. 그러나 그는 '그라나다의 성은'에게 여왕의 운명은 전 세계를 정복하는 것뿐만 아니라 전 세계를 교화하는 데 있다는 호소로 상소를 마무리 지었다.

콜럼버스와 네브리하는 똑같이 새로운 종류의 제국 건설자에게 힘을 바쳤다. 그러나 콜럼버스는 당시 최신의 범선을 그 한계까지 활용하여 새로운 스페인이 될 나라 안에서 왕권의 확장을 위해 힘쓰겠다고 제안했을 뿐이다. 네브리하의 청원은 그보다 훨씬 더 근본적이었다. 그는 정복이라는 행위 자체를 통해 완전히 새로운 영역을 만들어내겠다고 제안하면서, 그 영역 안에서 여왕의 권력을 확장하기 위해 자신의 문법을 활용하겠노라고 주장했다. 그가 만들어내고자 한 영역은 바로 교습을 통해 전달하는 모어母語의 영역이었다. 이것은 보편 교육 중 가장 먼저 창안된 부분이다.

콜럼버스는 신세계로 가는 길을 개척하고자 했다. 네브리하는 스페인의 신민이 쓰는 언어를 표준화할 방안을 제공함으로써 그들을 통제할 수 있는 길을 고안해냈다.

• artificio. '인공물'이라는 뜻의 스페인어.

5
자기

13세기에 양도증서 두 부의 **동일성**identity에 관한 실용적인 관심, 그리고 한 사람 한 사람의 **개성**individuality에 관한 영적인 관심은 책 속에 있는 것과 쪽 위에 있는 것을 구분하는 새로운 능력이 반영된 결과다. **개개**individual라는 낱말 자체는 고대로부터 내려온다. 포르피리오스가 아리스토텔레스의 범주론에 대해 쓴 『주해서』에서 이 낱말은 '모호하지 않다'는 뜻을 담고 있다. 지시적 또는 명시적 특성을 띠는 것이다. 이는 궁극적으로 더 쪼갤 수 없는(**아-토모스**a-tomos) 어떤 것, 뭔가의 속성이 되는 것을 가리킨다. 예컨대 소크라테스에 대해 말한다면 '아무개의 아들로 턱수염이 있고 말이 많은 사람'이라는 점을 지적할 수 있다. 이런 의미의 **인-디비둠**in-dividuum(**아-토모스**를 키케로가 번역한 말)은 세비야의 이시도르가 쓴 『어원』을 거쳐 중세기로 전해졌다. 아벨라르는 이 낱말을 똑같이 지시적 의미로 사용했다. 알베르투스 마그누스는 **인디비둠 바굼**individuum vaguum(모호한 개개)과 **인디비둠 케르툼**individuum certum(명확한 개개)의 차이를 파악하면서 '개개'를 고전고대 너머로 가져왔다. 그것은 개골개골 소리로 그의 밤잠을 깨웠던 개구리와, 내가 붙잡아 꼬챙이에 꿸 수 있는 이 특정 개구리의 차이이다.

'자기'는 낱말과 기억, 생각과 역사, 거짓말과 서술 등과 마찬가지 수준으로 문자적 구성개념이다. 구술 시대에 구전 서사시와 그것을 노래하는 사람을 분리할 수 없는 것과 마찬가지로, 20세기의 서술과 자기는 서로 떼어놓기가 불가능하다. 작가는 이야기를 자기의 일부처럼 자아낸다. 20세기의 시민은 갖가지 과학의 눈을 통해 자기를 글월이 켜켜이 쌓인 케이크처럼 바라본다. 18세기 이후로 국가는 문자의 신문 대상이 된 자기들의 집합체가 되었다.

제1인칭 단수 없이 쓸 수 있는 언어는 없다. 어떤 언어에서는 제1인칭 단수가 명시적이며—예컨대 히브리어의 **아니**ani는 손가락을 돌려 자신을 가리키는 것과 같이 작용한다—어떤 언어에서는 말하는 사람을 나머지 사람들과 구별한다. 그러나 '나'와는 달리 대부분의 시대는 자기 없이 지냈다. 서사시 시대에는 자기가 없었다. 브루노 스넬에 따르면 신체조차 없었다. 영웅은 자신의 팔이나 '가슴'을 언급하기는 하지만 지금 우리가 지니고 있는 것과 같은 종류의 신체라는 맥락에서 지칭하지는 않는다. 구술문화에서 사람은 어제, 보름날, 지난봄 등 지나간 것에 대해 이미지를 지니고 있을 수 있지만, 그때 또는 지금의 사람은 행동을 하거나 말을 하는 가운데서만 존재한다. 이는 어떤 낱말 끝에 붙어 새로운 낱말을 만들 때에만 접미사가 살아나는 것과 마찬가지다. '나'는 마치 양초처럼 활동할 때에만 불을 비추며 그 나머지 때에는 꺼진다. 그러나 죽은 것은 아니다. 이야기를 다시 들려줌으로써 양초는 다시 불을 비춘다. 하나의 이야기와 그다음 이야기 사이에서 제1인칭 단수에게 연속성을 부여하는 밑불은 없다. '나'는 소리를 내어서—또는 자기에게—말할 때만 존재할 수 있다.

밑불처럼 생각이나 기억 속에서 꺼지지 않고 계속 유지되면서 이따금씩 꺼내 밝은 낮에 들여다보는 식의 자기라는 관념은 글월 없이는 존재할 수 없다. 알파벳이 없는 곳에서는 저장소라는 관념의 기억도, 그것을 지키는 파수꾼인 '나'도 있을 수 없다. 알파벳이 있음으로써 글월도 자기도—오랜 기간에 걸쳐—생겨날 수 있었고, 그리고 글월과 자기는 문자인으로서 우리가 모든 지각의 기반으로 삼는 사회적 구성개념이 됐다.

자기의 역사를 쓴다는 것은 글월의 역사를 쓰는 것만큼이나 어렵다. 자기는 우리가 여러 세기에 걸쳐 고해에서, 일지에서, 일기에서, 기억에서, 그리고 그것의 문학적 결정체인 자서전에서 짜고 있는 옷감이며, 우리는 그 옷감으로 만든 옷을 입고 우리의 제1인칭 단수를 바라본다. 『베오울프』가 지어진 때는 베다(672/673~735)가 살았던 시기로, 그리스도교의 알파벳이 영국에 전해진 시기로 거슬러올라간다. 영웅 베오울프에게는 우리 현대인이 '자기'라 부르는 그 어떤 것도 없다. 그러나 14세기에 이르렀을 때, 성 보나벤투라 같은 이가 말한 두 개의 책—'창조의 책'•과 성서—에 더해, 제3의 '자기의 책'이 존재했던 게 분명하다. 생셰르의 위그는 '마음의 책'에 대해 말하는데, 위그는 세상의 종말에 그리스도가 이 책을 펼쳐 '감추고 있는 것들'을 모조리 드러낼 거라고 단언한다. 알랭 드릴은 사람의 양심을 두고 영혼과 관련된 것들을 감추고 있는 책이라 부른다. 이런 비밀 역시 심판의 날에 드러날 것이다. 그리고 그 뒤 몇 세기 동안 자기는 문학 현상으로 확립되어, 벤베누토 첼리니가 썼다는 자서전, 루소의 『고백록』, 카사노바의 길고 긴 회고록 같은 대중적인 글에서 읽을 수 있었다. 제임스 보스웰이 자신의 친구인 새뮤얼 존슨의 전기를 써서 친구를 치켜세우던 때와 사실상 동시에 벤저민 프랭클린은 자서전에서—**회고록**이라는 옛 용어로 제목을 붙이긴 했지만—자기를 똑같이 치켜세웠다. 새로 구성된 자기가 헨리 애덤스에 이르러 소리 없이 위기에 다다르는 것도 미국에서였다.

우리는 자기로서가 아니면 서로 대면하는 것을 생각할 수 없다. 우리가 물려받은 자기 이미지는 우리 서양인이 볼 때 서양 문화에서 근본적 위치를 차지하고 있는 것으로 보인다. 그러나 우리는 우리의 학생 중 일부가 전자 문서 작성기를 통해 자라났음을 안다. 그들에게 '글월'은 우리가 생각하는 것과는 완전히 다르다. 그리고 이로써 우리는 이 순간 글월이 극도로 부서지기 쉬운 상태에 놓여 있음을 느낀다. 우리는 글월의 이미지로 만들어진 자기의 이미지가 글월의 자기파괴와 함께 사회에서 사라지지나 않을까 두렵다. 우리는 우리의 지각이 사회적으로 발생한 과정을 거슬러올라가며 그 역사적 성격을 짚어보고자 한다.

● '창조의 책'은 '자연'을 한 권의 책처럼 대한다는 관념을 나타낸다. 마찬가지로 '자기의 책'은 '자기'를 한 권의 책처럼 대하는 태도를 말한다.

『베오울프』는 3,000행에 걸쳐 베오울프의 놀라운 모험을 그려낸다. 베오울프Beowulf의 성씨는 벌-늑대Bee-Wolf, 즉 곰Bear이다. 곰과 마찬가지로 베오울프는 힘차게 헤엄치고 재빠르게 달리며 맹수처럼 싸운다. 그의 오른손 힘은 장정 서른 명의 힘과 맞먹는다. 막강한 동물이 그의 원형이다. 이 영웅은 인간과 비슷하지만 말재주는 예사롭지 않다. 실로 그는 능숙하게 자신의 뿌리와 혈통을 재구성하여, 50여 행의 빼어난 시구로 자신의 족보를 들려준다. 그는 브레카와 사흘 동안 벌인 놀라운 수영 시합 이야기를 멋들어지게 들려준다. 이 시합에 대해 운페르드가 들려주는 이야기는 똑같은 시합인데도 완전히 다르다. 우리로서는 두 이야기가 서로 모순되는 것 같지만, 베오울프에게는 이런 모순이 전혀 '문제'가 되지 않으며 '해결'되지도 않는다. 운페르드가 다르게 들려주는 이야기는 그저 베오울프를 다른 방향에서 조명해줄 뿐이다. 베오울프는 망설일 줄 모르고 거짓말을 하지 못하며, 게다가 자기 삶을 구석구석 파악하지도 못한다. 그는 기억하는 능력이 없는 것 같다. 양심의 가책도 후회도 겪지 않는다. 인간의 능력을 능가하는 그는 인간과 그만큼 동떨어져 있기도 하다.

하지만 불을 뿜는 용과 싸우던 사흘째이자 마지막 날, 『베오울프』 최후의 몇 시간이 지나가는 동안 이야기가 한 차례 틀어진다. 8행 반에 걸쳐 부끄러움이나 죄책감 또는 인과응보 같은 것에 대해 이야기하는데, 우리로선 그것을 '양심'이라고 밖에는 달리 뭐라 해야 할지 알 수 없다. 서사시가 100행도 남지 않았을 때, 왜그문딩이라는 고대 부족의 유일한 생존자인 위글라프라는 이름의 젊은 전사가 이 새로운 이야기를 불협화음처럼 들려준다. 그는 왕을 돕지 않았다며 동료들을 꾸짖는다. 자기들을 그토록 오랫동안 안전하게 지켜준 왕이 용과 운명의 싸움을 벌이다 힘에 부쳤을 때 돕지 않았다는 것이다.

베오울프의 죽음은 단순히 한 지배자의 종말에 그치지 않는다. 그것은 영웅적 삶의 방식과 그 삶을 떠받치던 **코미타투스** comitatus(공동체) 정신의 소멸을 의미한다. 젊은 위글라프는 이 시에서 새 질서를 나타낸다. 어쩌면 위글라프는 그리스도교 수도원의 필경사가 가공해 넣은 인물일지 모르지만, 그렇다 해도 영어에서 그의 목소리는 새로운 것이다. 그는 겁쟁이 노인들의 마음을 아프게 하고 싶고 그들이 아픔을 안고 살아가게 하고 싶다. 그래서 그는 다음과 같이 꾸짖는다.

Wergendra tō lȳt
þrong ymbe þēoden, þā hyne sīo þrāg becwōm.
Nū sceal sinc-þego ond swyrd-gifu,
eall ēð el-wyn ēowrum cynne,
lufen ālicgean; lond-rihtes mōt
þǣre mǣg-burge monna ǣghwylc
īdel hweorfan, syððan æðelingas
feorran gefricgean flēam ēowerne,
dōm-lēasan dǣd. Dēað bið sēlla
eorla gehwylcum þonne edwīt-līf.

왕에게 최악의 때가 닥쳤을 때
그를 둘러싸고 지킨 사람이 너무나 적구나.
이제 주고받은 갖가지 선물도
가정의 온갖 기쁨도 안락하게 누리던 소유물도

너의 일족은 누리지 못하리. 너의 일가는 하나하나가
권리를 빼앗긴 채 멀리멀리 쫓겨나리라.
너희가 도망쳤다는 그 불명예스러운 소행을
고국의 귀족들이 듣게 되면. 전사라면 누구나
부끄러운 삶을 사느니 죽는 게 낫도다!

이들은 곤혹스럽고 부끄럽지만, 그러면서도 너무 겁이 나서 싸우지는 못한다. 그래서 이들로서는 할 수 있는 유일한 행동을 취한다. 숲속으로 슬그머니 숨어드는 것이다.

그러나 위글라프는 왜그문딩족이 스스로의 배신을 잊도록 내버려두지 않는다. 그는 전사들이 죄책감이나 부끄러움을, 혹은 둘 다를 떨쳐버리지 못하게 하고자 한다. 위글라프는 양심의 목소리를 자신에게 들려주는 자기 같은 것을 모든 전사들이 지니고 있음을 암시한다. 그는 사자를 궁정으로 보내어, 궁정 전사들이 비겁하게 가만히 있었기 때문에 일어나게 될 끔찍한 불화가 어떤 것인지에 대해 예언한다. 작품 전체에 걸쳐 처음이자 마지막으로, 과거의 행동이 미래에 있을 비탄의 원인으로서 제시된다. 위글라프는 부족들 간의 역사 깊은 반목을 선조들의 죄로 말미암아 생긴 결과로 해석한다.

그뒤 베오울프는 자신의 모든 보물과 함께 거룻배에 놓인다. 거룻배는 불길에 휩싸인 채 알지 못할 곳으로 흘러간다. 여인들은 지난 시대를 슬퍼하며 왕을 위해 통곡한다. 미래는 냉혹하게 모습을 드러낸다. 위글라프는 현재를 지워버렸다. 전사들은 과거를 돌이키지 못한 채 앞으로 닥칠 일에 대비한다. 지금으로서는 애통해하며 숨어 있을 수밖에 없다.

자서전에 관심이 많은 문학평론가 제임스 콕스는 자서전은 미국에서 만들어졌을 뿐만 아니라 그 어느 곳보다도 미국에서 많이 쓰이고 있다는 점을 설득력 있게 주장한 바 있다. 성공한 미국인의 원형인 프랭클린—대학교, 병원, 도서관, 철학협회, 우편제도의 창시자이자, 난로, 연기 없는 가로등, 이중 초점 안경, 피뢰침, 글라스 하모니카 등의 발명자—은 "예순다섯 살 때 그의 가장 대단한 발명품이라 부를 만한 것의 발명에 착수했다. 그것은 바로 허구가 아닌 역사 속의 사실로서 자기를 발명하는 것이었다." 그러므로 프랭클린의 글에서 우리는 랜슬롯 같은 허구적 인물이나 카사노바 같은 낭만적 동경의 산물이 아니라 허구적 사실을 읽고 있는 것이다.

아우구스티누스는 『고백록』에서 오만은 결국 실패로 끝날 수밖에 없음을 깨닫는다. 따라서 그는 이 세상의 것들을 삼가야 한다. 그러나 자서전은 바로 이 오만에서 태어났으며, 물질 사회의 얼개 자체에 자기를 엮어넣어야 한다. 프랭클린의 경우 자서전은 모습을 드러내고 있는 미국의 힘에 대한, 그 신화와 이상에 대한 오만에서 비롯되는데, 이 힘은 실제로는 실수를 먹고 자라난다. 프랭클린이 딱 부러지게 못박고 있는 것과 같이 그것들을 잘 이용하기만 하면 돈벌이에 크게 성공한다. 자서전은 그 힘을 과장하여 보여준다. 저자는 새로운 인물을 말 그대로 창조하고 있기 때문에, 어려웠던 시기를 매끈하게 다듬고 실수를 지워버림으로써 글 속의 자기를 품위 있고 매력적인 인물로 만들 수 있다. 작가는 자신의 삶을 마땅히 그랬어야 한다고 생각하는 모습으로 제시한다. 따라서 자서전은 모두 어느 면에서 독립선언문이라 할 수 있는데, 그것은 작가가 역사 속의 누덕누덕한 자기와 결별하고 공식적으로 대중 앞에 깔끔한 모습으로 내놓는 새로운 자기를 끌어안기 때문이다. 이는 의도된 해방을 나타낸다. 이렇게 볼 때 미국에서 예컨대 『프레더릭 더글러스의 삶에 관한 이야기』, 『맬컴 엑스의 자서전』, 조지 워싱턴 카버의 이야기, 『냇 터너의 고백』 등 강력한 흑인 자서전의 수가 그렇게 많은 것도 그리 놀라운 일은 아니다. 자서전에 그토록 신경을 썼던 프랭클린이 독립선언서 작성에 참여한 것도 참으로 어울린다. 또 그는 펜실베이니아 행정위원회 위원장이었을 뿐 아니라 헌법제정 회의에 펜실베이니아 대표로 참여했다. 그리고 자서전에서 그는 미국의 기초가 된 저 문서인 헌법을 잣대로 빈번히 자기 자신을 가늠해본다.

프랭클린이 회고록을 쓰기 시작한 1771년에 헌법•이라는 말은 고작해야 100년 아니면 150년 동안밖에 쓰이지 않았던 낱말로, 어떤 '단체나 사물의 구성'이라는 뜻이었다. 프랭클린은 '자기의 구성'을 정의하기 위해 이 관념을 빌려온다. 프랭클린은 이 자기는 그저 문학적으로 꾸며낸 것으로 보아선 안 되며, 정직, 절제, 중용, 검약, 인내 같은 흔한 덕목을 가지고 어떤 실질적인 방식을 통해 '구성된' 것으로 보아야 한다고 말한다. 이렇게 구성된 자기는 이루어내지 못할 일이 없다. 여느 사람과 마찬가지로 프랭클린도 삶과 자유와 행복을 추구했고, 열심히 일하면 어마어마한 성공이라는 보상이 따른다는 것을 보여준다.

• constitution. 본디 '구성' '조성' '제정' '설립'이란 뜻이지만, 한 나라의 기본 원칙을 정하는 법이란 뜻에서 '헌법'을 가리키기도 한다.

프랭클린의 자서전은 누덕누덕한 모습으로 출발한 그가 인기인으로 탄생하기까지의 과정을 풀어낸다. '가난한 리처드'(손더스)라는 근면 검소한 인물로 출발해, 서로 본질적으로 다른 여러 명의 자기를 거쳐, 마침내는 '위대한 프랭클린 박사'에 이른다. 자서전은 프랭클린의 경력이 본격적으로 뜨던 1757년에 이야기가 끝나지만, 존 애덤스는 프랭클린이 자서전을 쓰기 시작했을 때 이미 세계적인 명사였음을 다음과 같은 말로 지적한다. "그의 이름이 귀에 익지 않은 시민은 거의 없었고 그를 인류의 친구로 생각하지 않은 사람도 거의 없었다."

가난한 리처드는 알고 보니 지혜에서는 부자여서, 그 지혜를 함축적인 격언과 금언으로 드러낸다. 프랭클린은 격언과 금언을 자서전 전체에 걸쳐 뿌려준다. '1페니를 저축하면 2페니가 확실해진다,' '신은 스스로 돕는 자를 돕는다,' '지혜로운 사람에게는 한마디면 충분하다.' 이런 지혜를 모아 소책자로 만들어 팔았는데, 이를 통해 리처드의 충고는 쉽게 얻어 소화할 수 있는 상품이 되었고, 실제 적용이 중요하다는 사실을 지속적으로 일깨워주는 물건이 되었다. 이와 같은 경구는 때로 흐트러지기도 하고 씀씀이도 헤퍼서 돈을 제대로 관리하지 못하는 현실 세계의 프랭클린을 감추는 데 도움이 됐다. 그러나 그보다도, 리처드 손더스는 벤저민 프랭클린이라는 완전히 새로 만들어진 새로운 자기를 낳았다. 지금도 우리는 **프랭클린** 난로, **프랭클린** 안경, **프랭클린** 피뢰침이라 부른다. (프랭클린은 자신이 발명한 어떤 것도 특허를 받지 않았는데, 그 이유를 이렇게 말했다. "우리가 다른 사람들의 발명 덕분에 크나큰 편의를 누리는 것처럼, 우리도 자신의 발명으로 다른 사람들에게 봉사할 기회가 있다면 기뻐해야 한다." 묘하게도 미국의 특허법은 "발명자에게…… 자신의 발견에 대한 독점권을…… 보장함으로써 과학과 유용한 기술의 발전을 장려할" 권한을 의회에게 부여하는 헌법 조항을 근거로 하고 있다.) 프랭클린의 자기처럼 대중 앞에 노출된 자기는 전심전력을 다해 성공을 추구할 때 필수적이다. 중요한 질문은 이것이 될 것이다. '얼마나 오랫동안 그렇게 추구할 수 있을까?'

이에 대한 대답은 그다음 세기에 『헨리 애덤스의 교육』이라는 책에서 나왔다. 대부분의 역사학자가 최초의 자서전이라고 보는 책이다. 이 책에서 우리는 글쓰기라는 행위를 중심으로 자기가 결정체를 이루는 것을 실제로 경험할 수 있다. 우리는 그의 고투와 실수를 볼 수 있고, 위기의 순간에 그 자리에 그와 함께 있다. 프랭클린은 확고히 성공한 상태에서 글을 쓴다. 이미 성공을 이루었고, 그렇게 확고한 위치에서 지난날을 돌이켜보며 그 역사를 기록한다. 애덤스는 실패로부터 글을 쓴다.

『헨리 애덤스의 교육』은 자신의 실수로부터 교훈을 얻기를 바라는 실패한 애덤스와 또다른 애덤스 간의 대화로 이루어진다. 이 점을 분명히 하기 위해 애덤스는 문학적으로 별난 태도를 취한다. 『헨리 애덤스의 교육』은 헨리 애덤스가 들려주는 헨리 애덤스의 삶에 관한 이야기이지만, 제3인칭 시점으로 이야기를 풀어낸다. 따라서 우리는 두 명의 애덤스를 경험하게 된다. 젊은 시절의 실제 애덤스인 옛 애덤스와, 나이가 든 작가인 새 애덤스이다. 그런데 애덤스가 둘인 것보다 더 희한한 것은, 기억이나 회상을 빌려 문학적으로 창조된 젊은 애덤스가 나름의 생명을 얻어 새 애덤스를 가르치기 시작한다는 사실이다.

이것은 참으로 특이한 전개이다. 문학적으로 창조된 자기가 나름의 생명을 얻은 나머지 자신의 창조자를 가르치고 교육한다. 이 제3인칭의 골렘•은 처분하거나 해결해야 하는 대상이며, 가장 이상적으로는 다시 제1인칭 속으로 병합되는 것이다. 젊은 애덤스는 실제로 상황을 너무나 강력하게 통제하고 있는 나머지, 나이 든 애덤스인 작가 자신을 유령 같은 가공의 인물로 바꿔놓는다. 애덤스는 자신의 삶을 되찾을 방법을 생각해내야 한다. 그래서 이 두 자기는 책 전체에 걸쳐 이어지는 정처 없는 길을 스승/제자로서 여행한다. 1900년 4월 15일, 두 자기는 유럽에서 열린 사상 최대의 전시회인 파리 만국박람회장에 나란히 서서 중대한 고비를 맞는다.

벤저민 프랭클린은 자신의 영혼을 샅샅이 뒤져 화가, 인쇄업자, 발명가, 교육자, 디자이너, 정치가, 과학자 등으로 자기 영혼의 다양한 면모를 드러냈다. 프랭클린은 보이지 않는 어떤 강력한 힘에 이끌려 성공을 향해 다가갔다. 만국박람회에서 애덤스는 그 힘이 하나의 거대한 장치라는 새로운 모습으로 구체화된 것을 보았다. 기계관에 전시된 12미터 높이의 발전기가 그것이었다.

애덤스에게 있어 동정녀는 12세기를 나타내는 위대한 종교적 상징이었다. 20세기에 그 상징은 저 발전기였다. 둘 모두 "십자가가 지닌 것과 같은 신비한 에너지에 대한 계시"로서, "중세 과학에서 신의 본질이 직접적으로 나타난 양상이라는 말로 표현하던 것"이며, 인간의 역사를 움직여온 영속하는 신의 힘을 나타내는 상징이었다. 동정녀와 마찬가지로 저 발전기는 무수히 많은 추종자를 끌

• golem. 유대교 전승에서 등장하는 사물로, 돌이나 흙같이 일정한 모양도 없고 생명도 없는 것을 가지고 만든 인조인간을 말한다.

어당길 능력이 있었다. 서로 동떨어진 이 두 세기 사이의 관계는 무엇일까 고민하던 애덤스는 새로운 교육의 가능성을 인식하기 시작한다. 이는 실로 위태롭기 짝이 없는 가능성이었다. "끌어당긴다는 것 말고는 공통점이 하나도 없는 두 가지 힘의 세계를 갈라놓고 있는 칼날 위로 그는 12세기의 랜슬롯 경이 그랬던 것처럼 기어가야 한다."

새 애덤스는 20세기의 보이지 않는 저 강력한 힘—전기와 엑스선과 라듐을 만드는 저 힘—은 그리스도교의 힘과 마찬가지로 영원부터 있었음을 옛 애덤스에게서 알게 된다. 이 힘은 이따금 가시적으로 나타났다. 동정녀는 루르드•에서, 루브르박물관에서, 샤르트르대성당에서 지금도 여전히 느껴지는 일종의 신앙의 표상이었다. 거기에는 이제까지 실제로 해낸 일에 대한 기록과 지금도 그의 눈앞에서 벌어지고 있는 일을 통해 그가 알고 있는 것처럼, "인간에게 알려진 최고의 에너지, 인간의 가장 고귀한 예술의 오분의 사를 창조한 에너지, 이제껏 인간이 꿈꾸었던 모든 증기기관과 발전기를 합한 것보다도 훨씬 더 막대한 힘으로 인간의 마음에 인력引力을 발휘하는 에너지가 있었다. 그럼에도 미국인은 이 에너지를 알지 못했다. 미국인 동정녀라면 절대로 감히 명령하지 않을 것이다. 미국인 비너스라면 감히 존재하지도 않을 것이다." 애덤스는 미국인이 저 발전기를 통해 신의 힘이 얼마나 광대한지를 마침내 이해하게 될 것이라고 생각했다. 미국은 중대한 변화의 기로에 놓여 있었는데, 흥분한 애덤스로선 이것을 다른 혁명의 순간과 나란히 놓

• 1858년에 프랑스의 루르드에서 성모마리아가 목격됐다는 이야기가 알려진 뒤로 수많은 순례자가 루르드를 방문한다.

는 것 외에는 달리 표현할 길이 없었다. “코페르니쿠스와 갈릴레오는 1600년 무렵에 수많은 전문가들의 목을 꺾어버렸다. 콜럼버스는 1500년으로 다가가는 시기에 세계를 뒤집어놓았다. 그러나 1900년의 혁명에 가장 가까운 것은 바로 콘스탄티누스가 십자가를 세웠던 310년의 혁명•이다.”

『헨리 애덤스의 교육』의 또 한 가지 반전으로, 애덤스는 이 발전기 아래에 실제로 서서 자기 자신의 교육에서 커다란 교훈을 깨닫는다. 그것은 그가 실패자라는 것이다. 뉴잉글랜드 출신의 제대로 된 브라만 계급 태생이 아니라는 것도 아니고, 올바른 학교를 다니지 못했다는 것도 아니며, 또 『몽생미셸과 샤르트르』 같은 훌륭하고도 매력적이면서 영향력 있는 아름다운 문학작품을 발표하지 못했다는 것도 아니고, 다만 영혼이라는 보이지 않는 세계에서 실패했다는 것이다.

역설적이게도 애덤스는 자기를 지극히 명확하고 정밀하게 만들어놓았기 때문에—젊은 애덤스는 문학으로 지나치리만치 큰 성공을 거두었으므로—실패자라는 현재의 모습은 그에게 고통스럽고도 분명하게 다가온다. 애덤스는 자기를 해석하고 분석했는데, 그 결과 그가 문학적으로 만들어낸 자기가 그에게 들려주고 있는 내용은 그 자기가 말하고 있는 것과는 정반대라는 사실을 알게 된다. 50년이 넘도록 공부를 했건만 그는 여전히 무지한 사람이었다. 이것을 현대적으로 표현하면, 애덤스는 자신의 영혼을 상대로 정신분석을 적용하여 그것이 무엇을 느끼고 있는지, 혹은 무슨 말을 하

• 로마 황제 콘스탄티누스 1세가 그리스도교를 공인한 것을 가리킨다.

고 있는지 판별했다는 말이다. 따지고 보면 이런 요법의 경험은 본질적으로 문학적인 경험이다. 누구든지 의사나 다른 사람에게 자기 자신에 대해 들려줄 때 자신의 옛 자기에 대해 생각하고 그것을 재구성하며 이야기를 끌고 갈—구체적 형태를 갖춘 모습으로 흥미롭게 풀어나갈—것으로 기대하기 때문이다. 이때 풍부한 상상력은 예리한 기억력만큼이나 유용하다. 이론적으로는 환자가 자신의 옛 자기를 완전히 이해할 때, 온갖 복잡다단하고 모순적인 부분까지 모두 이해할 때 그 사람이 건강하다고 판단한다.

애덤스라면 프랭클린이 삶의 목표를 잘못 잡았다고 말했을 것이다. 외적 추구보다는 내면적 성찰을 바랐기 때문이다. 프랭클린은 '올라간다' '올라탄다'는 뜻의 라틴어 **수케데레**succedere에서 유래한 성공을 추구했다. 애덤스는 실패자로서 추락한—자기 자신 속으로 추락한—상태였다. 그는 어떻게 다시 기어올라 나와야 할지를 깨달았고, 그것을 『헨리 애덤스의 교육』에서 가장 기묘한 반전을 통해 보여준다. 그는 중세기부터 20세기 초까지의 힘과 에너지의 역사를 되짚어보기로 한다. 자서전을 쓰는 도중에 그는 글을 써야겠다고 말한다! 자기가 자기를 낳았을 뿐 아니라, 글월이 또하나의 내면적 글월을 생성한다. 자기가 재귀적 현상이라면, 그래서 자기의 역사를 글로 풀어낼 수 있다면, 글월이 재귀적이지 못할 이유가 어디 있는가. 이런 얽히고설킨 모습—자기가 스스로 다시 복제하고, 글월이 글월을 낳으며, 제1인칭이 제3인칭으로 말하는 모습—을 보면 『켈스의 서』가 애덤스의 자서전을 위한 견본이 된 것처럼 보인다. 애덤스 자신의 표현은 이렇다. "그런 미로에서 지팡이는 다리보다 더 요긴한 힘이라 할 수 있다. 펜은 맹인의 안내견처럼 변하여 사람이 도랑에 빠지지 않게 해준다. 펜은 펜 자체를 위해 움직이며, 손처럼 재료를 주무르고 또 주물러 가장 알맞은 형태로 빚어낸다. 이 형태는 결코 제멋대로가 아니며, 예술가라면 누구나 너무나 잘 알고 있듯 일종의 결정체처럼 자라난다. 연필이나 펜은 종종 형태 없는 옆길로 흘러들어 관련성을 잃고 멈추거나 늪에 빠진다. 그러다가 제 길로 다시 들어서서, 힘을 되찾으면 원래 가던 방향을 찾아 다시 움직인다. 한 해 동안 수고한 결과물은 남아 있는 부분보다는 지워버린 부분에 달려 있고, 생각의 변화나 가짓수보다는 생각이 주로 어디로 흘러갔는가 하는 그 방향에 달려 있다."

현대적 자서전을 쓸 때 커다란 장애물 한 가지는 결말이다. 작가가 죽기 전에 정말 어떻게 최종 결론에 다다르고 어떻게 끝낼 수 있을까? 프랭클린의 『자서전』은 그가 쉰한 살일 때 중단된다. 그는 자서전이 완성되기 전에 죽는다. 애덤스는 젊은 애덤스, 즉 교사를 죽임으로써 이 문제를 해결한다. 아니, 어쩌면 문학적으로 더 정확한 이미지라면, 두 애덤스가 하나로 어우러져 둘이 하나의 펜을 들고 있다고 해야 할 것이다. 그래서 『헨리 애덤스의 교육』의 결말은 어느 면에서 새로운 자기를 갖춘 옛 애덤스의 탄생이다.

그는 이 글에서 '역동적 역사이론'이라고 이름 붙인 이론을 펼치며 힘이라는 관념에 대해 다룬 뒤 마지막 장에 다다른다. 그 장 제목은 적절하게도 '눙크 아게Nunc Age'(이제 출발)이다. 그는 세상으로 다시 들어올 준비가 됐다. 그러나 그전에 잠시 멈춰, 그가 헨리 캐벗 로지라는 이름으로 쓴 머리말에서 스스로 설정한 목표를 달성했음을 깨닫는다. 그것은 아우구스티누스의 『고백록』을 완성하는 것이었다. 만족한 애덤스는 더이상 자기 자신에게 말을 걸 필요가 없다. 마침내 그는 셰익스피어를 인용하지만 아우구스티누스를 상기시키는 말로써, “남은 것은 침묵뿐”이라고 고백할 수 있다.

6
허위와 서술

문학적으로든 도덕적으로든 무엇을 꾸며내려면 생각을 진실이 아닌 다른 모양으로 고쳐서 만들(라틴어로 **핑게레**fingere, '허구'라는 뜻의 영어 **픽션**fiction의 어원) 능력이 있어야 하는데, 이를 중세 말기에는 서술narration이라 했다. 자기 기억의 양피지에 적혀 있는 글을 소리 없이 더듬어보는 행위로서의 생각에 익숙해진 다음이라야 생각을 말로부터 분리하여 말과 어긋나는 생각을 할 수 있다. 완전한 거짓말은 생각한 것을 말하기에 앞서 생각을 먼저 할 수 있는 자기를 전제로 한다. 생각은 기억을 하나의 글월로 인식할 때에만 형성하고 재형성하고 탈바꿈시키는 재료가 될 수 있다. 말할 내용을 생각해둔 자기가 존재하지 않으면 생각하지 않는 어떤 것을 말할 수 없다. 말과 구별되는 그런 의미의 생각도, 말하는 사람과 구별되는 존재로서 그렇게 생각하는 자기도, 문자문화화한 기억 속에 저장된 생각으로 변질되고 굳어진 말이 없다면 존재할 수 없다.

글월과 마찬가지로 허위에도 역사가 있다. 구약성서에는 신에 대한 불신, 약속 파기, 배신, 거짓 맹세 등이 나온다. 비방과 위증, 나아가 거짓 예언과 가짜 신을 섬기는 역겨운 행위도 기록되어 있다. 이런 혐오스러운 형태의 허위도 족장의 교묘한 속임수도, 오늘날 우리가 거짓이라 부르는 것의 필수적 전제조건인 추상적 '진실'과 반대된다는 뜻은 없다. 고대 그리스어의 **프세우도스**pseudos('거짓말' 또는 '거짓말쟁이')도 라틴어의 **멘다키움**mendacium(밀랍판에 적힌 글줄을 고치는 것)도 오늘날 우리가 생각하는 '진실이 아니다'라는 관념에 가깝지 않다. 두 언어 모두 공상이나 상상과 반대되는 의미에서 『옥스퍼드 영어사전』의 "속이려는 의도에서 하는 거짓된 진술"을 가리키는 낱말이 아니다. 고전 언어에는 서양의 완전한 거짓말과 서양의 완전한 허구를 가리키는 낱말의 씨앗에 해당하는 말이 거의 들어 있지 않다.

고대 그리스인은 겉과 속이 다른 것을 정정당당하다고 보았다. 조지 스타이너는 아테나와 오뒤세우스가 주고받는 대화를 예로 제시한다. "……서로 속이는 것, '있지 않은 것들'을 즉석에서 말하는 것을 악하다고 보아서도 안 되고 그러지 못하도록 막아서도 안 된다. 신이나 선택받은 인간은 말솜씨를 위해 정교한 허위를 꾸며내는 허위의 거장이 될 수 있다……" 그런데 언제나 '허위'는 있지 않은 **것**을 말한다는 뜻이지, 모순되는 **생각**을 말한다는 뜻이 아니었다! 이런 교활한 재주의 수호신이 바로 헤르메스였다. 헤르메스는 야바위꾼이자 도둑이요, 음유시인이 서사시를 계속 노래하도록 재촉하는 수금의 발명자이기도 하다. 그리고 이 기예의 영웅이 바로 약빠르고 꾀가 많으면서도 너그럽고 고상한 오뒤세우스였는데, 플라톤의 『소小히피아스』에 따르면 그는 허위에 관한 한 강력하고도 신중하며 정통하여 빈틈이 없었다.

구술의 영역에서는 똑같은 파도에 발을 두 번 담글 수 없으며, 따라서 거짓말은 낯선 존재다. 내 말은 네 말과 나란히 옮겨진다. 나는 내 말을 뒷받침하며, 내 말로써 맹세한다. 내 맹세는 내 진실이며, 이는 12세기가 되고 한참 뒤까지도 그랬다. 자유인을 상대로 어떤 소송이 벌어져도 맹세로 끝낼 수 있었다. 13세기에 와서야 대륙의 교회법에 따라 판사는 피고의 양심을 읽는 사람이자 진실을 심문하는 사람이 되고, 고문은 피고로부터 진실의 고백을 캐내는 수단이 된다. 진실은 더이상 행동에서 표면적으로 드러나지 않게 되었으며, 이제 자기만 접근할 수 있는 내면적 의미가 외적으로 표현되는 것으로 인지된다.

5세기에 접어들어 아우구스티누스는 모든 거짓말을 진실에 대한 공격으로 정의했는데, 이로써 이교도와 그리스도교를 통틀어 고대와 단절하는 개념을 만들어냈다. 그가 쓴 논문 「거짓말에 대하여」를 보면, 그는 사실을 잘못 알고 말하는 것을 도덕적으로 문제삼지 않았다. 오해를 유발하려는 의도를 가지고 뭔가 말하는 사람만 진실을 어기는 사람이다. 죄는 **볼룬타스 팔렌디**voluntas fallendi에 있다. 즉 말하는 사람의 가슴속에 모셔져 있는 진실을 어기려는 의도에서 하는 말이 죄라는 것이다. 사실관계가 옳은 진술이라 할지라도, 속이려는 의도에서 내놓은 것이라면 진실에 대한 공격이 될 수 있다. 아우구스티누스는 거짓말을 신성모독에 가까운 위치에 놓았다. 거짓말은 유일한 창조자이자 저작자인 하느님을 모욕하는 행위라는 것이다.

그뒤 800년 동안, 무엇이든 진정으로 존재하는 것은 하느님이 그렇게 의도했기 때문에 그렇게 된 것이었다. 사람이 입에 올릴 수 있는 모든 대상은 하느님의 창조의 말씀 또는 명령에 따라 생겨난다. 하느님이 사물을 존재하게 만든 것은 그것들이 존재하기를 바랐기 때문이지, 존재할 필요가 있게 만드는 무엇이 그것들 안에 있기 때문이 아니다. 아담은 하느님의 '허구'인 것이다. 하느님은 낙원의 순결한 흙을 다지고 빚어서 아담을 만들었다. 따라서 세계는 하느님의 저작에 **의존한다**. 피조물은 거짓말을 할 때마다 창조주에게만 유보되어 있는 저작 권한을 침해한다. 13세기에 와서도 이야기를 받아적는 서기는, 자기는 그 이야기의 실제 창시자(**폰스 에유스**fons ejus)가 아니며 그저 매개자(**카날리스**canalis)에 지나지 않는다는 단서를 붙여야만 했다. 마찬가지로, 그 이야기를 서기에게 구술해주는 사람 또한 그것이 '자기 손가락에서 빨아낸'(**엑스 수오 디기토 숙싯**ex suo digito suxit)—즉 자신이 **지어낸**—것이 아님을 밝혀두어야 했다. 구술자가 이와 같은 단서를 붙였다는 사실에서 허구와 **핑게레** 간의 관계가 백일하에 드러난다.

아우구스티누스는 진실을 사칭하지 못하도록 금했으나, 중세기에 이르러 이것은 진실을 드러내야 한다는 새로운 의무로 자라났다. 하느님의 뜻에 따라 여러 계층을 이루고 있던 12세기의 질서 속에서, 진실한 말과 행동은 도덕적 의무로 인식되게 됐다. 후기 교부들이 듣는 이를 속이지 말라며 금한 것을 초기 스콜라 철학자들은 진실을 드러낼 도덕적 의무로 바꿔놓았다. 오직 이 배경에서만 '유럽의 문자문화 시대'를 '허구의 세계'로 표현하는 것이 무슨 뜻인지 이해할 수 있다.

완전한 거짓말과 마찬가지로 **나라티오**narratio 역시 저작자, 그리고 그가 창조한 자기에 의존하는 글월을 전제로 삼는다. 서사시를 노래하는 음유시인도, 훗날의 이야기꾼도, 심지어 고도로 문자문화화한 시인조차도 완전한 저작자는 아니다. 이들은 중세 초기적 의미에서 허위인 세계를 창조한다고 자처하지 않는다. 초서와 디포, 트웨인은 '거짓말'을 가지고 허구라고 하는 설득력 있는 허위를 엮어내는 저작자의 역사에 이정표가 되는 사람들이다.

『캔터베리 이야기』(1386)에서 제프리 초서는 궁정의 청중들에게서 문자문화화한 사고방식이 나타나기 시작한 것을 인지한 영국 최초의 저자라고 할 수 있다. 『역병의 해 일지』(1722)에서 대니얼 디포는 자신의 글을 읽는 중산층 독자들의 사고가 여러 가지 저널과 잡지를 통해 형성되었음을 염두에 두면서 영국 최초의 '소설'을 쓴다. 그리고 마크 트웨인은 1885년에 민주주의 국가 미국에서 최초의 대작 소설 『허클베리 핀의 모험』을 펴낸다. 『뉴잉글랜드 저널 오브 에듀케이션(뉴잉글랜드 교육학회지)』에서 저 희한한 미국식 어법인 '문자능력literacy'이라는 용어를 만들어낸 지 겨우 두 해 뒤의 일이다.

현대의 독자는 『캔터베리 이야기』가 일반적인 책이라는 점을 당연하게 받아들인다. 어쨌든 깔끔하게 인쇄해 딱딱한 표지 사이에 끼워져 있으니까 말이다. 더욱이 그 안에는 별난 인물들이 극적 전개를 펼치는 이야기가 가득하다. 물론 이것은 우리가 손에 들고 우리 자신에게 읽어주도록 만들어진 책이 해야 하는 바로 그 활동이다. 그러나 1930년대 중반부터 중세학자들은 초서의 시가 여러 필경사의 손에서 글로 적힌 것이긴 하나, 십중팔구 구술로 들려준 것임을 신빙성 있게 증명하기 위해 글월에서 나타나는 증거를 차곡차곡 모아왔다.

이는 초서의 청중이 긴 시를 들을 마음가짐이 되어 있었다는 뜻이며, 이전에도 여러 번 그렇게 했음이 짐작된다. 실제로 그들 중 대다수는 『캔터베리 이야기』를 읽고 싶어도 읽을 수 없었을 것이다. 그렇지만 희한하게도 『캔터베리 이야기』의 시작 부분은 고도로 세련된 문자능력을 요구한다. 초서는 듣는 사람으로서는 이해하기가 가장 난해한 편에 속하는 구문 형식인 종속절로 이 시를 시작하는데, 이렇게 하면 듣는 사람은 이 종속절이 가져다줄 의미의 완성을 나중으로 미룬 채 그 뜻을 내내 마음속에 품고 있어야 한다. 초서는 『캔터베리 이야기』의 '서시'를 하나도 아닌 두 개의 종속절을 잇달아 제시하는 것으로 시작함으로써 이처럼 고도의 문자능력을 요구하는 구문을 더욱 복잡하게 만든다. 첫째 종속절은 제1~4행, 둘째 종속절은 제5~11행이다. 그는 주절인 "그러면 사람들은 순례에 나서기를 열망하네Thanne longen folk to goon on pilgrimages"를 제12행까지 미루어두어, 앞서 나온 구절의 의미가 완성되지 않은 상태로 유지되게 만든다.

그러나 제12행에 이르렀을 때 초서의 청중은 필시 그 앞부분을 잊어버렸을 것이고, 기억한다 해도 기껏해야 어렴풋하게 느낌만 남아 있을 것이다. 청중은 기분이 언짢았을 것이고, 어쩌면 짜증이 났을 수도 있다. 중세기의 용어를 빌리자면, 그는 청중에게 **이그노라무스**ignoramuses(바보)라는 기분이 들도록 만들었던 것이다. 시를 낭송할 때 관용표현을 구성하고 반복하는 등의 구술 기법을 이용하여 청중이 내용을 이해하고 따라오도록 만드는 것과, 똑같은 정보를 고도로 문자문화화한 기법을 활용해 제시하는 것—초서의 경우 두 개의 종속절을 사용하고 그럼으로써 청중이 잊어버리도록 강요한다—것은 완전히 다르다. 그러나 청중이 잊도록 만듦으로써 초서는 이 시의 커다란 관심사 중 하나를 제시한다. 그것은 시를 짓고 전달하는 행위는 본질적으로 구술문화에 속하는 활동인데, 여기에 문자능력을 얹는다는 것이다.

만일 잊어버림을 통해 초서가 청중을 청자/독자로—어떤 의미에서 이들은 시를 들으면서 글월이 적힌 지면을 상상해야 하므로—바꿀 수 있다면 같은 방식으로 그 자신 또한 이야기꾼으로부터 저자로 바꿀 수 있다. 또 그럼으로써 그는 자기 자신의 잊어버리는 능력도 지적한다. 화자인 초서는 어느 날 저녁 타바드 여관에 모여 앉았다가 함께 캔터베리로 길을 떠난 서른세 명의 순례자에 대해 그 자신이 기억하고 있는 것을 우리에게 들려줌으로써 이야기를 시작한다. 더 놀라운 것은 그가 가고 오는 길에 그 순례자들에게서 들은 네 가지 이야기를 전부 잊어버리기 전에, "그 이야기들이 나를 기억하는 그대로" 우리에게 들려주고자 한다는 것이다. 그것도 순례자마다 나름의 특유한 목소리로, 그들 각자만의 정확한 은유와 이미지와 언어의 색깔과 생각을 활용하여 이야기한다. 결론적으로 보면, 초서는 이 사건 전체를 1만 8,000행이 넘는 시구로, 그것도 대부분 꼼꼼하게 운율과 보격을 맞춘 시구로 우리에게 다시 들려준다는 말이다. 비범한 재주가 아닐 수 없다.

비범하게 보든 말든, 초서는 중세기 자신의 청중이라면 그가 하는 말을—일정 한도까지만—믿을 거라는 사실을 알고 이런 전략을 구사했다. 실제로 만일 역사학자들이 주장하는 대로 초서가 법학원에서 교육을 받았다면 기억술을 배웠을 것이고—이야기에 등장하는 '법률가'는 "모든 법령을…… 모조리 기계적으로 암기"한다—따라서 세세한 부분을 많이 기억하고 있다가 다시 들려줄 수 있었을 것이다. 그러나 이것은 호메로스의 므네모시네가 아니다. 어구와 이미지가 담긴 보물 주머니에 손을 집어넣어 이번에는 이것을 다음에는 저것을 꺼내서 자신의 저 놀라운 베틀에 걸고 이야기를 엮어내는 호메로스의 기억과는 다르다. 초서의 기억은 문자문화의 기억이다. 이야기의 많은 부분이 그가 '자기 손가락에서 빨아낸' 것이다. 그리고 그가 너무나 사소한 부분까지 기억하고 있다고 장담하고 있어서, 듣는 사람으로서는—중세인이든 현대인이든—그가 청중에게 거짓말을 하고 있다고 결론짓지 않을 수 없을 것이다. 기억할 방법이 있든 없든 그렇게 세세한 내용을 그만큼 많이, 그만큼 정확하게 기억할 수 있는 사람은 없고, 따라서 청자들이 듣고 있는 도중에 이야기가 끊어졌을 것이다.

이처럼 초서는 글월 바탕의 새로운 기억을 제시함으로써 자신이 요구하는 신빙성의 수준을 일부러 깎아내린다. 단테를 비롯해, 가워, 보카치오 등 그 어떤 저자도 기억을 그렇게 허구를 저장하는 장소로 이용하지 않았다. 그의 청중은 그가 무슨 수를 쓰는지 찾아내려고 정신을 바짝 차리고 귀를 기울였을 것이다. 초서가 너무나 혁명적인 형식의 기억을 선보였기 때문이다. 그렇다면 초서는 계획적으로 청중의 관심을 그의 기억이 아니라 망각 쪽으로 돌리고 있는 것이다.

초서는 영국이 구술문화로부터 문자문화로 바뀌는 시기에 시를 지었다. 그리고 이 시는 이처럼 불안정한 변화를 반영한다. 초서는 자신이 어쩌다 들었다는 이야기를 우리에게 자세히 전한다. 그러나 14세기 말에 이르렀을 때 풍문은 이미 적어도 법정에서는 서면 증언에게 밀려나고 있었다. 그래서 초서는 구술 전승에 뿌리를 내린 채 시를 짓고 있었지만, 한편으로는 그의 시대 청중 중 그 누구도 그의 호언장담을 진지하게 받아들일 수 없을 정도로 과도한 방식으로 시를 지었다. 초서의 전략은 구술의 한계를 불합리한 수준으로까지 밀고 가는 것이다. 그는 중세 청중에게 『캔터베리 이야기』를 **문학** 작품으로 듣도록 강요한다.

초서는 청중이 자기 자신과 구술 전승의 관계뿐 아니라 자신의 문자능력을 생각하게 함으로써 허구를 지어내는 과정을 청중이 정면으로 마주하게 만들었다. 초서 자신이 기억하고 있다고 말한 모든 것을 도저히 기억할 수 없다면, 최초의 정보를 바탕으로 윤색하고 형태를 잡아가면서 그 내용을 만들어내고 있을 수밖에 없기 때문이다. 이것은 그가 허구의 이야기를 지어내 가면서 청중에게 들려주고 있었음이 분명하다는 뜻이다. 초서는 **아욱토르**auctor라는 중세기적 관념에 대해 실질적인 정의를 내리고 있으며, 이것을 그는 창조주에게만 유보되어 있는 신성한 **아욱토리테**auctoritee와 분리해야 하는데, 그 이유는 절대적으로 그럴 필요가 있기 때문이다. 순례자 서른세 명의 자잘한 이야기 토막과 미묘한 차이까지, 눈 깜박임과 킥킥대는 웃음소리까지 모조리 기억하는 능력을 자기 자신에게 부여함으로써 그는 자신을 거짓말쟁이, 즉 속이려는 의도를 지닌 채 사소한 거짓말과 꾸며낸 이야기를 들려주는 사람으로 내세운다. 자신을 이런 범주 안에 둠으로써만 그는 보통의 작가가 될 수 있다. 만일 이것이 아닌 다른 문학적 창조의 범주에서 이렇게 한다면 초서는 신성한 저작을 침해하고 있는 셈이 될 것이다.

여기서 초서는 중세기의 중요한 철학적/신학적 관념과 얽히는데, 그것은 '의존'•이라는 문제이다. 아우구스티누스에서 13세기 말에 이르기까지, 의존의 원칙은 모든 피조물의 필요조건이었다. 의존은 실현될 수는 있지만 당연하지는 않은 어떤 본질 또는 본성의 상태를 나타낸다. 성 토마스는 이 관념을 "있을 수 있으면서 있을 수 없는 것"이라는 뜻으로 옮겼는데, 그는 하느님의 존재를 증명하기 위한 근거로 이 관념을 이용한다. 의존적 존재는 그 자체의 본질 안에 자신의 존재를 담고 있지 않기 때문에 외부의 유효한 원인으로부터 그것의 존재 이유를 찾아야 한다. 그 원인 역시 **자신의** 존재 이유를 그에 선행하는 어떤 원인에서 찾아야 한다. 이런 식으로 거슬러오르면 궁극적으로 다른 것으로부터 존재를 가져오지 않는 최초의 원인, 즉 본질 안에 존재를 담고 있는 원인으로 거슬러올라가게 된다. 그런데 필연적인 동시에 절대적인 것은 오직 하나뿐이다. 그

• contingency. 어떤 것에 딸린 채 부수적으로만 존재할 수 있음을 가리킨다. 일반적으로 '우발적인 사건'으로 옮기지만, 여기서는 '의존'으로 뜻을 새겼다.

것은 바로 하느님이다.

이 신학적 관념은 창작, 즉 문학적 창조와 충돌한다. 즉 캔터베리 순례자들은 자신의 '존재'를 초서에 의존한다. 초서는—물론 초서 자신의 존재가 의존적이기는 하지만—순례자들에게 필수적이며 절대적인 원인으로 나타난다. 하지만 문제는 이것이다. 이 모호한 문학적 영역에서 초서를 창조자라 부르는 것이 과연 합당한가? 문학 창작은 적어도 부분적으로는 신성한 창조의 거울상으로 보아야 한다. 이로써 초서는 문학적 덫에 빠진다. 세계가 '신성한 저작'에서 쓰인 '말씀'의 은총에 의존하여 존재하고 있다면, 초서는 자기가 창조할 수 있게 해주는 저 독특하고도 어마어마한 능력, 즉 문자 능력을 깎아내리는 방법으로써만 신성모독에서 벗어날 수 있다.

따라서 초서가 해야 하는 일은 복잡하다. 그는 캔터베리 이야기가 진실로 받아들여지게 할 필요가 있다. 독자가 허구의 꿈속에 들어가는 방식이 이것이기 때문이다. 그는 이런 진실감을 여러 가지 방식으로 획득한다. 초서는 자기 자신을 순례에 나선 무리의 한 사람으로 설정함으로써 130개 남짓한 이야기 중 하나를 들려준다. 그것은 「토파스 경의 이야기」로, 초서는 이 이야기를 이용해 자신의 문학적 능력을 더욱 깎아내리는데, 이야기가 너무나도 지루한 나머지 여관 주인이 그만하라고 애원한다. 그는 예컨대 여관 주인 해리 베일리같이 14세기 런던에서 실제로 살았던 사람을 순례자로 등장시켜 사실감을 더한다. 끝으로 이 모든 것이 사실임을 암시하기 위해 다음과 같이 말하는 것보다 더 좋은 방법은 없다. "제가 그 자리에 있었습니다. 그리고 기억합니다. 저는 이 모든 것을 보았고, 그 사람들이 하는 말을 모두 들었습니다. 그래서 그 사람들이 한 말과 행동을 여러분에게 들려주고자 합니다."

그는 이렇듯 자신의 시에 사실감을 부여할 필요가 있었지만, 그러나 다른 한편으로는 신학적 이유 때문에 청중이 반드시 그의 시를 꾸며낸 것으로 경험하도록 만들 필요가 있었다. 따라서 그는—최소한 일부만이라도—문자문화의 역설적 성격을 시의 주제로 삼을 수밖에 없다. 글로 적힌 말은 검정된 것이며 입증된 진실이다. 그러나 진실이 너무 많으면 초서는 신학적으로 곤경에 빠질 수 있다. 그는 자신의 창조물을 또다른 범주, 즉 허위 속으로 옮겨넣어야 한다. 그런데 이것을 가장 잘 해내는 방법은 청중이 그를 거짓말쟁이로 생각하도록 만드는 것이다. 그리하여 초서가 영감을 얻는 여신은 더이상 회상의 여신인 므네모시네가 아니라, 다른 미지의 여신인 망각의 여신이 되는 것이다.

허구는 18세기 말 영국 사회의 중산층 사이에서 문자능력이 더욱 확산됐을 때 **소설**novel(이는 원래 모험담romance류와는 상반된다는 뜻으로 쓰인 낱말)에서 처음으로 꽃피운다. 런던에서 성공을 거둔 최초의 일간지 『데일리 쿠란트』는 1702년 3월 11일에 창간되었다. **잡지**magazine라는 낱말은 1731년 『젠틀맨스 매거진』이 발행되면서 대중문학지를 뜻하는 말로 처음 쓰였다. 이런 맥락 속에서 가장 문학적인 장르인 소설은 대니얼 디포의 노력에 힘입어 형태를 갖추기 시작한다. 그는 1704년에 손수 글을 써서 『리뷰』라는 주간지를 펴냈고, 그가 쓴 『역병의 해 일지』는 대개 영국 최초의 소설로 여겨진다.

초서처럼 디포도 새로운 형태의 진실성을 확립할 필요가 있었다.

초서의 청중에 비해 디포의 청중은 읽는 것에, 특히 모험담 같은 허구의 설화를 읽는 데 익숙해져 있었겠지만, '소설'은 그 이름의 뜻과 같이 **새로운 것**이다.• 초서처럼 디포 역시 자신이 지어낸 이야기가 진실로 받아들여지게 하고 싶었고, 그래서 믿을 만한 거짓말을 지어낼 필요가 있었는데, 그 방편으로 1665년 역병의 해를 살았다는 H. F.라는 인물이 쓴 일지라는 형식으로 자신의 이야기를 제시한다. 이 H. F.는 직접 보고 들은 것을 전해준다. 실제로 이 책의 부제는 다음과 같다. "1665년 최근 대재앙이 있었던 해에 공·사를 아울러 런던에서 일어난 가장 주목할 만한 사건에 관한 관찰 또는 기록. 내내 런던에서 살았던 시민이 작성. 최초 공개." 이로써 H. F.의 이야기는 자신이 본 것(관찰)과 기억하고 있는 것(기록)에 근거를 두게 된다. 그리고 그는 이 모든 것이 진실(런던에서 일어난 일)이라고 우리에게 확언한다.

디포는 사건을 나날이 일지에 적어두었다가 나중에 그 일지를 공개하는 것이라고 밝힌다. 즉 증거물을 출판한다는 말인데, 이로써 전제가 초서와는 달라진다. 초서와 디포 사이에 출판 인쇄기가 등장했는데, 이렇게 보면 디포의 진짜 주제는 결국 말의 관료화가 된다. 즉 활자라는 실체로써 권위가 인증되는 한편, 전염병처럼 수백 수천 부씩 인쇄기의 활판으로부터 직접 퍼져나가는 말의 관료화다. 인쇄된 말은 실제와 별개인 그 나름의 현실을 찍어낸다.

디포는 역병의 근원을 추측함으로써 일지를 시작한다. 네덜란드에서 왔을 수도 있다는 점에 놀라면서도, "그 시절에는 소문이

• 영어 낱말 novel(소설)과 new(새롭다)는 그 어원이 같다.

나 소식을 전하는…… 인쇄된 신문 같은 것이 없었으므로" 진상은 아무도 알지 못한다고 말한다. 소식은 "입에서 입으로" 전해졌지만, 역병의 진상은 그런 방식으로는 알 수 없다. 그러나 『역병의 해 일지』에서 명확히 밝히고 있듯이, 시간이 가면서 나라의 장관들이 "알게 되어" 진상을 파악하여 시민에게 알리는 책임을 맡았다. 이것은 관료적 과정으로서, 그 최종 목표는 출판이다.

첫째, 정부는 내과의사 두 명과 외과의사 한 명 등 전문가를 공인 조사관으로 파견하여 최근 사망한 프랑스인 두 명의 시신을 조사하게 한다. 비공개 절차를 통해 이들은 그 두 프랑스인이 모두 역병으로 죽은 것으로 판정한다. 이 의사들은 자신의 의견을 교구 성직자에게 제출하고, 성직자는 그들의 소견을 시청에 넘긴다. 진실을 향해 다가가는 마지막 단계는 의사들의 판정을 매주 발표되는 '사망자 명세'에 다음과 같이 공개하는—출판하는—것이다. "역병 2명. 감염된 교구 1개." 역병은 이렇게 시작됐고, 그 진실은 교구 주위의 여러 곳에 나붙은 최초의 '역병 명세'에 수록됐다. 이 시점 이후로 말로 전해지는 어떤 소문, 어떤 정보도 글로 적힌 보고의 진실에 맞서지 못한다.

의사들의 판정에 감히 의문을 제기할 수 있는 사람은 거의 없었는데, 그것은 이들이 공인된 전문가이기 때문이다. 이들이 출판한 보고서는 말의 관료화를 거치며 저절로 증언으로 변한다. 그리고 이들의 말은 역병의 진상을 창조해내는 데 일조한다. 실제로 소식이 역병 명세를 통해 퍼지는 동안, 역병 또한 역병 명세를 타고 퍼지는데, 그것은 사람들이 인쇄된 진실을 바탕으로 행동하기 때문이다. 역병 소식을 입에서 입으로 퍼트리는 사이에, 사람들은 나다니지 않고 함께 몰려 있으면서 자기도 모르게 서로 감염시키는 결과를 낳는다. '사실'이 어떤지는 거의 중요하지 않다. 『역병의 해 일지』를 적는 사람은 실제로 시신을 거의 보지 못한다. 그는 그저 한 주마다 나붙는 역병 명세의 사망자 수를 그대로 인용할 뿐이다. 런던 시민은 한 주마다 나붙는 역병 명세의 사망자 수를 보고 역병이 악화되고 있는지 아니면 나아지고 있는지를 안다. 역병의 진실은 이 숫자 안에 존재한다. 역병의 의학적 '진실'이 드리운 그림자는 어딘가 다른 곳에—쥐나 벼룩 또는 다른 어떤 이론 속에—있다. 그러나 질병 역사학자나 의학을 연구하는 과학자 말고는 아무도 이런 '의학적 사실'에 관심이 없다.

디포가 들려주는 이야기는 이처럼 역병이 사회적으로 구성되는 상황을 모방하고 있다. 디포 자신은 역병 창궐 당시 네 살이었으므로 눈으로 보거나 귀로 들은 목격자라고 하기는 어렵다. 그러나 이는 중요하지 않다. 자기 마음대로 사실을 꾸며내거나 적어도 사실을 조작할 수 있음을 알기 때문이다. 최소한의 역사적 정확성만을 남겨두고 그 나머지는 그가 원하는 미학적인 필요에 따라 마음대로 주물러도 되는 것이다. 디포는 사건을 만들어내고 통계를 조작한다. 디포의 자료와 역병에 관한 여타의 '역사적' 자료를 비교해보면 숫자가 모두 다르다. 자신이 허구뿐만 아니라 역사까지 쓰고 있음을 알고 있는 디포는, 진실이라는 관념에 의문을 제기할 수 있다.

그의 문학 작업은 초서의 경우에 비해 어떤 면에서는 더 어렵고 어떤 면에서는 더 쉽다. 예를 들면 그는 일간지나 잡지 또는 오늘날에는 소설에서 제시되는 **뉴스**news를 사람들이 진실이라고 굳게 믿는다는 것을 알고 있다. (뉴스와 소설은 말이 생생할 때 먹혀들어간다. 이 둘 모두 궁극적으로 '새롭다'는 뜻의 라틴어 **노바**nova에서 파생된 낱말이다.) 이야기라는 관념이 역사라는 관념으로부터 떨어져나오기 시작한 것은 바로 이 시기였다. 무엇이 '허위'에 해당되고 무엇이 '사실'에 해당되는지가 갈라지기 시작한 것이다. 그리고 이 같은 분리 과정에 **뉴스**가 일조한다. 디포는 이야기와 역사 사이의 이 같은 혼란을 이용한다. 자신이 지어낸 이야기 속에서 그는 입에서 입으로 전하는 이야기에 대해 사람들이 믿음을 잃어가고 있음을 우리에게 보여준다. 노파의 이야기, 항간에 떠도는 소문, 점성술사의 예측—디포는 이런 모든 것은 18세기 런던에서 살고 있는 평범한 사람들의 미혹된 마음에서 비롯됐다고 주장한다. 디포는 이런 무지한 사람들 중 일부는 심지어 "그런 예측의 말을 길거리에서 떠들고 다니며" 전력을 다해 퍼트릴 정도로 어리석었다고 말한다. 그러나 물론 그는 이런 모든 것을 **허구**라는 잘 꾸며낸 작품을 통해 우리에게 전달한다. 디포는 이처럼 초서와 마찬가지로 증언, 기록, 숫자 등 문자문화의 여러 가지 형식에 거는 커져가는 믿음을 문자문화의 한 가지 형식, 즉 소설을 통해 깎아내린다.

『역병의 해 일지』에서 문자문화는 글월에 점점 더 깊이 각인되면서 사실상 구술 표현을 전부 몰아낸다. 일지 서두에서 디포는 "1664년 9월 초엽이었다" "어떤 사람들은 말하기를" "상당히" "여섯 주가량" "캐나다에서 들어왔다는 사람도 있고 또 키프로스에서 왔다는 사람도 있다"는 등의 표현을 쓴다. 이처럼 막연히 무엇을 가리키는 용어는 천천히 사라져 없어지고 명확한 숫자가 그 자리를 차지한다. 전제는 물론 숫자는 정확하고 정밀하며 따라서 진실을 담고 있다는 것이다. 이런 것은 우리가 믿고 그것을 근거로 행동할 수 있는 것들이다.

우리는 『역병의 해 일지』를 읽어나가는 동안 우리가 감염되고 있다는 것을 차츰 깨닫기 시작한다. 또는 그보다는 디포의 『역병의 해 일지』가, 역병의 과학적 진실성을 확립하려는 그의 시도가 우리를 감염시킨다고 해야 할 것이다. 기록 보도 같은 그의 엄밀한 사고방식 탓에 우리는 '입에서 입으로 전하는 이야기'는 진실을 담을 능력이 없다고 믿게 된다. 구전되는 이야기에는 비판적 분석이 개입할 여지가 남아 있지 않으며, 비판적 분석이 가능하려면 글이 있어야 하고, 더 바람직하기로는 인쇄라는 권위가 있어야 한다. 추론적 산문을 통해 문제를 '생각'할 수 있어야 한다. 문장이 가만히 있어야 하는데, 이것은 구전되는 이야기로는 불가능하다. 이처럼 문자문화 영역 바깥에 머무르는 사람들은 생각할 능력을 갖지 못한다는 것이다.

산문은 민주적이지 않다. 모두가 읽을 수 있는 게 아니다. 역병도 마찬가지다. 디포는 가난한 사람들이 부유한 사람들보다 더 많이 역병에 감염된다고 말한다. 이 책의 아이러니가 뚜렷해지기 시작한다. 런던 주민 대다수가 역병은 이겨내겠지만 이 새로운 문자문화를 이겨내지는 못할 것이다. 역병이라는 국가적 위기 앞에 국가는 동원할 수 있는 최고의 무기로써 대처했기 때문이다. 그 무기는 곧 글을 통한 입증이다. 실제로 국가는 이를 통해 국가의 권력을 모으고 다지며 키우는 데 성공한다. 공무원을 만들어내는 것과 그들에게 권력을 맡기고 대중에게 그 권력을 믿으라고 강요하는 것은 완전히 별개의 문제다.

그러나 우리는 다시 한번 이 문학적 방책을 이해해야 한다. 그것은 디포가 인쇄된 말의 권력을 독자가 믿게 만든다는 것이다. 그는 자신이 그 현장에 있었다고 말할 뿐 아니라—그 현장에 있었던 건 다른 수많은 사람도 마찬가지—그 모든 것을 기록했다. 그가 지금 진실을 전하는 특권을 누리는 위치에 있는 것은 바로 그 때문이다. 초서는 저작자로서 자신의 권력에 한계를 부여하고 궁극의 저작 권력과의 거리를 신중하게 유지했지만, 디포는 이미 말의 권력을 가져와 자기만의 역사적 허위를 창조했다. 그렇지만 우리는 초서의 경우와 마찬가지로 이 방책은 양날의 검이라는 점에 주목해야 한다. 이것은 그가 말의 진실성을 확립하는 동시에 그것을 믿지 않으며, 그것을 역병과 은유적으로 연관시킴으로써 깎아내리기 때문이다. 이는 당시의 역병과는 동떨어진 오늘날의 독자보다 18세기의 독자에게 더 뚜렷하게 보였을지 모른다. 1667년에 이르렀을 때 역병에 대한 당시 사람들의 보고서가 적어도 열두 가지는 나와 있었다. 여기에는 1720년에 존 퀸시가 출간해 권위를 인정받는 여덟 권짜리 『로이몰로기아—1665년 런던 역병에 관한 역사 보고서—유사한 전염병 예방을 위한 지침과 함께』•도 포함된다. 게다가 디포의 기록과 수치는 아무리 너그럽게 봐도 불확실하다. 그가 변변찮은 역사학자라서가 아니라, 그가 역사의 진정한 본성을 이해하고 있기 때문이다. 즉 역사라는 낱말의 뜻을 아무리 높이 평가한다 해도 그것은 이야기일 뿐이며, 따라서 '사실'은 구성해내야 할 대상이라는 것이다.

• 이 책은 영국 의사 너새니얼 호지스(Nathaniel Hodges, 1629~1688)가 라틴어로 쓴 *Loimologia, sive, Pestis nuperæ apud populum Londinensem grassantis narratio historica*(1672)의 영어 번역본이다.

『허클베리 핀의 모험』에서 마크 트웨인은 이 문자능력이라는 덫을 19세기의 형태로 바꾸어 독자 앞에 놓는다. 그와 더불어 이 문자능력은 백인 중심의 사회라는 보물 상자를 단단히 덮고 있는 뚜껑—물론 이 뚜껑을 흑인 짐은 열 수 없다—에 틈을 벌여놓는다. 여기에는 또한 큰 대가가 요구되며, 그래서 허클베리는 그것으로부터 달아난다.

『허클베리 핀의 모험』은 책에 관한 책이다. 그리고 허클베리가 시작 부분에서 직접 밝히고 있듯이, "『톰 소여의 모험』이라는 제목의 책을 읽지 않았다면" 우리는 작중인물인 허클베리에 대해 알지 못할 것이다. 문학적으로 창조된 인물이 자신의 과거에 대해서는 다른 책을 읽으라고 우리에게 말하고 있다. 이것은 호메로스 서사시에서 나오는 족보가 문학적 혈통으로 탈바꿈한 것이다. 우리는 머나먼 길을 왔다. 트웨인은 문학적 거짓말을 폭로함으로써, 이것은 책일 뿐이며 이 책에 나오는 사람들은 맡은 역할을 수행하는 등장인물일 뿐이라고 솔직히 털어놓음으로써 진실감을 획득한다. 트웨인은 허클베리를 문학적으로 믿기게 만들고 난 뒤, 오늘날 익히 사용되는 방식을 허클베리가 따라가게 한다. 즉 저 문학적 중요성을 깎아내리는 것이다. 허클베리는 우리에게 『톰 소여의 모험』을 읽으라고 말한 직후 다음과 같이 힘주어 말한다. "그러나 그건 어쨌든 상관없어But that aint no matter." 이것은 중의적인 내용의 멋진 말장난이다. 하나는 어찌 되든 상관이 없다는 뜻이고, 또하나는 책에는 실체가, 즉 **마테리아**materia가 없다는 뜻이다.•

• 영어 낱말 matter는 '알맹이가 되는 어떤 것'이라는 뜻으로, '실체' '질료' '중요한 것' 등의 뜻으로 쓰인다.

허클베리는 필시 이 두 가지 모두의 뜻으로 그렇게 말했을 것이다. 그러나 우리는 트웨인을 다른 어떤 저자보다 더 경계해야 한다. 너무 정직해서 우리가 마음을 놓게 되기 때문이다. 아니, 그와 한패인 허클베리가 자신의 창조자가 너무 정직하다고 말하기 때문이라 해야 할 것이다. 사실 허클베리는 자신의 창조자가 너무 정직한 나머지, 그가 쓴 다른 책에서 이렇게 털어놓는다. "트웨인 씨는 우리에게 대체로 진실을 들려줬어, 과장한 것도 있지만, 대체로 진실을 들려줬지."

허클베리는 반문맹이면서도 형식적인 문학 전통 안에 발을 딛고 선 채, 일찍이 더글러스 아주머니와 아주머니의 여동생 미스 왓슨과 함께 지내던 시절에 대해 들려줌으로써 자신의 이야기를 시작한다. 두 사람은 모두 허클베리를 교양인으로 만들기 위해 그에게 규칙을 가르치기 시작한다. 이를 위해 주로 미스 왓슨이 가지고 있는 '모세와 파피루스'에 관한 책을 허클베리에게 읽어주는데, 이것이 효과가 없자 미스 왓슨은 강도를 높여 철자법을 가르치기 시작한다.

모습을 드러내기 시작한 이 문자문화의 세계에서 올바른 철자법은 올바른 모습의 문자능력을 갖추기 위한 열쇠가 된다. 이것은 사람의 교양 수준을 알 수 있는 가시적 표시가 되는데, 피부색이 이 책에서 자유냐 노예냐를 가름하는 열쇠가 되는 것과 매우 비슷하다. 문법을 충분히 아는 사람이 말을 하면 대개 글을 아는 사람처럼 들린다. 그리고 말에서는 구두점이나 철자법이 틀려도 표시가 나지 않으며, 오로지 발음이 잘못된 부분만 드러난다. 그래서 예를 들면 허클베리는 '문명'이란 뜻의 civilization을 말할 때는 제대로 소리

내지만 글로 적을 때는 'sivilization'이라고 틀리게 적는다. 12세기였다면 허클베리는 **루스티코 모레**rustico more로 분류되었을 것이다. 말은 있으나 그에 대응하는 글과 문법은 없는 어떤 방언을 배우지 않고도 잘 알고 그것으로 소통하는 사람을 가리키는 말이다.

허클베리처럼 글자를 틀리게 쓰는 일은 문맹자에게는 흔하다. 문맹자는 들리는 것에 더 신경쓸 뿐, 자주 입에 올리는 낱말이 종이 위에 적혀 있어도 알아보지 못한다. 우리는 허클베리가 무슨 말을 하는지 알지만 "그건 어쨌든 상관없다." 그래서 여기서 우리는 트웨인이 만든 덫의 첫 부분에 발을 딛는다. 허클베리가 말하고 있는 내용보다 그것을 헤클베리가 제시하는, 즉 '적는' **방식**이 더 중요하게 다가온다. 『허클베리 핀의 모험』을 읽을 수 있는 사람은 당연히 글을 아는 사람이다. 그뿐만 아니라 허클베리의 틀린 부분을 바로잡아주고 싶은 충동을 안고 있을 만큼 글을 알고 있다. 틀린 부분이 바위처럼 불쑥불쑥 솟아 있어, 독자가 매끄럽게 술술 읽어가는 데 방해가 된다. 이 책에서 중심을 차지하는 이미지를 빌리자면, 우리는 허클베리가 우당탕 쏟아내는 말의 와류를 잔잔한 산문의 강물로 탈바꿈시킬 필요를 느낀다.

이 책은 콧대 높은 방식으로 읽도록 우리를 강요한다. 생빅토르의 위그의 독서법과는 반대로 내면의 자기가 비평가가 되어, 가만히 앉아 소리 없이 허클베리의 말을 바로잡아주는 방식 말이다. 이는 소리 없이 명상하는 글 읽기가 아니다. 비판적 판단으로 분주한 글 읽기다. 트웨인은 우리를 독자로 만들 뿐 아니라 편집자로도 만들었다. 그리고 우리가 허클베리의 버릇을 보고 웃을 때 그 웃음소리는 오만하게 들릴 게 분명하다. 못 배운 저 초라한 소년에 비해 우리 자신을 더 높은 위치에 둘 것이기 때문이다. 트웨인이 저런 비판적 판단을 유발하는 까닭은 이 책이 문어가 아니라 구어를 재현하는 것처럼 보이기 때문이기도 하다. 중세기의 필경사가 **둑투스**에서 듣고 받아적는 것과 정확하게 똑같은 방식으로, 트웨인은 이 소설이 허클베리가 구술해준 것이고, 그 결과 우리가 읽고 있는 것은 중세의 필사 원고이며, 그것을 우리는 문자 교육을 받은 현대의 비평가로서 읽고 있다고 착각하게 한다. 어쨌거나 우리는 문법과 구문과 철자법 규칙에 관한 갖가지 지식을 몇 년씩이나 교육받은 사람들이고, 그래서 허클베리가 저렇게 마음대로 엉성하게 말하도록 내버려두지 못한다. 우리는 더글러스 아주머니나 미스 왓슨만큼이나 강경하게 그의 잘못을 바로잡아주고—심지어 우리의 의지를 거스르면서까지—차근차근 말하게 할 필요를 느낀다.

트웨인은 실수를 내세워 허클베리보다 우리가 더 우월하다고 느끼게 만든다. 그가 이야기를 들려주고 있는데도—그가 이 책을 썼노라고 말하고 있는데도—우리는 그가 아둔하다는 결론을 내릴 수밖에 없다. 고대 고지독일어 초기 용법에서 **아둔하다**dumb라는 낱말은 벙어리**인데다** 멍청하기까지 한 사람을 가리켰다. 아마도 그 논리는 이랬을 것이다. 자신이 무엇을 알고 이해하고 있는지를 우리에게 제대로 들려주지 못하기 때문에 우리는 그가 아무것도 모를 거라고 짐작하는 것이다. 침묵하는 사람들 중 성자와 현자만이 지혜로울 것으로 짐작했다. 허클베리의 경우 우리는 그가 **하는 말을 한 자 한 자 보고 있기** 때문에 그가 아둔할 거라고 짐작한다. 그는 산문에 의해 쓰라린 방식으로 '침묵당한' 것이다. 그의 말은 한 번 더 다듬는 과정을 거치지 않았다. 그는 첫눈에 떠오르는 생각을 말한다. 그리고 그의 이야기는 전통적 의미의 저작이 아니기 때문에 그가 적는 글은 권위를 인정받지 못한다. 19세기 사회에서조차 그는 벙어리나 다를 바 없다. 무지한 문맹자이기 때문에 그는 흑인 친구 짐만큼이나 사회적 권리를 빼앗긴다.

트웨인은 허클베리의 무지한 침묵을 통해 우리가 우리 자신의 문자능력에 얼마나 강하게 속박당하고 있는지를 보여준다. 그는 허클베리가 구술문화 속에서 편안히 살도록 내버려두지만 우리가 그 세계 속으로 들어가지는 못하게 가로막는다. 『캔터베리 이야기』는 소리 내어 읽어야 제맛이 난다. 「서시」의 평이한 음률에서, 또 배꼽 잡게 만드는 초서의 운율에서 그 맛을 귀로 느낄 수 있다. 예컨대 「방앗간 주인의 이야기」에서 그는 저 낭만적인 **키스**kisse를 지린내가 물씬 풍기는 **오줌**pisse으로 깎아내린다. 디포가 쓴 『역병의 해 일지』는 소리 내어 읽든 아니든 아무런 상관이 없을 것이다. 일지는 상당히 사적인 것이지만, 가까운 친구들에게 읽어주는 장면은 쉽게 상상할 수 있다. 어찌 됐든 간에, 디포가 다룬 주제는 공개적인 것이다.

『허클베리 핀의 모험』을 읽는 방식은 의문의 여지가 없다. 이 책은 지면을 보며 소리 없이 읽지 않으면 의미를 잃는다. 소리 나는 대로 적은 허클베리의 무지한 산문을 읽는 동안 우리는 우리 자신의 문자능력에 결박당한다. 트웨인이 의도한 유머를 모조리 이해하고 싶다면 우리는 허클베리의 문장을 **보아야** 하며 귀로 **들어서는** 안 되기 때문이다. 예컨대 허클베리의 'sivilization'을 소리 내어 읽으면 그 안에 들어 있는 실수의 아이러니를 놓친다. 트웨인이 허클베리를 아둔하게 만들고 있다고 한다면, 한편으로 우리를 벙어리로 만들고 있는 셈이다.

트웨인은 시대착오적 언어학을 통해 우리에게 충격을 안겨준다. 그는 우리가 언어는 하나뿐이라고 생각하게 하려 한다. 그 언어는 바로 글이 아니라 말이며, 글자로 적거나 인쇄를 거침으로써 지면 위에 가시적으로 나타날 뿐이라는 것이다. 그리고 노예해방전쟁, 즉 미국 전체의 민주주의를 위한 투쟁이 있은 지 이십 년 뒤, 그는 이 문맹의 소년을 숲 밖으로 끌어내서 이 아이러니를 구체화한다. 이것이 아이러니인 것은 물론 언어에는 두 가지가 있기 때문이다. 하나는 우리가 마음대로 말하는 언어고, 다른 하나는 인쇄된 지면 위에 나타나는, 철자법적, 문법적으로 올바른 언어다. 그런데 이 두 가지 언어는 전달하는 내용면에서 서로 전혀 다르다. 우리는 교육이라는 틀에 아직 완전히 편입되지 않은 짐 같은 사람이라면 허클베리식의 말을 구사하겠거니 하겠지만 사춘기에 이른 백인 소년 허클베리가 그런 식의 말을 구사할 거라고는 예상하지 못할 게 분명하다. 허클베리가 그보다는 나아야 하는 것이다. 그래서 트웨인은 교양 있는 우리 같은 독자가 허클베리를 가르치지 않을 수 없게 만든다. 생빅토르의 위그를 다시 한번 예로 들면, 마치 그가 한 말—자기성찰—이 저주가 되어, 말을 글로 탈바꿈시켜 다시는 글월로부터 벗어나 자유로이 날아가지 못하게 하는 것과 같다.

지면에 갇힌 글월은 잘 번역되지도 않는다. 허클베리의 숙어와 은어, 틀린 발음과 틀린 철자법은 어떤 식으로도 다른 언어로 바뀌지 않는다. 그래서 트웨인의 글월은 단단히 얼어붙어 있다. 트웨인이 놓은 덫의 두번째 부분은 이 관념을 미끼로 삼고 있다. 우리는 저 아둔한 아이의 철자법은 바로잡아주고 짐의 철자법은 그러려니

무시하면서 스스로 우쭐한 마음이 들지도 모른다. 그러나 저 아둔한 소년은 그 부정확하고 엉성한 은어를 사용하여 미국 최고의 소설 가운데 한 편을 우리에게 안겨주었다. 이 소설은 미국의 모든 소설 중에서 가장 대담한 거짓말일 것이다. 허클베리는 독자 대부분이—잘 배워 익힌 산문을 가지고—해낼 수 있는 것보다 훨씬 더 멋진 것을 창조해냈다. 짐에게 무슨 능력이 있는지 그 누가 알랴. 트웨인은 우리에게 다음과 같이 묻고 있는 건지도 모른다. 우리는 우리가 쓰고 있는 세련된 언어의 노예는 아닌가? 깔끔하게 정리되고 규칙이 잘 잡힌 우리의 언어로는 자유에 대해 그리고 저 굽이쳐 흐르는 미시시피 강에 대해 글을 쓰기가 더 어렵지 않은가? 차라리 허클베리의 방언으로 쓰는 편이 더 낫지 않은가?

트웨인은 노예에 대해 폭넓게 읽기를 청한다. 허클베리가 짐만큼이나 사회로부터 멀리 떨어져나와 있기 때문이다. 짐은 허클베리보다 더 철저하게 문맹이지만, 날씨, 안개, 강 등 그에게 세계는 구석구석 살아 있는 곳이다. 그는 미신과 마법이 강하게 배어 있는 현실을 숨쉰다. 그는 여전히 주위의 것들에서 지식을 얻는다. 톰 소여는 아서왕의 모험담을 읽으면서 세상을 바라보는 눈을 길렀고 그것을 읽는 사이에 자신의 인식을 허클베리에게 전달한다. 톰 소여의 해법은 난해하고 복잡하며, 짐의 해법은 즉각적이다. 이 책이 쓰였을 때는 노예들이 이미 법적 자유를 얻은 뒤였다. 이야기가 시작될 때 짐은 이미 주인으로부터 자유를 얻은 상태였다. 트웨인은 허클베리와 짐을 하나로 엮는다. 두 사람은 모두 도망자로 나타나며, 같은 뗏목을 타고, 같은 종류의 방언을 쓰는 친구 사이이다. 허클베리가 우둔하다면 짐도 마찬가지다. 그러나 우리가 그 언어를 제대로 이해할 수 있다면—그 책을 그토록 재미있게 읽고 있으니 우리는 어느 정도 제대로 이해하고 있는 셈이다—우리는 허클베리가 대단히 뛰어나다는 점을 인정해야 하며, 따라서 짐도 똑같이 뛰어날 가능성이 있다고 보아야 한다. 어떤 면에서 우리는 두 사람을 모두 '생각의 표현이 분명한' 인간으로 보아야 한다. 우리는 그들에게 자유를 부여해야 한다. 트웨인의 언어학적 덫에 발을 들여놓음으로써 우리는 강제로 노예폐지론자가 된다. 우리는 저 구술문화가—흑인의 구술문화든 백인의 구술문화든—풍부하고 힘 있고 아름답다는 사실을 제대로 이해하지 않을 수 없게 된다. 규칙과 규정으로부터 자유로워진 그들은 언어를 통해 하나로 어우러진다. 허클베리와 짐은 서로에게서 배운다.

이 소설 속에서 문명은 강둑에 자리잡고 있다. 미스 폴리와 더글러스 아주머니와 대처 판사가 바로 그 문명이다. 뗏목은 이 두 등장인물이 타고 다니는 구술의 섬이며 뭍과는 떨어져 있다. 강둑에서 떠내려오는 갖가지 사실과 세세한 일들은 뗏목으로 흘러오는 동안 물이 빠져 은유와 이미지가 된다. 초서나 디포처럼 트웨인은 문자능력이라는 현상에 고전한다. 초서는 천재적 기억력이라는 허구적 자세를 취하는데, 그것 자체의 신빙성을 떨어뜨림으로써 그가 꾸며낸 이야기를 청중이 받아들일 수 있게 만든다. 디포 역시 우리에게 일지라는 한 가지 문학 형식을 제시하며, 그런 다음 역병은 대체로 지면이라는 공인된 곳에 올라 있는 묘사에서만 존재하며, 또 어쩌면 진정한 희생자는 아직도 문맹 상태에 있는, 그리고 그 결과 발전이라는 행렬에 끼지 못하고 불행하게도 뒤에 남겨지는 사람들일지도 모른다는 것을 보여줌으로써 그 문학 형식을 깎아내린다. 트웨인의 경우에는 이 과정이 좀더 복잡하다. 문맹이지만 뛰어난 등장 인물을 우리에게 보여줌으로써 독자가 독자 **자신의** 문자능력을 깎아내리도록 강요하기 때문이다.

초서는 아직까지 본질적으로 문맹인 청중을 대상으로 글을 짓는다. 그는 문자능력의 시대가 다가왔다는 사실에 관심을 갖는데, 단지 이야기를 꾸민다는 것이 무슨 의미를 지니는지 생각하지 않을 수 없게 한다는 점에서만 그렇다. 디포의 경우 문자능력은 지각 문제, 즉 사람들이 세계를 이해하는 방식에 인쇄가 어떤 영향을 미치는가 하는 문제이다. 19세기 미국의 트웨인에게 문자능력은 정치적·사회적으로 가장 커다란 문제이다. 그것은 민주주의 미국의 심장부를 파고든다. 그는 두 개의 언어는 두 개의 미국이라고 말하고 있는 것 같다. 그의 소설을 가지고 말하자면 두 개의 계층이다. 대처 판사 같은 부류의 계층, 그리고 짐과 허클베리 같은 부류의 계층이다. 만일 우리가 소설의 결말에 이르러 허클베리에게 찬사를 보낸다면, 우리는 짐에게도 마땅히 박수를 쳐야 한다. 그리고 우리가 소설의 결말에서 허클베리가 인디언들의 땅으로 도망치도록 내버려둔다면, 우리는 짐 또한 놓아주어야 한다.

이처럼 트웨인은 문자능력의 덫에 초점을 맞춘다. 『허클베리 핀의 모험』에는 문자능력이 없는 사람들은 들어가지 못하는 거대한 세계가 있다. 이들은 우습게도 『허클베리 핀의 모험』이라는 이 굉장한 작품을 읽지 못한다. 그럼에도 우리는 미신과 민간전승이 가득한 세계, 모험과 아름다움이 가득한 세계, 문자에 너무나 단단히 묶여 있는 사람은 들어가지 못하는 그런 세계가 남아 있음을 알아보아야 한다. 그러나 트웨인은 우리에게 앞을 내다보도록 강요한다. 19세기 말에 이르렀을 때 인디언들의 땅은 거의 남지 않았기 때문이다. 미국에서 구술문화의 영역은 여기저기 조금씩만 살아남았을 뿐이다. 대부분은 시골이고, 대부분은 가난하며, 대부분은 흑인이다. 그 나머지는 더없이 철저한 문자문화의 영역이다. 1885년에 이르러 『뉴잉글랜드 저널 오브 에듀케이션』은 이미 매사추세츠 주 케임브리지에서 문자능력 수준을 파악하기 위한 조사를 실시하고 있었다. 19세기 사람 누구도 우리가 문자에 단단히 매달려 있게 되리라고는 상상하지 못했을 것이다. 하지만 이 역시 사라지고 있음을 우리는 본다. 사람들은 지금 컴퓨터 문자문화를 추구하느라 기계의 힘에 예속되고 있다. 우리가 트웨인만큼 이 사실을 의식하고 있다면 우리는 아무것도 잃지 않은 것이다.

7
교습되는 모어에서 새말과 꽥꽥일률로

오늘날 우리 귀에 들리는 언어에는 특별한 유형의 낱말이 가득 들어 있다. 이런 낱말을 아메바 낱말amoeba-words로 부르고, 이런 낱말로 이루어진 어휘는 꽥꽥일률Uniquack이라 부르기도 한다. 모든 아메바 낱말은 적어도 셋 이상의 용처를 지니고 있다. '에너지energy'라는 낱말을 예로 들어보자. '에너지'에는 맨 처음의 전통적인 의미가 있다. 『옥스퍼드 영어사전』에 따르면 1599년에는 "표현에 실리는 활력"이란 뜻이었고, 나중에는 "발성이나 오르간 음악이 인상을 남기는 능력"을 가리켰다. 에너지란 용어는 지금도 활력이라는 첫번째의 의미로 널리 쓰인다. 19세기를 거치며 에너지는 또한 기술 용어가 됐다. 무엇보다 일을 수행하는 물체의 능력을 나타내는 용도로 물리학에서 아주 흔하게 쓰였다. 그러다가 마르크스가 프롤레타리아트를 '노동력'으로 서술한 것과 때를 같이해, 몇몇 독일 물리학자들이 자연을 '일을 수행할 수 있는 전반적인 잠재력'으로 서술하고는 이를 '에너지'라고 했다. 지난 1백 년간 이 용어는 물리학에서 점점 추상화되어 '대체 에너지'니 '에너지 필요'니 하는 표현을 나타내는 데 쓰였다. 우리는 이 용어가 무엇을 뜻하는지 모른다는 그 사실을 영원히 의식하고 있어야만 한다. 우리는 이 낱말이 마치 성서에서 나온 양, 하늘이 내린 선물인 양 사용한다. 그뿐 아니라 우리는 그 뜻을 정의하는 권한을 우리가 속해 있지도 않은 전문가 계급에게 기꺼이 넘겨준다. 이런 상황에서 '에너지'란 낱말은 상식적인 의미도 없고 과학의 냉정한 의미도 없이, 언어 수준에도 미치지 못하는 끙끙거림처럼 무의미한 낱말로만 사용될 뿐이다. 에너지는 이와 같은 의미에서 성, 수송, 교육, 소통, 정보, 위기, 문제, 해법, 역할• 등 그 외의 수십 가지 낱말들과 한통속을 이루고 있다.

• 원문은 각각 sexuality, transportation, education, communication, information, crisis, problem, solution, role이다.

조지 오웰이 새말Newspeak에 대한 글을 썼을 때는 컴퓨터 언어가 아직 알려지거나 발표되기 전이었다. 우리의 주제는 따라서 컴퓨터 언어가 아니며, 일반적인 언어를 쓰는 사람들이 언어를 격하시켜 부호처럼 취급하려 할 때 무슨 일이 벌어지는지를 풍자한 오웰의 노력에 대해 논하고자 한다. 새말을 이렇게 인식하는 것은 물론 오웰이 아니라, 오웰이 만들어낸 부호가 그로부터 삼십오 년도 더 지난 지금 전개되고 있는 양상을 바라보고 있는 새내기 두 사람이다.

새말과 꽥꽥일률은 이란성 쌍둥이다. 컴퓨터가 아직은 신기한 물건에 지나지 않고 또 유니백UNIVAC이 유일하게 구입 가능한 컴퓨터 상표였던 1950년대에, 제임스 레스턴이 사설의 여담으로 '꽥꽥일률'•이라는 말을 만들어냈다. 우리 두 저자는 일정한 형태가 없는 아메바 낱말을 가리키는 말로 꽥꽥일률이라는 용어를 택했다. 이런 낱말은 '특정 활동과 한데 묶여서 의미를 띠는' 것도 아니고 '특정 형식의 사고를 나타내는' 것도 아니다. 이 두 가지 특징은 레

• uniquack. 미국 최초의 시판용 컴퓨터 유니백 I UNIVAC I이 나왔을 때 그 상표의 발음을 빌려 만든 낱말. '하나' 또는 '단일'이란 뜻의 '유니uni'와 오리 울음소리를 흉내낸 의성어 '꽥quack'을 붙였다.

이먼드 윌리엄스가 『열쇳말*Keywords*』의 항목들을 선정할 때 적용한 기준으로, '열쇳말'처럼 아메바 낱말도 일상 언어에서 사용될 때 종종 강렬하고 어려우며 설득력이 있으며, 또 더 넓은 경험 영역을 나타내는 용도로 쓰인다.• 세월이 지나면서, 새말과 꽥꽥일률은 이전 시대의 일반 언어와는 달리 일상 영어와 프랑스어, 독일어가 20세기 말에 이르러 지니게 된 두 가지 특징을 가리킬 때 유용하게 쓸 수 있는 명칭이 되었다.

새말은 그 뜻이 명확한 신조어다. 오웰의 경우 이것은 있지도 않았던 옛말Oldspeak을 의도적으로 왜곡하여 소설에서 그린 것이다. 오웰은 우리가 살고 있는 이 컴퓨터 시대를 보지 못하고 죽었지만, 우리 시대에 그의 새말은 영어를 '소통 매체'로 사용하려는 의도를 풍자적으로 모방한 불길한 것이다. 영어를 이렇게 사용하려는 경향은 꽥꽥일률이 퍼지면서 조장됐으며, 이는 과학 담론이 일상 언어 속으로 흘러든 결과 일어난 타락 현상이다. 이처럼 새말이라는 용어는—우리의 용법에서—일차적으로 말하는 사람이 자신의 행동을 대하는 태도를 가리키며, 꽥꽥일률은 그 사람의 말속에서 특별한 종류의 어휘가 주도적 위치를 차지하고 있음을 가리킨다. 우리는 현대 언어의 일정한 특징에 대해 언급할 때 이 두 가지 용어를 사용하고 있는데, 이로써 융통성 없는 교수들이 오웰에 대해 자꾸자꾸 제기해온 반론으로부터 벗어나고자 한다. 즉 우리가 피상적이고 무비판적으로 언어학을 다루고 있다는 지적 말이다. 오늘날의

• 이차대전 참전 후 대학교로 돌아온 윌리엄스는 동료들의 대화에 당황한다. 사 년 반밖에 지나지 않았지만 그동안 말의 의미가 달라져 있었던 탓이다. 이때부터 당대 문화와 사회의 변화를 반영하는 '핵심 어휘들'을 고찰했고 이를 간추려 『열쇳말』(1976)을 출간했다.

소통이 향하는 미래상의 편집병적인 모습, 그리고 사실에 근거한 진실을 비춰주는 때묻지 않은 토박이말을 쓰는 낭만적 유토피아를 서로 대비시키는 것은 우리의 의도가 아니다.

새말과 꽥꽥일률은 지위가 서로 아주 다른 신조어다. 꽥꽥일률은 아무도 쓰고 있지 않으므로 우리의 목적을 위해 가져다쓸 수 있는 용어다. 새말은 오랫동안 잘 사용되어 길이 잘 든 용어다. 세계어에 대한 믿음을 품고 있다가 포기한 오웰은 그 믿음을 풍자하는 뜻으로 새말을 만들어내서 우화의 뜻이 통하게 만드는 문학적 장치로 활용했다. 그가 죽은 뒤로 새말은 갖가지 믿음이 뒤죽박죽이 된 상태를 가리키는 꼬리표가 됐다. 오늘날 새말은 주로 언어는 쓸모가 없어졌다는 터무니없는 믿음을 내세울 때 사용된다.

오웰은 이 용어를 두 가지 차원에서 사용했다. 하나는 패러디 즉 풍자적 모방이고, 다른 하나는 그가 만든 1984년이라는 세계의 한 요소다. 그가 패러디에 주로 사용한 언어 두 가지는 오그던이 제안한 기본 영어Basic English와 호그벤이 고안한 인터글로사Interglossa로, 이 둘 모두 1930년대 초에 전성기를 누렸다. 둘 다 영어를 바탕으로 세계어를 만들어내려는 노력의 산물로, 850개가 채 되지 않는 낱말로 구성됐다.• 1939년에 에즈라 파운드는 기본 영어에 대해 "현존하는 작품을 평가하기 위한 훌륭한 체계…… 생각을 전파하기 위한 도구…… 어떤 지성인이 보아도 확실한…… 장점이 있다"는 찬사를 내놓았다. 1940년대에는 다른 사람도 아닌 윌리엄 엠슨이 시를 이해하기 위한 도구이자 함축적인 시를 쓰기 위한 어휘라며 기본 영어를 찬양했다. 윈스턴 처칠은 영국 정부가 기본 영어

• 기본 영어는 850개, 인터글로사는 880개 남짓한 낱말로 이루어졌다.

에 대한 저작권을 구입하게 했다. 또한 H. G. 웰스는 『다가올 세계의 모습』이라는 책에서 "21세기가 거두어낸 예상치 못했던 업적의 하나"로 기본 영어가 세계의 **링구아 프랑카**lingua franca•로서 급속히 퍼져나가는 유토피아를 그리고 있다.

오웰은 웰스가 내다본 세계를 "기계에 의해 노동에서 해방된 인류이자, 선조에 비해 자기네가 더 뛰어나다는 것을 유일한 화제로 삼으며, 일광욕을 즐기는 문명인 종족의 미래"라고 묘사한다. 한때 기본 영어를 지지한 그였음에도 그것을 풍자적으로 모방한 것은 웰스가 그려낸 "화려하면서도 묘하게 불길한 세계, 특권층은 천박하고 무기력한 향락을 누리며 살고, 노동자는…… 지하 동굴의 혈거인처럼 고생하며 사는 세계"를 비아냥거리기 위한 것이다.

오웰이 저런 전체주의적 사고가 온 세상 지성인의 마음속에 뿌리 내렸음을 보여주기 위해 새말이라는 용어를 썼을 때 그것이 어느 정도의 풍자였는지를 이해하려면, 그가 예전에 품었던 믿음에 대해 부끄러움을 담아 말한다는 사실을 반드시 기억하고 있어야 한다. 그가 스페인 카탈루냐로 가서야 자신이 품었던 좌파적 선행주의가 잘못됐다는 것을 깨달을 수 있었던 것처럼, 기본 영어를 널리 보급하고자 비비시BBC에 들어간 뒤에야 기본 영어는 생각의 기계적인 대체물로서만 사용될 수 있으며 그 결과는 치명적이라는 것을 이해할 수 있었다.

오웰은 1942년부터 1944년까지 윌리엄 엠슨의 동료로 일하면서 인도로 내보내는 방송 시리즈를 제작했다. 기본 영어 자체의 태생적인 단순성을 최대한 활용하여 제작된 방송으로, 『트리뷴』 기사

• '공통어'를 가리키는 말이다.

를 인용하자면 "정치가와 정치평론가들의 과장된 언사를 바로잡기 위한 일종의 개선책"이었다. 전쟁이 끝나던 해에 와서야 그는 「정치와 영어」라는 글에서 "영어를 수호하는 것은 표준 영어를 정하는 것과는 아무런 관계가 없다"고 주장했다.

기본 영어는 문자언어 모형에 맞춰 말을 표준화하려는 궁극의 노력에 해당한다. 즉 말을 알파벳으로 기록한 뒤에 문법학자가 그것을 바로잡아 새로운 형식으로 다듬은 '언어'를 다시 사람들의 입에 넣어주자는 것이다. 사람들이 말을 할 때마다 이런 인공물을 사용하게 하려는 시도에는 역사가 있다. 이참에 그 기원을 되짚어보면 도움이 될 것이다. 오웰은 소설을 완성한 해인 1948이란 숫자를 뒤집어보다가 우연히 제목을 찾아냈다. 오웰이 비비시에서 기본 영어로 방송을 시작한 해인 1942년을 오웰처럼 뒤집어보면 1492가 만들어진다. 네브리하가 스페인 왕실에게 교습 모어母語를 이용하여 신민을 통제할 수 있다고 제안한 해이다. 『1984』를 출간하기 여섯 해 전, 오웰은 네브리하가 만든 괴물의 후예를 오그던의 기본 영어에서 발견하여 그것을 비비시를 통해 방송할 수 있었다. 이것은 오웰이 '멋진 신세계'를 향해 돛을 올리는 이미지다. 결국 그는 기본 영어를 버리고 새말이라는 패러디를 취한다. 네브리하로부터 오웰까지, 모어를 학습하여 쓰게 될 스페인 사람들로부터 혀가 묶인 '프롤'•에 이르기까지 이어져온 변화다.

이처럼 기본 영어의 패러디에서 출발하여 무의미한 발설이라는 기막힌 공포를 그린 우화로 옮겨가면서 오웰은 미래에 관한 글의 새로운 차원을 드러내 보여준다. 오웰은 유토피아 문학이라는 장르

• 다음 주 참조.

에 푹 빠져 있었다. 오웰 자신의 진술을 바탕으로 생각해보면 그는 유토피아 작가들이 언어에게 부여한 자리가 어떤 것인지 잘 의식하고 있었음이 분명하다. 조너선 스위프트는 '정치 설계자'들을 통해 "단순화하여 만들어낸 언어를 라퓨타 사람들에게 공급하고, [라퓨타 사람들은] 기계를 이용하여 책을 쓰고, 그 내용을 얇은 전병 위에 새겨…… 그것을 삼키게 하는 방법으로 제자들을 교육한다." 오웰은 비비시를 그만두던 해에 "지적 전체주의의 유일한 목표는 사람들이 덜 깨어 있게 만드는 것이 되지 않을 수 없다"라고 논평한다. 잭 런던은—그가 사용한 이미지는 『1984』에 자주 등장하는데—자신의 작품에 등장하는 '프롤' (오웰도 똑같은 용어를 쓴다)을 "정직한 1달러"라든가 "한 도시락 가득" 같은 유토피아적 어구를 만들어내는 것을 천재적인 솜씨라고 생각하는 '어구 노예'로 묘사한다.• 잭 런던 역시 확성기를 설치하여 정권을 떠받쳐준다. 오웰이 새말이라는 우화를 구성하는 데 사용한 요소는 모두 오그던이나 유토피아주의자들에게서 가져온 것이다.

새말에서 독특한 요소는 『1984』를 통째로 새로운 종류의 공포물로 만들어놓는 바로 그 요소다. 허버트 리드의 말을 인용해보자. "『1984』는 유토피아에 역행하는 역유토피아, 디스토피아다. 엉망이 된 유토피아를 그린 『이리훤』이 아니다. 『이리훤』은 그래도 유토피아 자체를 향해 현실을 개선해나가는 방식을 취한다. 병에 걸

• 프롤prole은 프롤레타리아트proletariat를 가리킨다. 잭 런던은 소설 『강철군화』에서 프롤레타리아트를 로마의 왕 "세르비우스 툴리우스가 인구조사에서 자식 양육 외에는 국가에 아무런 가치가 없는 사람들을 가리켜 사용한 '프롤레타리'라는 라틴어에서 나온 말이며 부나 지위, 특출한 능력면에서 조금도 중요하지 않은 사람들"을 가리키는 말이라고 설명한다. 오웰 또한 『1984』에서 비슷한 맥락으로 이 말을 사용한다.

리면 처벌받을 수 있다는 것이 역설적이긴 하지만, 그래도 건강을 이상적인 상태로 보는 것이다. 『1984』에서는 그 방식이 악의적이다……" 이 악의적 방식은 현재의 상태 안에 함축되어 있으며, 지배자의 학정이나 지배자의 자기 잇속 챙기기 때문에 생겨나는 게 아니다. 잭 런던의 『강철군화』에서 권력은 자먀친의 소설에 나오는 **제로**[0]•와 마찬가지로 여전히 하나의 수단이다. 그러나 『1984』에서는 모든 사건이 궁극적으로 국가에 내재하는 권력 탓에 일어난다. 그리고 국가는 끊임없이 고쳐 쓰이는 한 권의 책으로 바뀌어 있다. 권력은 더이상 지배자를 섬기지 않는다. 지배자 자체가 권력을 섬기며, 이 권력은 한 권의 책이다. H. G. 웰스가 상상할 수 있었던 최악은—극악한 수준이긴 하지만—불평등이었다. 오웰에 따르면 웰스는 "정신이 너무나 말짱해 현대 세계를 이해할 수 없었다."

오웰 이전에 엉망이 된 유토피아에 대한 소설을 쓴 사람들은 지독한 언어폭력을 만들어냈다. 그러나 오웰은 언어 자체가 소멸한 이후에 일어나는 소통을 묘사한다. 오웰의 새말은 디스토피아의 언어가 아니라, 1984년이라는 최악의 세계에서 말없는 발설에 사용되는 언어다. 오웰은 강제로 소통하되 주로 조직화된 증오를 통해 소통하는 인간, 인간의 언어 없이 소통하는 인간이라는 우화를 지어냈다.

문학평론가나 일상 대화에서 새말이라는 낱말을 하나의 영어 낱말로 사용하는 사람은 대개 선동가가 쓰는 오염된 영어, 정치가나 방송인이 쓰는 모호한 언어, 또는 반대자가 만들어내는 신조어라는

• 자먀친의 소설 『우리들』에서 주인공은 0을 인간 구원의 수단으로 제시한다. 0은 자유가 없는 상태이며 따라서 어떠한 범죄도 저지르지 않는 상태다.

뜻으로 쓴다. 이런 불명확한 용법을 통해 용어의 확대해석이나 효과적인 슬로건 만들기, 타락하기 이전 영어의 반대말을 가리키는 뜻으로 말하는 것이다. 그러나 오웰의 새말은 실제의 1984년과 그 이후 급격히 늘어나면서 대화가 너무나 '시끄럽게' 들리게 만드는 **전문 어휘**idiotikon보다 더 사악하다. 우리는 새말을 오늘날 '대인간 소통'이라 불리는 것을 위한 부호로, 컴퓨터의 작동을 묘사할 때 쓰는 용어가 너와 나 사이에 오가는 것을 묘사하는 용도에 적합하다는 믿음이 담긴 부호로 본다. 생각하고 말하는 특정 방식, 즉 언어를 하나의 체계이자 부호로 취급하는 접근 방식이나 태도를 가리키는 뜻으로 새말이라는 낱말을 쓰는 것이다.

오웰이 인간과 기계를 하나의 방정식으로 표현하는 것을 전혀 몰랐던 것은 아니다. 그는 메리 셸리의 『프랑켄슈타인』(1818)을 알고 있었고, 토머스 헨리 헉슬리가 내놓은 동물은 자동기계라는 가설(1874)도 필시 알고 있었을 것이다. 그러나 디지털-아날로그 컴퓨터가 인간의 '뇌'를 모형으로 삼고 있다는 새로운 사조는 오웰이 죽은 다음에야 지상에 공표됐다. 소설가로서 오웰은 현실성이 없는 과학적 가설을 위한 우화를 만들어냈다. 그는 모형으로 삼을 컴퓨터를 사용할 수 있게 되기도 전에 감각도 의미도 없는 소통이라는 관념을 만들어냈다. 사상경찰 오브라이언은 윈스턴 스미스를 고문하며 말한다. "우리는 적을 그냥 없애지는 않아. 적을 개조하고…… 전향시켜 새로운 사람으로 만들지…… 적을 우리 편으로 만든 다음 죽이는 거야…… 뇌를 완전하게 만든 다음 날려버리는 거지…… 옛적에는 독재자의 계명이 '하라'라는 거였어…… 여기서 네게 일어나는 일은 영구적인 거야……" 이 소설의 영웅답지 않은 주인공 윈스턴은 그럼에도 지금 벌어지고 있는 일이 오브라이언에게는 이치에 닿는 것으로 믿는다. 그는 오브라이언의 세계가 무감각하며, 오브라이언과 한편에 서서 이렇듯 막강한 무의미 속에 들어가야 한다는 사실을 받아들여야 한다. "먼저 배우고, 그러고 나서 이해하고, 그러고 나서는 받아들이는 거야. 이제 당신[윈스턴]은 제2단계에 들어갈 때가 됐어…… 말해봐. 우리가 권력을 고수하는 이유가 뭐지?…… 대답해." 고문대에 묶인 윈스턴은 대답한다. "당신들은 우리 자신의 이익을 위해 우리를 지배합니다." 그는 도스토옙스키의 대심문관도 만족했을 법한 대답을 내놓는다. "당신들은 인간은 자기 자신을 다스릴 만한 존재가 못 된다고 믿고 있습니다. 그래서……" 대답 대신 오브라이언은 고문의 강도를 35도로 올린다. 윈스턴의 몸이 고통에 한차례 뒤틀린다. 오브라이언은 윈스턴에게 설명한다. "우리는 전적으로 권력 그 자체를 위해 권력을 추구하는 거야." 그런 다음 오브라이언이 대표하고 있는 국가는 국가 자체의 글월에 따라 윈스턴의 인성을 창조하고 재창조하여, 오로지 국가라는 맥락에서만 윈스턴이 존재하도록 허용한다.

오늘날이라면 우리는 『1984』에서 윈스턴 스미스가 맡은 **역할**을 위해 오브라이언이 그를 **프로그램**(세뇌)하고 있다고 말할 것이다. 오웰은 이 두 낱말을 극예술에서 사용되는 뜻으로만 알고 있었다. 프로그램은 극장에서 안내원이 파는 공연 일정표이고, 역할은 배우가 외우는 글월이다. '프로그램한다'는 말이 하나의 작업을 컴퓨터가 수행하기 적절한 용어로 표현하는 행위를 가리키는 뜻으로 처음 사용된 것은 1945년이다. 그리고 '역할이론'은 당시 사회학에서 새로 생겨난 한 가지 동향이었다. 두 낱말 모두 전문용어라는 궤도로부터 일반적인 말의 궤도로 떨어지지 않았고 따라서 아메바 낱말이 되지 않았다. 방금 끝낸 계산의 결과에 따라 스스로 적응하는 앨런 튜링의 알고리즘 관념을 잘 이해한 노버트 위너와 존 폰 노이만은 그런 공식이 인간의 계산을 벗어나 독립적으로 이루어지도록 하는 기계를 만들었지만, 여전히 일반 대중은 컴퓨터를 좀더 완벽한 계산기로만 보았다. '역할' 개념은 튜링의 관념이 소개된 해에 마거릿 미드, 랠프 린턴, 조지 머독이 각기 내놓은 논문에서 소개됐으며, 1950년에 이르러 탤컷 파슨스와 로버트 머튼을 통해 모든 사회학의 기본으로 간주됐다. 그러나 거기에 함축된 가정, 즉 모든 사회관계를 권력 또는 개개의 역할 수행자 간의 정보교환으로 격하시킬 수 있다는 전제를 조지 오웰은 생각도 하지 못했다. 그럼에도 소설가로서 그는 오브라이언이 윈스턴을 강요하여, 역할이론 및 인공두뇌식 대인간 소통 모형에서 '인간의 본성'이라고 가정하는 것이 되게 만들었다. 디스토피아는 이런 가정에 잘 들어맞는다. 오브라이언은 윈스턴에게 "인간의 마음을 갈기갈기 찢은 다음 내가 원하는 새로운 형태로 다시 맞추는 것이 (바로) 권력"이라고 말한다. 새말은 어떠한 역할이라도 써넣고 고쳐 써넣을 수 있는, 마음대로 주물러 만들 수 있는 인간 개인이 존재함을 전제로 한다. 이로써 새말이라는 디스토피아, 비인간 존재물 간에 주고받는 소통, 그리고 사회 활동을 그저 교환으로 격하시키는 것이 동시에 가능해졌다.

사회 분석에서 인공두뇌 모형을 제안하는 사람들은 인간은 그들의 가정대로 맞아떨어진다고 가정하지만, 오웰은 그러기 위해서는 각자가 자신에게 가해지는 행동을 받아들여야 한다는 것을 알고 있다. 그리고 오브라이언은 그 누구도 나를 대신해 그것을 받아들일 수는 없다는 사실을 알고 있다. 진리부에서 일했던 윈스턴 스미스는 새말이 무엇인지 알고 있었다. 고문을 받으면서 그는 비인간적 소통이 무엇인지 이해했다. 그것은 의미도 '이유'도 없이 '방법'만을 아는 것이었다. 오브라이언은 윈스턴에게 그가 아니라 그의 메시지를 이해하라고 요구했다. 그가 하는 말의 의미를 이해하려는 욕구를 버리고, 그가 불러주는 것을 그대로 수용하라는, 그래서 오롯이 불러주는 그대로 되라는 그의 메시지를 이해하라는 요구였다. 다른 사람과의 만남을 체계 내 두 요소 간의 정보교환으로 격하시키는 것—오늘날 우리가 '체계이론'이라 부르는 것—이것을 오웰은 '집단 유아론唯我論'이라 불렀다.

윈스턴 스미스는 오브라이언이 그에게 요구하는 것을 이해하고 그대로 하려고 애를 쓴다. 그는 사물이 본래 갖추어야 할 모습을 그대로 받아들이고 그 '이유'를 묻지 않으면서 그대로 따르는 법을 배웠으나, 체계의 일부분이 되는 것은 받아들이지 않았다. 101호실을 거치기 전에는 그랬다. 101호실에 들어가서야 그는 "일이 마땅한 그대로 일어나는 공상의 세계"의 일부분이 되는 것을 받아들인다. '마땅한 그대로'는 여기서 빈 종이에 '불러주는 대로'라는 뜻이다. 그리고 이처럼 무감각한 순수 권력이 지배하는 공상 세계의 일부분이 되는 것을 받아들이기 위해 윈스턴은 자기 자신을 지워야 했다. 그러나 자신에게 어떤 폭력을 가해도 자신의 상식을 부술 수 없었다. 오웰이 종종 '품위'라 부르는 그 상식을 부수고 자기 자신을 무의미하게 만들기 위해 그는 사랑을 배신해야 한다. 고문이 아니라 자기배신으로써만 오브라이언 같은 사람이 될 수 있었다. 오브라이언의 말을 빌리자면, 윈스턴 자신의 행위는 "돌이킬 수 없는 거야. 뭔가가 너의 가슴에서 죽음을 당해. 불에 지져서 사라지는 거지." 그래서 윈스턴은 101호실에서 쥐와 마주쳤을 때 자기 자신에게 그 행위를 가한다. 그는 고문을 가하는 사람들에게 이렇게 애원한다. "줄리아에게 하세요." 이중적 사고를 하는 그의 습관은 이 배신 탓에 조건반사로 탈바꿈한다. 나중에 그는 줄리아와 다시 만난다. 타버린 껍질만 남은 두 사람은 101호에서 두 사람이 한 말이 진심이었음을 알게 된다. 자기배신은 윈스턴이 **의미 있게** 한 마지막 행위였다. 옛 연인을 고문하는 사람이 됨으로써 윈스턴은 스스로 생각하기에 오브라이언만큼이나 자아가 없는 사람이 됐다. 이후 집행자와 수형자 간의 독특한 친밀감을 통해 그와 줄리아는 모두 체계 속에, 무의미한 소통이라는 유아론 속에 통합됐다.

우리가 여기서 다시 들려주며 설명하는 내용은 우화이지, 에스페란토의 단순한 패러디도, 교훈적 이야기도, 은유의 옷을 입은 언어 이론도 아니다. 이 우화는 구성원들이 언어를 극단적으로 박탈당하고도 살아남은 사회를 보여준다. 우리는 오웰의 천재적 문체에 빠져 이것을 일어날 수 있는 일로 받아들인다거나 오웰 자신이 그렇게 생각했다고 받아들이지는 않을 것이다. 새말은 하나의 '이상적 유형'으로, 절대 있을 수 없는 언어를 위한 부호로 남아 있다. 있을 수 없는 이유는 그 언어를 말하는 사람들은 우리가 아는 사람들과는 완전히 다를 것이기 때문이다. 그럼에도 새말에는 기시감이라는 희한한 느낌을 불러일으키는 능력이 있다. 사용된 적 없는 기본 영어를 바탕으로 했을 뿐 아니라, 역시 절대 있을 수 없는 것에 해당하는 과학 언어를 바탕으로 했기 때문이다.

물리학자가 칠판에 '*E*'라고 적으면 그는 스스로 그들 중 한 사람임을 증명하는 것이다. 여러 세대를 거치는 동안 모든 규칙을 통합한 알고리즘을, 그리하여 그것을 하나의 공식으로 표현할 수 있는 그 알고리즘을 사용하는 능력이 있음을 과시하고 있는 것이다. '*E*'를 이런 식으로 사용할 경우 이론물리학이라는 맥락을 벗어나면 아무런 의미도 없다. 하지만 이렇게 칠판에 적은 '*E*'를 에너지로 발음할 수 있는 이 물리학자의 능력은 어떤 음모의 결과물이 아니라 주도면밀한 훈련의 결과물이다. 이때의 훈련 과정에는 이론물리학의 형식론과 일상생활에서 접하는 의미를 따로 취급하는 것이 포함된다. 이 두 가지의 차이를 두 가지의 언어를 쓰는 능력과 비교하는 경우가 많지만, 이런 식의 비교는 실수를 낳기 십상이다. 구어 영어, 일본어, 콰키우틀어—이 세 가지는 모두 일상의 감각적 삶에서 의미 있게 사용된다. 소위 물리학 '언어'는 하나의 부호, 하나의 기호체계, 하나의 형식이론, 하나의 분석 도구로서, 부분적으로 그 가치는 그것이 일상에서 쓰이는 말과는 거의 독립되어 있다는 사실에서 온다. 그저 전문용어밖에 쓸 줄 모르는 물리학자라면 안방이나 부엌에서는 아무 말도 하지 못하겠지만, 무슨 뜻인지도 알 수 없는 말을 그가 횡설수설 늘어놓는다 할지라도 그것은 새말이 아닐 것이다. 오웰이 솜씨가 교묘한 것은 그런 종류의 부호를 일상생활에서 사용하도록 강요하는 악의적인 음모를 만들어냈다는 것이다. 오웰의 부호에서는 편집증적인 전제가 필수적이다. 물리학 언어를 새말의 한 형태로 취급할 경우, 일상어를 대하는 특정 태도를 가리킬 때만 새말이라는 이름을 사용하겠다는 우리의 의도는 무력해질 뿐이다.

그렇지만 간접적이기는 하지만 특수한 부호가 퍼지는 한 가지 중요한 방식이 있다. 그것은 우리가 저녁 식탁에서 마치 심리학 또는 사회학 연구실에 있는 것처럼 말하려는 성향으로, 이런 성향은 점점 더 강해지고 있다. 원래는 일상 낱말에 속하지만 전문어의 의미가 첨부되어 하나 이상의 '부호' 분야에 편입된 낱말을 점점 더 많이 쓰고 있다. 그리고 그런 낱말을 무차별적으로 쓰는 경향이 있는데, 그렇게 하면 그 용어를 사용할 때 어떤 식으로든 전문어의 의미가 거기에 함축되어 있다는 인상을 풍긴다. '박는다'는 뜻으로 말하려 할 때 우리는 '성관계를 갖는다'고 말함으로써 '성'을 암시하는데, 이것은 우리가 암시할 의도가 전혀 없었던 과학적 구성개념이다. 탄탄하고 좋은 낱말을 일상에서 말할 때 이처럼 전문어의 방식으로 말하면 아메바 낱말이 줄줄이 만들어지는데, 이런 낱말은 수학자의 '*E*'처럼 어떤 의미도 띠게 할 수 있다. 그리고 이런 부산물이 만들어지면 우리가 새말이라는 이름으로 표현한 언어에 대한 태도가 조장된다. 전문용어 공장에서 만들어지는 이런 폐기물은 공해와 비슷하다. 생산과정에서 의도하지 않게 만들어진 부산물이 우리가 보고 만지고 숨쉬고 먹는 거의 모든 것 속에 침투해 들어가 변형과 퇴화를 가져온 것과 마찬가지로, 이러한 전문용어의 폐기물 역시 일상 언어에 영향을 주었다. 이런 전문용어의 폐기물은 대부분 일상 대화에서 그저 혼선만 만들어낼 뿐으로, 경제성장 때문에 세상을 뒤덮는 회색 시멘트와 비슷하다고 할 수 있다. 그러나 이런 폐기물 중 많은 수는 아메바의 잠재력을 지니고 있어서, 불길한 의미를 가득 담는 한편 원래의 의미를 모두 잃어버린 채 더운 공기를 타고 날아올라 퍼질 수 있다. 의미를 명확하게 전달하고자 하는 신중한 사람은 그런 낱말에 대해 종종 어쩔 수 없이 사용 중지를 선언하게 된다.

다시 말하지만, 우리는 오웰이 사용했다고는 보기 어려운 용어를 쓰고 있다. 그는 컴퓨터 용어뿐 아니라 '오염pollution'이라는 용어도 알지 못했다. 당시 이 용어의 의미는 '성교 없이 정액을 방출하는 것'이라는 뜻이었다.• 1940년대는 어떤 기술적 결정을 내렸을 때 그 목적에 역행하는 효과가 나타나는 현상에 대해 아직 논의하기 전이었다. 레이첼 카슨이 아직 『침묵의 봄』을 펴내기 전이었다. '낙진'은 히로시마 원자폭탄의 만성적 효과를 나타내는 말이지, 시커먼 공장 굴뚝에서 뿜어나오는 배출물이라는 뜻이 아니었다. 오웰은 역유토피아에 대해 쓰기는 했지만, 웰스나 헉슬리나 자먀친처럼 새로 등장하는 강력한 수단을 의도적으로 오·남용하는 문제를 주로 다루었다. 그는 이런 선배들보다 한걸음 더 나아갔는데, 그것은 그들과는 달리 오웰은 컴퓨터와 폭탄과 역할이론을 만들어내는 지능활동 안에 원래부터 들어 있던 새로운 논리를 해독하고 그것을 풍자했기 때문이다. 그는 고상해 보이는 이상 속에 숨어 있는 파괴성을 탐색했다. 그가 사냥한 마녀는 편협한 지식인 선행주의자와 그들이 벌이는 전체주의적 활동이었다. 그의 독창성은 그들의 의도를 패러디한 데 있다. 그는 현재를 명확하게 바라보는 사람이라는 히브리적인 의미의 예언자였다. 1940년대를 발견했기 때문이다. 그는 1980년대에는 이렇게나 많은 사람들이—101호를 거치지 않았는데도—스스로 '소통'하고 있다고 확신하려 한다는 사실은 내다보지 못했다. 그것도 주로 꽥꽥일률을 가지고 말이다.

• 그럼으로써 '모독한다' '더럽힌다' '오염시킨다' 등의 뜻을 함축한다.

후기—침묵과 우리

조지 스타이너는 '바벨탑과 언어의 본질 문제를 집요하게 파헤친' 저서 『바벨 이후』를 다음과 같은 문장으로 끝맺는다. 카발라는 "번역이 더이상 필요치 않게 될 구원의 날에 대해 알고 있다. 인간의 모든 언어는 하느님과 아담이 썼던 저 잃어버린 원초의 말이 지닌 즉각적인 투명함 속으로 다시 들어가 있을 것이다…… 그러나 카발라는 또한 좀더 비밀스러운 가능성에 대해서도 알고 있다. 카발라는 번역이 불필요할 뿐만 아니라 번역을 생각조차 할 수 없는 날이 올 것이라는, 이단임이 분명한 전망을 기록하고 있다. 말이 인간에 대항하여 일어설 것이다. 그리고 말은 의미라는 굴레를 벗어버릴 것이다. 말은 '오로지 그 자신이 될 것이며, 우리 입속에서 죽은 돌멩이같이 될 것이다.' 어느 쪽이든, 사람들은 바벨의 폐허에서 그 화려한 멍에로부터 영원히 해방되어 있을 것이다. 그런데 어느 쪽의 침묵이 더 클까 하는 궁금증이 일지 않을 수 없다."

낱말과 마찬가지로 침묵 역시 알파벳의 산물이다. 낱말과 낱말 사이의 공백, 소리 없이 글월을 곰곰 생각하는 행위, 명상의 침묵 등은 모두 알파벳식 침묵의 갖가지 형태다. 우리는 침묵할 때도 문자의 인간이어서, 알파벳 영역 안에 있는 역사의 섬에서 편안함을 느낀다. 우리는 대부분 낱말이 생겨나기 이전의 침묵에 대해 기껏해야 어렴풋이 알고 있을 뿐이다. 그리고 우리 대다수는 그 반대의 길로 나아가, 침묵을 뭔가 기계적인 것으로, 삑과 삑 사이의 공백으로 바꾸었다.

창세기 1장 6~7절에서는 침묵의 시작에 대해, 역사의 재료가 되기 이전의 침묵에 대해 다음과 같이 들려준다. 하느님께서 망치질하여 첫 금박(대개 '창공'으로 번역)을 만들어내시고, 그 아래의 포효하는 물과 그 위의 천둥치는 물을 갈라놓으셨다. 7.5센티미터 크기의 사금파리 내지 반짝이는 금박 형태의 틈으로서 시작한 침묵은 하늘의 목소리와 심연의 목소리를 갈라놓았다. 침묵은 땅 위 최초의 피조물이었다. 거기서 '땅'이 자라났다. 이것이 곧 침묵이며, 나중에 인간이 이 침묵을 진동하게 만들면서 이 침묵으로부터 역사가 형성됐다.

오웰이 그린 불타버린 부호의 세계에서는 이 침묵이 사라지고 없다. 침묵이 있던 자리에는 삑 삑 하는 신호 사이의 '0'이 대신 들어섰다. 그리고 윈스턴과 줄리아 사이의 접촉면을 이루고 있는 것은 침묵이 아니라 바로 이 1-0-1이다. 101호실에서 자기배신을 한 뒤에 이 두 명의 '인간 이후' 인간들은 말뿐만 아니라 '침묵'조차 닿을 수 없는 경지에 들어섰고, 두 사람이 함께 있는 것을 '우리'라는 인칭대명사로 가리킬 가능성조차 닿지 않는 경지에 들어섰다. 이들은 둘이 상호작용을 이루는 하나의 조립품으로 탈바꿈했다. 이렇게 생겨난 새로운 아담과 이브는 컴퓨터가 만들어낸 피조물이다.

명확한 말로 이루어진 역사에서 출발한 우리 두 저자의 대화는 '침묵'과 '우리' 모두에 대한 역사를 탐구하는 것으로 끝났다. 각 단계에서 말의 문자화가 있기에 앞서 '침묵의 문자화'가 있다. 그 시작은 히브리어 문자의 첫 글자인 알레프이다.

발설 직전의 침묵이 지니는 힘은 18세기 랍비인 리마노프의 멘델 토룸이 묘사한 바 있다. 그는 유대인이 십계명을 받을 때 실제로 어디까지 들을 수 있었을지, 또 실제로 어디까지 들었을지 묻는다. 일부 랍비는 십계명 전체를 거룩한 목소리가 직접 유대인에게 들려주었다고 주장했다. 다른 랍비들은 유대인들이 십계명 중 첫 두 계명을—"나는 너희의 하느님 야훼이다"와 "너희는 내 앞에서 다른 신을 모시지 못한다"—들은 뒤 거룩한 목소리에 압도되어 더이상 견딜 수 없어, 그 나머지 계명은 모세를 통해 전해들을 수밖에 없었다고 했다.

멘델은 첫 두 계명조차 유대인에게 전달되지 않았으며 오로지 침묵만 들었을 것으로 믿는다. 제1계명의 첫 글자, 히브리어로 '나'를 나타내는 **아니**나 **아노키**의 첫 글자인 **알레프**만 들었을 거라는 말이다. 게르숌 숄렘은 이 이론에 대해 이렇게 말한다. "모음 알레프는 하나의 낱말이 모음으로 시작할 때 후두의 위치를 나타낼 뿐이다. 따라서 알레프는 분명하게 발음하는 모든 발음의 근본을 나타낸다고 말할 수 있다." 그러면 히브리어 음성체계의 첫 글자인 알레프 자체는 소리가 없음을 나타내며, 입을 벌리도록 하여 다음 소리를 위해 입술 위치를 고정하는 역할을 하는 것이다. 카발라 학자들은 알레프는 그 나머지 모든 글자의 정신적 뿌리이며, 그렇게 입을 엶으로써 그 완전한 침묵으로부터 인간의 모든 교류가 샘솟는다고 본다. 따라서 숄렘의 말처럼 랍비 멘델은 시나이 산의 계시를 탈바꿈시켜, 끝없는 의미를 함축하지만 구체적 의미는 담고 있지 않은 사건으로 만들고 있다.

셈어 문자로는 침묵을 기록하지 못한다. 어떤 랍비도 학생에게 낱말을 적으라고 시키지 않는다. 다만 낱말의 뿌리가 어떤 모양인지 학생들이 알기를 바랄 뿐이다. 알파벳만이 침묵에 형체를 부여하여 지면 위에 둘 수 있다. 처음에는 침묵이 글자 사이로 살살 움직여, 읽는다기보다 글자를 구분할 수 있게 해주었다. 그러다가 아일랜드 사람에게 라틴어를 가르치는 일을 맡은 로마 수도사들이 낱말 사이에 틈을 넣었다. 문장이 말 그대로 해부되어 개개의 낱말로 떨어졌다. 틈으로 기록된 침묵은 해부학자의 칼과 같이 언어에 작용한다. 침묵은 글줄이 아니라 낱말로 이루어진 책을 만들어낸다. 발설은 귀에 한 덩어리로 들리지만, 이것이 낱말로 해체된다. 중세 말기에 의사가 신체를 해체하여 각 기관이 보이게 만든 것과 마찬가지다. 침묵은 눈에 보이게 될 때 해부칼과 마찬가지로 눈에 잘 보이는 글월을 만든다. 이것은 글월을 한눈에 파악하기 위한, 즉 말의 운율에 따라 듣기가 아니라 침묵 속에서 명상하기 위한 전제 조건이다. 말의 각 부분이 이루고 있는 질서를 시각적으로 인식함으로써 13세기의 '글월'이 나타난 것과 마찬가지로, 그로부터 몇 세기 뒤 해부된 유기체의 경로 사이에서 나타나는 생리학적 질서의 (개념적) 결과물로서 현대의 유기체가 존재하게 된다.

말의 각 부분 사이에 비집고 들어간 침묵은 이제 지면으로부터 귀를 떨어뜨려 놓는다. 먼저 '낱말'을 만든 침묵은 이제 거리를 둔 새로운 종류의 독자를 만들어낸다. 이 새로운 독자는 제4차 라테란공의회의 결과로 해마다 요구되는 고해성사 동안 자신의 양심을 들여다보는 것과 똑같은 태도로 책상 위의 지면을 들여다본다. 자서전 작가는 자기 심문에 들어간다. 그는 고집스레 침묵을 지키고 있는 자신의 양심을 꼼꼼히 고문하여 침묵을 포기시킨다. 여러 세기가 지나자 심지어 잠재의식마저도 소파 위에서 집중 조명을 받아야 한다. 이 현대의 개인은 과거에 다른 사람이 쓴 글월을 홀로 파고들어가거나, 자신이 의식하고 있는 자기의 표면 아래 과거에 남겨진 글월 속으로 더욱 고독한 여행길에 오른다.

침묵이 문자화되면서 '나' 그리고 분석적인 **우리**의 새로운 고독이 생겨났다. 지금 **우리**는 소통에 의지하여 존재하게 된 글월 속의 한 줄이다. 낱말 앞에 오는 침묵이 아니라, 상호작용하는 어떤 양식이 자리잡기 이전의 혼란한 잡음 속 메시지가 없는 상태를 나타낸다. 글월 이전 구술 시대의 **우리**, 양심 속에서 이어온 '민속적' **우리**는 현실로부터 사라졌다. 우리는 민속적 **우리**가 분석적 **우리**로 바뀌는 과정에 침묵의 역사가 개입했다는 것을 알고 있다.

이 책에서 우리가 명확하게 사용한 **우리**we는 형태론적으로 영어 복수형이다. 그러나 의미론적으로는 둘을 나타내는 양수형에 가까운데, 영어에서 양수형이 띠고 있던 특별한 형태는 앵글로색슨 시대의 어느 시기에 사라졌다. 그 밖의 인도게르만어, 예컨대 슬라브어에서는 이 형태가 남아 있다. 그리고 생각과 낱말과 마찬가지로, 서술과 거짓말과 마찬가지로 **우리**에는 역사가 있다.

우리가 생각해보고자 하는 **우리**는 우리 저자 두 사람을 가리키는 양수형이 아니라, 말하는 사람이 제1인칭을 복수형으로 지칭할 때 쓰는 인칭대명사다. 그러면 제1인칭은 무엇일까? 인칭을 단수형으로 다룰 때 그 대답은 비교적 쉽다. 제1인칭인 '나'가 제2인칭인 '너'에게 말한다. 그러면서 나에게 말하고 있지도 않고 내가 말하는 대상도 아닌 제3자에 대한 뭔가를 내가 너에게 이야기한다. '너'라는 말로 가리키는 사람에게 내가 말을 함으로써 나는 이 순간 그 사람을 나에게 독특한 사람으로 만들며, 이 '너'를 제3의 어떤 사람, 어떤 사물과도 구별한다. 이처럼 **너**는 거의 **나**만큼이나 독특하다. 이렇게 절묘한 결속을 확고히 이루는 능력은 내가 말하는 **너**가 본질적으로 지니고 있는 능력이며, 내가 하는 말이 욕설이라 해도 이 능력은 손상되지 않는다. 고문당한 사람 중 일부는 고통이 아니라 경찰이 그들을 지칭하는 말 때문에 굴복한다고 한다. 이처럼 단단한 결속을 이루는 **너**와는 정반대인 제3인칭은 범위가 어마어마하게 넓다. 제3인칭에는 제1인칭이 제2인칭에게 들려주려고 생각한 것이면 무엇이든 들어갈 수 있다. **너** 안에는 저마다 대꾸의 싹이 들어 있다. **그녀**, **그이**, **그것** 안에는 이것이 들어 있지 않다.

제1인칭은 자기 자신을 가리킬 때 대체로 자기 이름을 쓰지 않는다. 제1인칭은 이름이나 명사 대신 쓰는 낱말인 대명사를 쓴다. 모든 언어에는 말하는 사람이 자기 자신을 가리키는 그런 대명사가 있다. 그 말에 암시되는 색깔—그 말을 입에 올릴 때 함축되는 느낌—은 곳에 따라 다를 것이다. 아르메니아어나 이로쿼이어에서 **나**는 말하는 사람이 자기 자신을 가리키는 화살표와 같다. 다른 언어에서 **나**는 물러선다는 느낌이 더 강하여, 거리를 유지하는 행동이 된다.

어원으로 볼 때 **나**는 영어같이 명확할 수도 있고 일본어같이 모호할 수도 있다. 일본어로 **나**를 가리키는 와타쿠시도모•는 상대방 앞에서 자신을 겸손히 지칭할 때 쓰는 말이다. 그러나 의미론적으로는 직접적 형태와 완곡한 형태 모두 말하는 사람이 명확하게 자기 자신을 가리키는 말이다. 거만하든 겸손하든, 과감하든 소심하든, 지위, 나이, 분위기, 관습 등에 따라 제1인칭 단수를 나타내는 대명사는 다른 어떤 용어와 달리 명료하게 '말하는 이 사람'이라는 뜻이다.

이처럼 **나**가 명확하고 엄밀한 뜻을 지니고 있다는 사실이 복수형을 형성하는 조건이 된다. 실제로 모든 언어에서는 말하는 **나**와 그 대상인 **너**가 대비되는 정도만큼이나 대비되는 **우리**에 해당하는 말이 있다. **나**와 **우리**의 대비는 단수형과 복수형의 대비보다 더 근본적인 범주에 들어간다는 것은 충분히 논증이 가능하다. 영어를 쓰는 사람이 볼 때 제3인칭 단수형(**그이-그녀-그것**)이 존재하는 만큼이나 제3인칭 복수형(**그[이-녀-것]들**)이 존재하는 것은 당연하다.

• わたくしども[私共]. '저희들'이란 뜻의 일본어.

그러나 모든 언어가 다 이런 것은 아니다. 터키 사람은 영어의 복수형을 배울 때 조금도 당연하게 여기지 않는다. 터키어의 명사는 존재의 한 형태로서 일차적으로는 하나의 속성이며, 그런 다음에야 사물의 수를 헤아릴 수 있다. 터키어의 명사는 영어에서 말하는 하나의 사물로 바뀐 다음에라야 수를 나타내는 용어가 붙을 수 있다. 터키 사람이 볼 때 둘, 다섯, 심지어 하나의 '집'과 '거주 공간' 사이에는 중요한 차이가 있다. 누구에게 무엇에 대해 말할 때에는 본질적인 부분과 수를 헤아릴 수 있는 부분의 차이를 강조한다. 이는 숫자 1을 그 나머지 모든 숫자와 대비시키는 영어의 방식과는 다르다. 그렇지만 터키어에서도 **나**와 **우리**의 차이는 명확하다. '나 그리고……'를 가리키는 대명사가 없는 언어는 없는 것 같다.

하지만 이 '나 그리고……'는 여러 면에서 **나**와 대비될 수 있다. 이것은 형태론적으로 보아도 그렇다. **나**와 **우리**가 어원 차원에서 대비되는 경우는—ego/nos, I/we, ich/wir, ja/mi•—전혀 일반적이지 않다. 어느 대륙을 가도 **나**의 복수형이 **나들**인 언어가 있다. 동남아시아에서 극동, 핀란드에 이르기까지, 알래스카, 대평원에 이르기까지 **나**의 형태적 복수형이 있는 민족이 있는데, 이들은 종종 이 복수형을 다른 어원에서 파생된 대명사와 나란히 사용한다. 이처럼 형태적으로 다른 **우리**가 쌍을 이루고 있는 언어는 매우 흔하며, 두 낱말이 의미론적으로 서로 구별되는 경우가 많다. '나, 너, 그리고 다른 사람들도 가능'을 나타내는 대명사가 있고, '나, 다른 사람들, 그러나 너는 빼고'를 나타내는 대명사가 있을 수 있다. 영

• 차례대로 라틴어, 영어, 독일어, 크로아티아어로 '나/우리'에 해당하는 인칭대명사이다.

어를 쓰는 사람이 말레이어처럼 단순한 언어를 접할 때 도저히 극복할 수 없는 어려움을 느끼기도 한다. **우리**가 가지고 있는 이와 같은 이중성에 익숙해지지 않는 것이다. 콰키우틀어에는 또하나의 **우리**가 있는 것 같다. 이때 **우리**는 우리 종족의—죽은 사람들까지도—유대를 강조하기 때문에 **너**를 배제한다.

영어를 쓰는 사람이 제1인칭 복수형 안에 이처럼 다양한 뜻이 있다는 사실을 실감할 수 있는 가장 간단한 방법은 영어와 멜라네시아어의 혼성어로서 이제는 당당하게 신멜라네시아어라 불리는 언어를 들여다보는 것이다. 이 혼성어를 '크리올' 언어라 하는데, 구문은 말레이폴리네시아어 그대로지만 낱말은 대부분 영어이다. 미mi는 나me이고, 유you는 너you이다. 유펠라yu-pela는 너와 너의 한패들fellow이고, 미펠라mi-pela는 나와 나의 한패들, 나의 또래들, 나와 나 같은 사람들로서 유펠라, 즉 너와 너 같은 사람들과 대비된다. 유미yumi는 너와 나로서, 말하는 사람이 너-그 외의 사람들을 포함시키지만 너와의 연관성을 강조하고 한패들과는 거리를 유지하고자 할 때 쓴다. 그렇지 않을 때는 간단하게 가장 쉬운 말인 유미펠라yumipela를 쓸 수 있다. 너희들과 나, 나의 한패를 모두 아우르는 말이다. 그러나 물론 또 그냥 너, 나, 그리고 또 한 사람을 꼭 집어 유미트리펠라yu-mi-tripela라고 말할 수도 있는데, 이것은 이 세 사람 외에 우연하게 내가 하는 말을 들을 수 있는 거리 안에 들어와 있는 모든 사람을 배제하는 말이다.

심지어 **우리** 안에 시간 차원까지 끌어들이는 언어도 다수가 있다. 일부 반투족 방언(예컨대 은코사)에서는 이미 있는 **우리**와 있길 바라는 **우리**를 구분한다. 몽골 사람과 다호메이 에웨족 사람은 대명사에 희망 차원을 넣을 수 있다고 볼 수 있다. 이들에게는 너가 우리 씨족이 될 기회가 있을 때의 **우리**, 또는 너를 우리의 인척으로 받아들이지 않겠다는 사실을 통보할 때의 **우리**를 표현하는 독특한 방법이 있는 것 같다. **그대** 안에 이처럼 **우리**로 자라날 수 있는 싹이 있는 것이다.

이 책을 썼을 때 우리는 영어의 대명사가 의미론적으로 빈약하다는 점을 알고 있었다. 오늘날의 **우리**는 집단 주어가 되는 사람들의 의도에 대해 아무것도 알려주지 않는다. 오직 스페인어에서만 남자와 여자가 지금도 **노소트로스**nosotros와 **노소트라스**nosotras로 구별되지만, 남자들은 말할 때 **노소트로스**에 여자들을 마음대로 포함시킨다. 오늘날 영어의 **우리**는 우리의 범위에 대해, 우리가 약간인지, 많은지, 셀 수 없는지에 대해 아무것도 말하지 않는다. 영어의 **우리**는 우리가 말하는 대상에 대해 아무것도 드러내지 않는다. 우리에 포함되는 사람인지, 우리의 일원이 될 사람인지, 제3자로 인식되는 사람인지, 이방인으로 대하는 사람인지에 대해 아무것도 알려주지 않는다. 그리고 끝으로 가장 중요한 점은, 영어의 **우리**는 우리 각자를 문장의 주어로 보아야 하는지, 아니면 우리 모두를 뭉뚱그려서 주어로 보아야 하는지를 알려주지 못한다. **우리**는 하나의 주어를 이룰 뿐이다.

이 물렁물렁한 **우리**는 우리가 누구인지 알려주지 않는다. 이것은 선전의 **우리**이며, 어떠한 주어이든 만들어내서 대화의 상대방을 그 주어와 동일시하도록 요구할 수 있다. 즉 "너는 우리 중 한 사람이 분명하다"고 말하는 것이며, 선교사와 인도주의자와 외판원이 쓰는 **우리**이다. 이 빈약하고 경계 없는 **우리**는 **우리**에게 (오늘) **우**

리가 특정한 것을 느끼고 생각하고 행한다고 말할 수 있게 한다. 이 탐욕스러운 **우리**는 심지어 말하는 사람이 거기에 포함되기를 원치 않아도 그 안에 포함시킨다. 홍보는 이런 종류의 **우리**를 전제로 삼는다. 이런 **우리**는 말하는 사람이 우리를 불필요하게 만들고 우리를 관리할 수 있게 만든다. 이것은 정상적인 **우리**요 적합한 자들의 **우리**이다.

우리 두 사람이 이 책을 썼을 때 문학적 **우리**는 우리 둘을 끊임없이 침묵시켰다. 귀청이 터질 것 같은 이 침묵 탓에 독자는 저자에 대해 그 무엇도 알 수 없게 된다. 현재와 같은 이 **우리**를 씀으로써 화자는 의미론적 폭력을 행사한다. 관찰자와는 다른 방식으로 **우리**를 형성하는 집단을 그 안에 포함시킴으로써 그들을 침묵으로 몰아넣기 때문이다.

우리는 농담으로라도 민속적 침묵, 즉 낱말과 언어와 글월이 존재하게 되기 이전의 침묵 어린 공존으로 돌아갈 것을 제안할 만큼 어리석지는 않다. 우리는 책의 후예다. 그러나 슬픔 속에서도 우리는 성찰하는 우리의 삶 가운데 여전히 열려 있는 단 하나, 저 침묵의 공간을 바보처럼 그리워한다. 그것은 우정의 침묵이다.*

*우정에 대한 정의는 이 책의 첫머리에 있는 서신을 보라.

간추린 참고문헌

"……이러한 글월을 활용하고 포함시킬 때 나는 취합하여 쓰는 저작물은 주로 관련 전문가가 이미 수집하여 비판적 관점으로 정리해놓은 사실을 바탕으로 삼아야 한다는 확신에서 벗어나지 않는다. 다시 말해 학문적 관점에서 2차 자료로 분류되어야 하는 것들을 바탕으로 삼아야 한다는 말이다. 이런 바탕을 의심하는 사람들은 방법에 대한 합리적 불신을 표출하기보다는 해석이라는 기능을 혐오하고 있는 것이다. 물론 모든 일반 관점은 사실에 있어서도 해석에 있어서도 오류가 있으면 바로잡을 수 있다……"

— 루이스 멈퍼드, 『도시의 문화』

이 참고문헌 목록에는 주로 두 가지 유형의 책이 소개되어 있다. 해당 주제에 관해 더 깊고 더 넓은 지식을 얻을 수 있는 책, 그리고 이 책에서 다룬 분야를 꼭 집어 다루지는 않지만 특별히 자료를 정리한다는 의미에서 수록한 책이다.

Abernethy, Seonaid. "The Decisions Themselves: China, Vernacular Procedures; Japan, Vernacular Agreements." 미출간 타자 원고, 1985.

Adamson, J. W. "The Extent of Literacy in England in the Fifteenth and Sixteenth Centuries." *The Library* 10, no. 2 (September 1929): 163쪽.

1489년에 '성직자의 특전'에 관한 규칙이 바뀌었다. 이는 글을 읽을 줄 아는 평신자가 성직자와 함께 누리던 특권이었다. 1489년에 이르렀을 때 너무나 많은 평신자가 글을 읽을 수 있었으므로 서품을 받은 성직자와 그렇지 않은 평신자를 구분하게 됐다.

Altaner, Berthold. "Die Heransbildung eines einheimischen Klerus in der Mission des 13. und 14. Jahrhunderts." *Zeitschrift für Missionswissenschaft* 18 (1928): 193~208쪽.

______. "Sprachstudien und Sprachkenntnisse im Dienste der Mission des 13. und 14. Jahrhunderts." *Zeitschrift für Missionswissenschaft* 21 (1931): 113~136쪽.

______. "Die fremdsprachliche Ausbildung der Dominikanermissionare während des 13. und 14. Jahrhunderts." *Zeitschrift für Missionswissenschaft* 23 (1933): 233~271쪽.

______. "Raymundus Lullus und der Sprachenkanon (can. 11) des Konzils von Vienne (1312)." *Historisches Jahrbuch* 53 (1933): 190~219쪽.

______. "Zur Kenntnis des Arabischen im 13. und 14. Jahrhunderts." *Orientalia Christiana Periodica* (Rome) 2 (1936): 437~452쪽.

Steiner 참조.

Amelotti, M., and G. Costamagna. "Alle origini del notariato italiano." *Studi storici sul notariato italiano* 2 (Rome) (1975)

Clanchy 참조.

Asensio, Eugenio. "La lengua compañera del imperio: História de una idea de Nebrija en España y Portugal." *Revista de Filologia Española* 43 (1960): 399~413쪽.

Heisig 참조.

Auerbach, Erich. "Dante's Address to the Reader." *Romance Philology* 7 (1954): 268~278쪽.

______. *Literatursprache und Publikum in der lateinischen Spätantike und im Mittelalter*. Bern: 1958.

Bahner, Werner. "Beitrag zum Sprachbewusstsein in der spanischen Literature des 16. und 17. Jahrhunderts." *Neue Beiträge zur Literaturwissenschaft*. Berlin: Rüttner, 1956.

Heisig 참조.

Balogh, Joseph. "Voces paginorum." *Philologus 82* (1926/27): 84~109쪽과 202~240쪽.

Saenger 참조.

Battisti, Carlo. "Secoli Illetterati. Appunti sulla crisi del Latino prima della riforma carolingia." *Studi Medievali* (1960): 369~396쪽.

Bauml, Franz. "Der Uebergang muendlicher zur artes-bestimmten Literatur des Mittelalters. Gedanken und Bedenken." *Fachliteratur des Mittelalters: Festschrift für Gerhard Eis*, 1~10. Stuttgart: Metzler, 1968.

______. "Varieties and Consequences of Medieval Literacy and Illiteracy." *Speculum* 55, no. 2 (1980): 237~265쪽.

Bauml, Franz, and Edda Spielmann. "From Illiteracy to Literacy: Prologomena to a Study of the Nibelungenlied." In Duggan, *Oral Literature*, 62~73쪽.

Bayer, Hans. "Zur Soziologie des mittelalterlichen Individualisierungsprosesses: Ein Beitrag zu einer wirklichkeitsbezogenen Geistesgeschichte." *Archiv fuer Kulturgeschichte* 58 (1976): 115~153쪽.

Morris 참조.

Beardsley, Monroe C. "Aspects of Orality: A Short Commentary." *New Literary History* 8, no. 3 (1977): 521~534쪽.

Belting, Hans. *Das Bild und sein Publikum im Mittelalter Form und Funktion früher Bildtafeln der Passion Gebr*. Reihe: Mann Studio, 1981.

Daly 참조.

Benson, Larry D. "The Literary Character of Anglo-Saxon Formulaic Poetry." *Publication of the Modern Language Association* 81 (1966): 334~341쪽.

Berman, Harold J. "The Background of the Western Legal Tradition in the Folklaw of the Peoples of Europe." *University of Chicago Law Review* 45, no. 3 (Spring 1978): 553~597쪽.

11세기 말 이후 법률이 성문화되면서 법률이 사회적 맥락으로부터 **유리되는** 과정에 대해 다룬다. "11세기 말 이전에 서유럽에서는 민중이 법적 제도와 여타 사회 통합적 제도 간의 명확한 차이를 의식하지 못한 시기가 있었다……"

Watkins 참조.

Berthold, Luise. "Mittelalterliche Sprachwörter und das moderne Mundartwörterbuch." *Hessische Blätter für Volkskunde* 39 (1940): 64~67쪽.

방언학 사전을 보면 알 수 있듯이 중세기에서 유래했음이 입증된 격언 중 많은 수가 형태를 거의 그대로 유지한 채 현대의 방언 속으로 전해졌다.

Ohly 참조.

Best, Edward E. "Attitudes Toward Literacy Reflected in Petronius." Transactions of the *American Philosophical Association* 81 (1955): 112~139쪽.

묵독한 사람은 거의 없었다고 믿은 Frederick G. Kenyon(*Books and Readers in Ancient Greece and Rome*, Oxford: Clarendon Press, 1951, 2d ed.)과, 낙서 1만 5,000개를 조사한 결과 거의 모든 사람이 읽고 쓸 수 있었다고 믿게 된 Helen Tanzer(*The Common People of Pompeii: A Study of the Graffiti*, Baltimore: Johns Hopkins University Press, 1939)의 중간적 관점을 취하려 하고 있다.

Riché 참조.

Betz, Werner. *Deutsch und lateinische: Die Lehnbildungen der althochdeutschen Benediktinerregel*. Bonn: Bouvier, 1965.

9세기에 고대 독일어로 번역된 『베네딕투스의 규칙서』를 고찰하며, 번역 과정에서 새로 만들거나 재해석해야 했던 독일어 표현에 초점을 맞추고 있다.

Ibach와 Schwarz는 프랑크어가 형성되는 과정에서 같은 사건을 훨씬 더 자세히 들여다보고 있다.

Bien, G. "Lüge." *Historisches Wörterbuch der Philosophie*. Eds. Joachim Ritter and K. Grunder. Vol. 5. Basel: Schwabe, 1980.

Furhmann 참조.

Bischoff, Bernard. *Die südostdeutschen Schreibschulen und Bibliotheken in der Karolingerzeit*. Vols. 1 and 2. Leipzig: O. Harrassowitz, 1940.

Riché 참조.

______. "The Study of Foreign Languages in the Middle Ages." *Speculum* 36, no. 2 (April 1961): 209~224쪽.

Steiner 참조.

______. "Elementarunterricht und probationes pennae in der ersten Hälfte des Mittelalters." *Mittelalteriche Studien* 1 (1966): 74~87쪽.

Riché 참조.

______. *Paläographie des römischen Altertums und des abendländischen Mittelalters. Grundlagen der Germanistik 24*. Berlin: Eric Schmidt, 1979.

Wattenbach 참조.

Bischoff, Bernard, and Joseph Hoffman. *Libri Sancti Kyliani: die Würzburger Schreibschule und die Dombibliothek im 8. und 9. Jahrhunderts*. Würzburg: Schonigh, 1952.

Riché 참조.

Blidstein, Gerald. "Maimonides on 'Oral Law.'" *The Jewish Law Annual* 1 (1978): 108~122쪽.

Watkins 참조.

Bloch, R. Howard. *Etymologies and Genealogies: A Literary Anthropology of the French Middle Ages*. Chicago: University of Chicago Press, 1983.

Bonaventure, Brother. "The Teaching of Latin in Later Medieval England."

Mediaeval Studies 23 (1961): 1~20쪽.

Riché 참조.

Borst, Arno. *Der Turmbau von Babel: Geschichte der Meinungen über Ursprung und Vielfalt der Sprachen und Völker*. 4 vols. Stuttgart: Hierseman, 1957~1963.

창세기의 바벨탑 이야기에 관한 주석 때문에 언어에 관한 의견이 방대하게 쏟아져 나왔다. 저자는 논의된 쟁점을 백과사전식으로 모아 정리한다. 다시 말해, 언어는 하느님의 선물일까, 인간이 지어낸 것일까? 아담은 히브리어를 썼을까, 아니면 독일어 같은 다른 언어를 썼을까? 민족과 방언 사이에는 어떤 관계가 있을까? 여러 언어가 있다는 사실은 무슨 '의미'를 지닐까? Pinborg는 이와 관계가 있는 한 가지 주제인 '의미의 양식'에 관한 13세기 철학자들의 이론에 대해 다루고 있다.

Bossong, Georg. *Probleme der Übersetzung wissenschaftlicher Werke aus dem Arabischen in das Altspanische zur Zeit Alfons des Weisen*. Tübingen: Max Niemeyer, 1979.

Steiner 참조.

Bowra, C. M. *Heroic Poetry*. London: Macmillan, 1951.

______. *In General and Particular*. 맨체스터 문학철학회 총회에서 한 〈클레이턴 기념 강연〉. Cleveland and New York: The World Publishing Company, 1959.

Boyd, Beverly. *Chaucer and the Medieval Book*. San Marino: The Huntington Library Publications, 1973.

Brach, Carla Casetti. "Donne copiste nella leggenda di Bisanzio." *Orientalia Christiana Periodica* 39 (1973) : 478~489쪽.

Grundmann 참조.

Braybrooke, E. K. "Custom as a Source of English Law." *Michigan Law Review* 50, no. 1 (1951): 71~94쪽.

Watkins 참조.
Bresslau, Harry. *Handbuch der Urkundlenlehre für Deutschland und Italien*. 2 vols. Leipzig: Veit & Company, 1912.
중세기의 문자문화에 관한 모든 연구 분야에서 지금도 기본 안내서 역할을 하고 있다.
Wattenbach 참조.
Brincken, Anna Dorothee von den. "Zur Universalkarthographie des Mittelalters." *Miscellanea Mediaevalia* 7 (1970): 249~278쪽.
Daly 참조.
______ . "Tabula alphabetica: von den Anfängen alphabetische Registerarbeiten zu Geschichtswerken." In *Festschrift für Hermann Heimpel*. Max Planck Institut für Geschichte. Göttingen: Vandenhoeck & Ruprecht, 1972.
Daly 참조.
Bynum, David E. "The Generic Nature of Oral Epic Poetry." *Genre* 2, no. 3 (September 1969): 236~258쪽.
호메로스, 그리고 그리스의 플라톤 이전 시대 대부분에서 **아오이데**aoide는 서사를 노래하기와 그 노래 자체를 모두 가리킨다. 노래하기 이후에 노래가 남아 있지 않으면 이 둘은 서로 구별할 수 없다. 그리고 **에포스**epos는 '말'이나 '발설'을 가리킨다. 이 용어를 이런 의미로 쓸 때 '서사'와 '구술' 전승은 일치한다. 글월의 서사적 성격을 인식하기 위한 패리의 기준을 직접 적용할 수 있는 대상은 전 세계의 서사라는 보물 중에서도 작은 일부에 지나지 않는다. 호메로스처럼 보격이 단순하고 서술에 제한이 없어 아리스토텔레스와 함께 분류될 수 있는 것들에만 적용되기 때문이다. Bynum은 서사 전승은 그보다 훨씬 더 넓으며, 150년이 넘는 기간에 걸쳐 여러 사람의 손을 거쳐 여러 방법을 통해 축적됐고, 일부는 이쪽 분야에서 나타나고 또 일부는 저쪽 분야에서만 나타나는 등 여러 장르에 속한다고 주장한다. 전문가 한 사람으로서는 서사를 받아적은 여타 언어 중 한 가지보다 더 많이 알 수는 없다는 것이다.

______. *The Daemon in the Wood: A Study of Oral Narrative Patterns*. Cambridge: Harvard University Press, 1978. Published by the Center for the Study of Oral Literature.

이 연구는 구술 전승 속에서 표현되는 종류의 관념과 그런 관념이 서로 얽혀 연결되어 있는 관념의 그물을 살펴본다. 사회구조를 반영하고 등장인물의 역학 관계를 드러내며 관습이나 법률을 강화하는 그릇으로서가 아니라 설화 자체에 관심을 기울인다. "인간이 채택한 그 어떤 행동이나 존재 양식에도 순응하는 구술 전승 소설이라는 하나의 한정된 복합체가 지니는 프로테우스적 능력"을 발견한다. Bynum은 이런 관념을 수수께끼나 속담, 옛날이야기에서도 찾아본다.

Carpenter, Rhys. "The Antiquity of the Greek Alphabet." *American Journal of Anthropology* 37 (1933): 8~29쪽.

Certeau, Michel de, Dominique Julia, and Jacques Revel. *Une Politique de la langue: la Révolution française et les patois: L'enquête de Grégoire*. Paris: Gallimard, 1975.

프랑스혁명이 일어난 뒤 1792~1794년 시기 동안에 혁명과제 중 프랑스어의 통일이 최우선 순위에 올라 있었다. 혁명지도자 중 한 사람인 아베 그레구아르 신부가 프랑스 전역의 토박이말 현황조사를 책임지고 있었는데, 이 책의 저자들은 이 시기에 토박이말을 어떤 태도로 바라보았는지를 다음처럼 분석한다. "La langue française et plus faite pour prier le Créateur suprême et chanter ses lanages." 프랑스어는 궁극의 창조주에게 찬미를 부르는 데 있어 방언보다 훨씬 더 적합하다…… 이런 방언을 혁명의 제단에서 희생제로 바칠 필요가 있다…… '파트와(사투리)'가 너무 거칠고 너무 귀에 거슬리며 너무 밋밋하다는 것을 느낄 수 있다. 그런 만큼 하느님에게 부르기에 그다지 어울리지 않는다. 파트와는 게으름과 미신과 이단을 부추긴다. 이것을 없애는 것은 하느님 보시기에 좋을 뿐이며, 이로 인해 정략적으로 잃을 것은 전혀 없다.

Heisig 참조.

Chaytor, H. J. "The Medieval Reader and Textual Criticism." *Bulletin of the John* (Rylands University Library) 26 (1941): 49~56쪽.

Saenger 참조.

______. *From Script to Print: An Introduction to Medieval Vernacular Literature*. Cambridge: Cambridge University Press, 1945.

일찍이 저자는 낭독에서 묵독으로 옮겨가게 된 것은 주로 인쇄술이 발명됐기 때문이라는 견해를 내놓았는데, 이에 관한 내용을 5~21쪽에서 다루고 있다.

Saenger 참조.

Cheney, Christopher Robert. *Notaries Public in England in the Thirteenth and Fourteenth Centuries*. Oxford: Clarendon Press, 1972.

Clanchy 참조.

Chenu, Marie Dominique. *L'éveil de la conscience dans la civilisation médiévale*. Conference Albert-Le-Grand 1968. Montreal: Institut d'études médiévales, 1969.

Clanchy 참조.

Christin, Anne-Marie, ed. *Ecriture: systémes idéographiques et pratique expressive*. Paris: Le Sycamore, 1982.

Clanchy, M. T "Remembering the Past and the Good Old Law." *History* 40 (1970): 165~176쪽.

______. *From Memory to Written Record: England 1066~1307*. Cambridge: Harvard University Press, 1979.

250년 동안 서양에서 문자능력이 확산된 데 대해 우리가 알고 있는 내용을 새로운 관점에서 짚어본다. 문자능력 확산이 문학과 '과학'에 어떻게 기여했는지가 아니라, 그로 인해 사회 인식과 자기 인식이 어떻게 변화했는지(또는 그런 변화가 문자능력의 확산에 어떻게 반영됐는지)에 중점을 두고 있다. 『ABC, 민중의 마음이 문자가 되다』의 집필 계기는 밀먼 패리 학파에게서 얻은 안목을

Clanchy가 제기한 질문에 적용하려 애쓰는 과정에서 주고받은 대화다. 이 대부분의 글쓰기를 담당했던 공증인의 역사에 관하여서는 Cheney과 Amelotti 참조. Sheehan은 공증인의 주요 업무 중 하나인 유언의 문자화에만 초점을 맞춘다. Franklin은 1050~1200년 사이 러시아에서는 양도증서의 중요성이 서유럽보다 훨씬 덜했는데도 불구하고 일반인 사이에서 문자능력이 급속히 퍼졌음에 주목한다. Vollrath는 앵글로색슨 법률의 토박이말 기록을 살펴본다. 그리고 Vollrath는 효과적인 입법, 그리고 종종 그보다 훨씬 나중에 만들어진 기록 사이에는 대체로 큰 관계가 없다고 믿는다. 또 지금까지 남아 있는 라틴어 관용표현 이면에 있는 게르만어 표현을 라틴어로 된 기록으로부터 재구성해내는 작업이 어렵다는 점을 지적한다. Paravicini의 제5권 71~116쪽에서는 문자능력이 확산되면서 중세기 행정 방식에 끼친 영향에 대해 다룬다.

Classen, Peter, ed. *Recht und Schrift im Mittelalter*. Vorträge und Forschungen 23. Sigmaringen: Thorbecke, 1977.

Watkins 참조.

Constable, Giles. *The Letters of Peter the Venerable*. Cambridge: Harvard University Press, 1967.

Contamine, Philippe. "L'écrit et l'oral en France à la fin du Moyen Age." In Paravicini, 102~ 115쪽.

Clanchy 참조.

Cormier, Raymond J. "The Problem of Anachronism: Recent Scholarship on the French Medieval Romances of Antiquity." *Philological Quarterly* 53 (1974): 145~157쪽.

Cox, James M. "Autobiography and America." *The Virginia Quarterly Review* 47, no. 2 (Spring 1971): 252~277쪽.

Cressy, David, *Literacy and the Social Order: Reading and Writing in Tudor and Stuart England*. Cambridge: Cambridge University Press, 1980.

Crosby, Ruth. "Oral Delivery in the Middle Ages." *Speculum* 11, no. 1 (January

1936): 88~110쪽.

청자와 상대되는 개념으로서 **독자**에게 직접 전달하는 방식은 15세기에 영국의 수도사이자 시인인 리드게이트가 쓴 「트로이의 서」에서 처음으로 유행하기 시작했음을 지적한다.

______. "Chaucer and the Custom of Oral Delivery." *Speculum* 13, no. 4 (October 1938): 413~432쪽.

Culley, Robert C. *Oral-Formulaic Language in the Biblical Psalms*. Toronto: Toronto University Press, 1967.

Curshmann, Michael. "Oral Poetry in Medieval English, French, and German Literature: Some Notes on Recent Research." *Speculum* 42 (1967): 36~52쪽.

______. "The Concept of Oral Formula as Impediment to Our Understanding of Medieval Oral Poetry." *Medievalia et Humanistica*. New Series 8: 63~76쪽.

Curtius, Ernst Robert. *European Literature and the Latin Middle Ages*. Princeton: Princeton University Press, 1973.

저자는 13세기까지 서양 문화에서 책과 지면과 문자를 상징으로서 살펴본다. 훨씬 자세한 내용과 더 많은 질문은 Koep과 Rauch, 또 Rothacker에서 찾을 수 있다. Nobis는 짤막한 조사 결과를 보여준다. Weinerich는 '회상'에 사용된 은유를 분석하며, 두 가지 이상적 유형의 은유를 찾아내는데 그것은 저장고와 밀랍판이다.

Meier는 힐데가르트 폰 빙엔이 '잊음'에 대해 말할 때 사용한 상징을 고찰하는데, 주로 사람이 하느님을 잊는 것과 하느님이 사람을 잊는 것에 대한 상징이다. 그러나 Meier의 글은 중세기의 회상과 잊음 전반에 관한 상징 연구를 위한 최고의 개론에 해당한다. Harms는 '말을 건네는' 자연에 초점을 맞추고 있으며, 글을 읽을 줄 아는 사람과 모르는 사람 모두에게 하느님의 목소리로 말을 건네는 자연을 주로 다룬다. Nobis는 자연에 나타난 창조주의 손글씨를 해독하는 것, 그리고 현대 과학의 방법으로서 자연이라는 '책'을 뒤죽박죽으로 만드는 자연묘사가 서로 어떻게 대비되는지에 대해 다룬다. Krafft와 Schilling, 또 Ohly는 그 이후 시대에 책을 문학의 표상과 상징 요소로 사용한 사례를 추적한다. 정신적 실체를 가리키는 상징으로 책을 사용한 것에 대해서는 Leclercq와 Kretzenbacher 참조. 하느님은 문자뿐만 아니라 괘선과 동그라미를 통해서도 자신을 드러내왔다는 점은 Ohly(*Deus Geometra*)가 주장하는 내용이다. Meier("Verhaeltnis")는 힐데가르트의 글월과 그것을 삽화로 그린 세밀화 간의 관계를 고찰한다.

Daly, L. W., and B. A. Daly. "Some Techniques in Mediaeval Latin Lexicography." *Speculum* 39 (1964): 231~239쪽.

세비야의 이시도르는 『어원』에서 이미 표제어를 첫 글자와 두번째 글자의 알파벳순으로 나열하는 방법을 시도했다. 그러나 사전의 표제어를 완전한 알파벳순으로 나열한 것은 1053년의 일로, 이때 파피아스가 자신이 쓴 사전의 표제어를 그렇게 나열했고, 인용문에는 사전 첫머리에 수록한 표에 나타낸 약어를 사용했다. Brincken은 13세기 초를 시작으로 최초의 알파벳 색인을 다룬다. Rouse는 29~40쪽에서 성서의 장과 절의 역사와 중세기의 참조 방법에 대한 개론을 본격적으로 다루었고, Halporn은 그의 연구를 보완하고 있다. Rouse("Early Library")는 도서관 장서를 임의의 방식으로 접근하기 시작한 기원을 소개하며, Goetz는 백과사전의 출현에 대해 다룬다. 세계지도는 임의 접근식 묘사의 한 가지 특수한 형태로 볼 수 있을 것이다(Brincken 참조). 도서관 건물에 대해서는 Knowles 참조. 토마스 아퀴나스와 대립했던 아베빌의 제라르가 소유한 개인 장서(1271)에 관한 내용은 Grabmann 16쪽 이후 참조.

D'Angelo, Frank J. "Luria and Literacy: The Cognitive Consequences of Reading and Writing." In *Literacy as a Human Problem*, ed. James C. Raymond.

David, M. "Le serment du sacre du IXe au XVe siècle. Contribution à l'étude des limites juridiques de la souveraineté." *Revue du moyen âge Latin* 6 (1950): 5~272쪽.

Davison, J. A. "Literature and Literacy in Ancient Greece." *Phoenix* 16 (1962): 141~56쪽과 219~233쪽.

De Ghellinck, S. *L'essort de la litterature latine au* 12. siècle. Brussels: Desclée de Brouwer, 1954.

Leclercq 참조.

Diamond, Stanley. "The Rule of Law Versus the Order of Custom." In *The Rule of Law*, ed. R. P. Wolf. New York: Simon and Schuster, 1971.

이 글은 법률에는 실체가 없으며 한정할 수 있는 역사적 성격만 있을 뿐이라는 폴 보해넌의 설명에 대해 논평한다. 이와는 대조적으로, 폴 래딘은 다음과 같이 논평했다. "어떤 뜻에서도 관습은 제대로 동작하는 우리 문화의 한 부분이 아니다. 그것은 명확하게 과거에 속한다. 설사 살아 있다 해도 죽어가는 중일 뿐이다."

Watkins 참조.

Diringer, David. *The Alphabet: A Key to the History of Mankind*. 2d ed., rev. New York: Philosophical Library, 1953.

Duby, Georges. "Structures de parente et noblesse dans la France du Nord au XIe et XIIe siècles." In *Hommes et structures du Moyen Âge*, ed. Georges Duby. Paris: Mouton, 1973.

글월의 영향으로 귀족의 계보가 수평적으로부터 수직적으로 재구성되고 재정리됐다는 관념에 대해 282~283쪽에서 다룬다.

Duggan, Joseph, ed. *Oral Literature. Seven Essays*. Edinburgh and London: Scottish Academic Press, 1975.

Duggan, Joseph J. *The Song of Roland: Formulaic Style and Poetic Craft*. Berkeley: University of California Press, 1973.

Eickelman, Dale E. "The Art of Memory: Islamic Education and its Social Reproduction." *Comparative Studies in Society and History* 20 (1978): 485~516쪽.

Eisenstein, Elisabeth. *The Printing Press as an Agent of Change: Communications and Cultural Transformations in Early-Modern Europe*. 2 vols. Cambridge: Cambridge University Press, 1979.

명백하게 중요한데도 아직 거의 이해되지 않은 한 가지 사건, 인쇄술이 문자 기록과 사회 지도층의 관점에 미친 영향을 다루면서 매클루언이 취한 수수께끼 같은 방식에 저자는 마음이 상했다. 저자의 주제는 구술에서 문자문화로 옮겨간 변화가 아니라, 15세기를 지나는 동안 한 종류의 문자문화가 다른 종류의 문자문화로, 즉 '필사'나 '필서'로부터 인쇄나 활판 문화로 바뀐 변화다.

필사 과정 및 손으로 적은 지면의 모양 변화가 12~14세기 문학에 미친 영향에 대해서는 Chaytor 참조. Martin이 필사본에 대해 다룬 부분은 문체와 제본, 삽화, 참조 방식의 발달, 인쇄되지 않은 책이 수도원과 대학교, 나아가 문화 전반에서 차지한 역할 변화, 필사본과 평민의 신앙심과 즐거움, 자기 인식과의 관계 등의 역사를 더없이 예리하게 보여준다.

Steinberg도 참조.

Ernout, A. "Dictáre, 'dicter,' allem. dichten." *Revue des Etudes Latines* 29 (1951): 155~161쪽.

Ewert, A. "Dante's Theory of Language." *Modern Language Review* 35 (1940): 355~165쪽.

Febvre, Lucien, and Henry-Jean Martin. *L'Apparition du Livre*. Paris: Editions Albin Michel, 1958.

Feigl, Helmuth. "Von der mundlichen Rechtsweisung zur Aufzeichnung. Die Entstehung der Weistumer und verwandter Quellen." In Classen, *Recht und Schrift*.

Watkins 참조.

Felder, Hilarin. *Geschichte der wissenschaftlichen Studien im Franziskanerorden bis um die Mitte des 13. Jahrhunderts*. Freiburg im Breisgau: Herder, 1904.

Steiner 참조.

Finnegan, Ruth, ed. *A World Treasury of Oral Poetry*. Bloomington: Indiana University Press, 1978.

Foley, John Miles. "The Traditional Oral Audience." *Balkan Studies* 18 (1977): 145~153쪽.

______ . "Oral Literature: Premises and Problems." *Choice* 18 (1980): 487~496쪽.

이 글은 일차적으로 대학 도서관에서 책의 입수를 맡고 있는 사서를 염두에 두고 쓴 것이어서, 쉽게 구할 수 있는 구술 글월의 음원 목록을 수록하고 있다. 패리의 논쟁과 발전의 역사에서 생겨난 연구의 갈래에 관한 소개를 읽을 수 있다. 전 세계의 구술 전승에 관해 일부 발표되지 않은 연구를 보려면 Lord("Perspectives")를 참조. Peabody의 아랫주는 지식의 상태에 관한 훌륭한 개론이다.

Fraenger, Wilhelm. *Der Bauernbruegel und das deutsche Sprichwort*. Munich and Leipzig: E. Rentsch, 1923.

뒤집힌 세상에 대한 속담 여남은 개를 보존한 대 피터르 브뤼헐의 1559년 그림을 분석한다.

Ohly 참조.

Franklin, Simon. "Literacy and Documentation in Early Medieval Russia." *Speculum* 60, no. 1 (1985): 1~38쪽.

Clanchy 참조.

Fry, Donald K. "Themes and Type-Scenes in Elene: 1~113." *Speculum* 44 (1969): 34~45쪽.

이전 시대 전승의 관용표현 기법이 글로 지은 시가에서 살아남는 한 가지 방식에 대한 가설.

Frye, Northrop. *The Great Code: The Bible and Literature*. New York and London: Harcourt Brace Jovanovich, 1982.

Fuhrmann, Horst. "Die Fälschungen im Mittelalter: Überlegungen zum mittelalterlichen Wahrheitsbegriff." *Historische Zeitschrift* 197 (1963): 529~534쪽.

중세기에는 위조가 많았다. 양도증서뿐 아니라 성인의 유골과 '저자'까지도 위조했다. 아우구스티누스, 암브로시우스, 키케로가 썼다고 알려져 있으나 실제로는 그럴 가능성이 없는 작품이 많이 있다. 이 때문에 두 가지 의문이 제기된다. 이렇게 위조한 동기는 무엇이며, 이것이 받아들여진 이유는 무엇일까? 저자는 이것을 주로 '세상의 질서'를 바로잡아 위조자가 생각하는 '당연히 그래야 하는' 모습의 세상으로 바꾸고자 하는 중세기의 욕망에서 비롯된 것으로 본다. 12세기에 문서가 많아진 것이 특히 이처럼 바로잡으려는 노력과 잘 들어맞는다. **거짓**falsiloquium과 **거짓말**mendacium의 역사에 관한 짤막한 개론은 Bien 참조. 더 폭넓은 역사적 고증은 Müller 참조. 헤로도토스와 거짓말에 관해서는 Hartog 참조.

Galbraith, Vivian Hunter. "The Literacy of the Medieval English Kings." Raleigh Lecture on History 10 July 1935. In *Proceedings of the British Academy*, XXI (1935): 201~238쪽.

Gannim, John M. *Style and Consciousness in Middle English Narrative*. Princeton: Princeton University Press, 1983.

Ganshof, François L. "Charlemagne et l'usage de l'écrit en matière administrative." Le *Moyen Age* 57 (1951): 1~25쪽.

Clanchy 참조.

Gellrich, Jesse M. *The Idea of the Book in the Middle Ages: Language Theory, Mythology, and Fiction*. Ithaca: Cornell University Press, 1985.

Giesecke, Michael. "'Volkssprache' und 'Verschriftlichung des Lebens' im Spätmittelalter—am Beispiel der Genese der gedrukten Frachprosa in Deutschland." In Gumbrecht, *Literatur*, 39~67쪽.

Gilson, Etienne. *Heloise and Abelard*. Ann Arbor: University of Michigan

Press, 1960.

Glauche, Gunther. "Schullektüren im Mittelalter. Entstehung und Wandlung des Lektürenkanons bis 1200 an Quellen dargestellt." *Muenchner Beiträge zur Medievistik und Renaissanceforschung* 5. Munich, 1970.

Riché 참조.

Goetz, Walter. "Die Enzyklopädien des 13. Jahrhundert: Ein Beitrag zur Entstehung der Laienbildung." *Zeitschrift fuer deutsche Geistesgeschichte* 2, no. 6 (1936): 227~250쪽.

Daly 참조.

Goody, Jack. "The Consequences of Literacy." In Jack Goody, ed. *Literacy in Traditional Societies*. Cambridge: Cambridge University Press, 1968.

______. *The Domestication of the Savage Mind*. Cambridge: Cambridge University Press, 1977.

______, ed. *Literacy in Traditional Societies*. Cambridge: Cambridge University Press, 1968.

Grabmann, Martin. *Mittelalterliches Geistesleben*. Munich: Huebner, 1926.

토마스 아퀴나스와 대립했던 아베빌의 제라르가 1271년에 기증한 개인 장서를 재구성한다. 1338년에 도서목록이 작성됐다.

Daly 참조.

Graff, Harvey J. *The Literacy Myth: Literacy and Social Structure in the Nineteenth Century*. New York, San Francisco, and London: Academic Press, 1979.

______, ed. *Literacy and Social Development in the West*. Cambridge Studies in Oral and Literate Culture. Cambridge: Cambridge University Press, 1981.

Greenfield, Kathleen. "Changing Emphasis in English Vernacular Homiletic Literature." *Journal of Medieval History* 7, no. 3 (1981): 283~297쪽.

Grundmann, Herbert. "Die Frauen und die Literatur im Mittelalter. Ein Beitrag zur Frage nach der Entstehung des Schrifttums in der Volkssprache." *Archiv fuer Kulturgeschichte* 26 (1935): 129~261쪽.

______. "Litteratus—illiteratus. Der Wandel einer Bildungsnorm vom Altertum zum Mittelalter." *Archiv fuer Kulturgeschichte* 40 (1958): 1~65쪽.

______. *Religiöse Bewegungen im Mittelalter. Untersuchungen über die geschichtlichen Zusammenhänge zwischen der Ketzerei, den Bettelorden und der religiösen Frauenbewegung im 12. und 13. Jahrhunderts und über die geschichtlichen Grundlagen der Deutschen Mystik*. Darmstadt: Wissenschaftel Buchges, 1970.

12세기에 문자능력이 확산된 것은 종교운동과 떼어 생각할 수 없다. 평신자 사이에서 확산된 것은 특히 더 그렇다. Grundmann은 이런 운동을 설명하면서 사회적, 경제적 원인을 주로 강조하는 해석에 대해 강하게 반발한다. 그는 교회 내부와 이교도의 운동은 궁극적으로 성서 읽기에 바탕을 둔 종교개혁을 가져오려는 욕망에서 기인한다고 본다. 이 운동이 진행되는 과정에서 성직자의 지위와 문자능력의 관계가 복잡한 방식으로 변화했다.

평신자의 지위와 새로이 대두되는 문자능력의 결합 가능성에 관해서는 Grundmann(*Litteratus*)과 Thompson 참조. 또 그와 대비하여 아벨라르의 위치에 관한 Gilson의 논문과 Clanchy 제II부, 7 참조. *I Laici nella Societas Christiana*에는 이 점을 언급하는 논문이 여러 편 수록돼 있는데, 특히 여성의 지위에 관해서는 Huyghebaert, 여성이 토박이말 문자문화에 기여한 부분에 관해서는 Grundmann(Frauen) 참조하라. 또 Franklin은 동유럽에서 평민 사이에 문자능력이 확산된 데 주목하고, Brach는 여성 필사자가—적어도 비잔티움의 전설에서라도—많아진 데 주목한다.

Gumbrecht, Hans Ulrich. *Literatur in der Gesellschaft des Spätmittelalters*. (Grundriss der romanischen Literaturen des Mittelalters), Vol. 1. Heidelberg: Carl Winter, 1980.

Clanchy 참조.

Hajdu, Helga. *Das Mnemotechnische Schrifttum des Mittelalters*. Amsterdam: E. J. Bonset, 1967.

Hajnal, István. *L'Enseignement de l'écriture aux universités médiévales*. Budapest: Academia Scientiarum Hungarica Budapestini, 1954.

Halporn, J. W. "Methods of Reference in Cassiodorus." *Journal of Library History* 16 (1981): 71~91쪽.

Hanning, R. W. *The Individual in the Twelfth-Century Romances*. New Haven: Yale University Press, 1977.

Harms, Wolfgang, and Heimo Reinitzer. *Natura Loquax: Naturkunde und allegorische Naturdeutung vom Mittelalter bis zur fruehen Neuzeit*. Mikrokosmos: Beitraege zur Literatur-wissenschaft und Bedeutungsforschung Bd. 7. Frankfort: Lang, 1981.

자연은 우리에게 말을 한다. 사실 자연은 말이 많을지도 모른다. 그러나 자연의 언어를 어떻게 배울 수 있을까? 그리고 그 언어를 알아들어 그것을 이해할 수 있게 만들어줄 수 있는 사람들은 누굴까?

Curtius 참조.

Hartog, François. *Le miroir d'Hérodote: Essai sur la représentation de l'autre*. Paris: Gallimard, 1980.

키케로(*Laws* I, 1, 5)는 헤로도토스를 역사의 아버지이자 거짓말쟁이라 부른다: "Quamquam et apud Herodtum, patrem Historiae…… sunt innumerabilis fabulae……" 헤로도토스는 9세기 중엽 이후 3세대 동안 선전가, 표절자, 이윽고는 성장 과정의 저술가로 이해됐는데, Hartog은 '헤로도토스의 거짓말'이 다르게 이해된 단계의 역사적 사료를 거슬러올라간다.

그러나 Veyne이 더 정확할 수도 있다. 역사의 아버지 헤로도토스는 역사에서 전제로 삼는 규칙에 전혀 얽매이지 않았다. 그럼에도 그는 그가 본 것, 들은 것, 또는 이해한 것을 똑같이 잘 **알고** 있다. 어떤 면에서 플라톤과 비슷하게, 그는 우리가 말하는 종류의 '거짓말'이 아주 작은 개울을 이루기 시작하는 분수령에 앉아 있다.

Harvey, David. "Greeks and Romans Learn to Write." In Havelock and Hershbell, *Communication Arts*, 63~80쪽.
Riché 참조.

Harvey, F. D. "Literacy in the Athenian Democracy." *Revue des Études Grecques* 79 (1966): 585~635쪽. Riché 참조.

Harvey, L. P. "Oral Composition and the Performance of Novels of Chivalry in Spain." In Duggan, *Oral Literature*, 84~100쪽.

Hatcher, Elisabeth R. "The Moon and Parchment: Paradiso II, 73~78." *Dante Studies* 89 (1971): 55~60쪽.

Havelock, Eric. *Preface to Plato*. Cambridge: Harvard University Press, 1963.
서사 전승이 쇠퇴한 뒤에도, 그리고 시라는 구체적 문학 형태가 대두된 뒤에도 구술문화는 플라톤에 이를 때까지 대체로 우위를 차지하고 있었다고 본다. 『국가』에서 플라톤의 '시인에 대한 공격'은 산문과 과학, 추상적 사고, 글이라는 새로운 시대의 가장 뛰어난 대변인이 구어라는 옛 문명의 기반을 공격한 것으로 해석해야 한다. Havelock은 구술문화의 성격을 결정짓는 구술 시가의 전통이 살아있지 않을 때에도 '구술문화'가 존재할 수 있다는 것을 인정할 수 없었던 패리보다 훨씬 멀리 나아간다.

______. "Prologue to Greek Literacy." *In Lectures in Memory of Louise Taft Sample. University of Cincinnati Classical Studies*, vol. 2. Norman, Oklahoma: University of Oklahoma Press, 1973: 331~391쪽.

______. "The Preliteracy of the Greeks." *New Literary History* 8, no. 3 (1977): 369~391쪽.

______. "The Ancient Art of Oral Poetry." *Philosophy and Rhetoric* 12, no. 3 (Summer 1979): 187~202쪽.

______. *The Literate Revolution in Greece and Its Cultural Consequences.*

Princeton: Princeton University Press, 1982.

Havelock, Eric A., and Jackson P. Hershbell, eds. *Communication Arts in the Ancient World*. Humanistic Studies in the Communication Arts. New York: Hastings House, 1978.

Haymes, Edward R. *A Bibliography of Studies Relating to Parry's and Lord's Oral Theory*. Publications of the Milman Parry Collection. Cambridge: Harvard University Press, 1973.

Foley 참조.

Heck, Philipp. *Uebersetzungsprobleme im fruehen Mittelalter*. Tübingen: Mohr, 1931.

게르만의 토착 관습이나 법률이 성문화한 중세 초기의 라틴어 글월을 분석한다. 글월에 사용된 라틴어 관용표현의 유래가 되었을 법한 토착 표현을 살펴보는데, 글월을 해석하기 위해서는 반드시 살펴볼 수밖에 없기 때문이다. 그러나 이 글월을 독일어로 번역할 때는 라틴어 용어를 고수할 것을 강조하는데, 라틴어 용어의 배경에 있었던 게르만어 표현이 그가 추측한 게르만어 표현이 아닐 수도 있다는 점을 충분히 인식하고 있으라는 뜻에서이다.

Hedwig, Klaus. *Sphaera Lucis. Studien zur Intelligibilität des seienden im Kontext der mittelalterlichen Lichtspekulation*. Beiträge zur Geschichte der Philosophie und Theologie des Mittelalters NF Bd. 18. Munster: Aschendorf, 1980.

Curtius 참조.

Heer, Friedrich. *The Medieval World: Europe 1100-1500*. New York and Toronto: New American Library, 1961.

Morris 참조.

Heisig, Karl. "Muttersprache: ein romanistischer Beitrag zur Genesis eines deutschen Wortes und zur Entstehung der deutsch-franzoesischen Sprachgrenze." *Muttersprache* 22, no. 3 (1954): 144~174쪽.

'어머니'와 '말'은 프랑크족이 근대 라틴어를 쓰는 민족에 밀려 후퇴하던 10세기 로렌에서 처음으로 연계되었다. 당시 로렌의 개혁 수도원인 고르즈 수도원의 수도사들이 patrius sermo(아버지의 말)에 반대하여 '모어'라는 말을 썼다. Lingua materna(모어)는 여성의 마음을 움직였고, 여성은 자신이 쓰는 말의 형태를 유지했다. 이 용어는 토박이말로 들려주게 되어 있는 라틴어 설교 메모에 등장한다. 12~14세기까지 이 용어는—쓰일 경우—라틴어에 반대되는 낮은 유형의 언어를 가리키는 말로 쓰였다. 14세기에는 한자동맹의 교역 언어에서만 쓰였다. Asensio는 국어는 군대를 따라다닌다는 네브리하의 관념을 고찰한다. Weissberger는 유럽 문화에서 '모어'라는 관념이 대두된 과정을 되짚어본다. Josten과 Bahner는 이 주제에 관한 원천 자료를 쉽게 찾아볼 수 있게 해준다. 우리는 이와 비슷한 관념, 다시 말해 homo(인간)는 원래 monolinguis(한 가지 언어만 쓰는 사람)라는 관념의 역사를 되짚어보는 시도가 하나뿐이 아니라는 것을 알고 있다.

Hilty, G. "Die Romanisierungen in den Strassburger Eiden." *Vox Romanica* 25 (1966): 227~235쪽.

Schmidt-Wiegand 참조.

Hoekstra, A. *Homeric Modifications of Formulaic Prototypes. Studies in the Development of Greek Epic Diction*. Amsterdam: North-Holland Publishing Co., 1965.

Holoka, James P. "Homeric Originality: A Survey." *Classical World* 66, no. 5 (1973): 257~293쪽.

Foley 참조.

Horner, Winifred Bryan, ed. *The Present State of Scholarship in Historical and Contemporary Rhetoric*. Columbia and London: University of Missouri Press, 1983.

James J. Murphy의 제2장, "The Middle Ages" 참조.

Howard, Donald R. "The Canterbury Tales: Memory and Form." *English*

Language History 38 (1971): 319~328쪽.

______ . *The Idea of the Canterbury Tales*. Berkeley and Los Angeles: University of California Press, 1976.

Huyghebaert, Nicolas. "Les femmes laïques dans la vie religieuse des 11e et 12e siècles dans la province Ecclésiastique de Reims." In *I Laici nella Societas Christiana*, 345~395쪽.

Grundmann 참조.

Ibach, Helmut. "Zu Wortschatz und Begriftswelt der althochdeutschen Benediktinerregel." *Beiträge zur Geschichte der deutschen Sprache und Literatur* (Halle). 78 (1956): 1~110쪽, 79 (1957): 106~185쪽; 80 (1958): 190~271쪽; 81 (1959): 123~173쪽; 82 (1960): 371~374쪽 이하.

Betz 참조.

I Laici nella Societas Christiana. De sec. 11 and 12. Atti della terza Settimana internazionale di studio, Mendola agosto 1965. Publicazioni dell Universitá Cattolica del Sacro uore, ser. III, varia 5. Milan, 1966.

Grundmann 참조.

Inter Documentation Publishing Company. *Emblem Books*. 354 Titles on microfiche. Zurich, 1983.

Ohly 참조.

Jaeger, Werner. *Platos Stellung Aufbau der griechischen Bildung*. Berlin, 1928.

Riché 참조.

Jarecki, Walter. *Signa Loquendi. Die cluniscensischen Signa-Listen eingeleitet und herausgegeben*. Saecula Spiritalia Bd. 4. Baden-Baden: Korner, 1981.

중세 성기 수도원에서 사용한 수화.

Jeggrey, David. By *Things Seen: Reference and Recognition in Medieval Thought*. Ottawa: University of Ottawa Press, 1979.

Daly 참조.

Josten, Dirk. *Sprachvorbild und Sprachnorm im Urteil des 16. und 17. Jahrhunderts. Sprachlandschertliche Prioritäten, Sprachautoritäten, Sprachimmanente Argumentation*. Europ. Hochschulschriften R 1, 152. Bern: Frankfurt, 1976.

독일 시인과 석학들이 내놓은 견해와 비평 및 주석 선집.

Heisig 참조.

Jousse, Marcel. *Le Style oral rhythmique et mnémotechnique chez les Verbomoteurs*. Paris: G. Beauchesne, 1925.

Kailaspathy, K. *Tamil Heroic Poetry*. Oxford: Oxford University Press, 1968.

Kelber, Werner. *The Oral and the Written Gospel: The Hermeneutics of Speaking and Writing in the Synoptic Tradition: Mark, Paul and Q*. Philadelphia: Fortress Press, 1984.

Kirschbaum, Engelbert. *Lexikon der Christlichen Ikonographie*. ("Art," "Bildnis" und "Evangelisten") Bd. 1. Rome: Herder, 1968. 301쪽, 696쪽 이하.

Leclercq 참조.

Klinkenberg, Hans Martin. "Der Verfall des Quadriviums im frühen Mittelalter." *Studien und Texte zur Geistesgeschichte des Mittelalters* 5 (1959): 1~32쪽.

Riché 참조.

Knowles, Dom David. *The Monastic Order in England. A History of Its Development from the Times of St. Dunstan to the Fourth Lateran Council, 943~1216*. Cambridge: Cambridge University Press, 1941.

Riché 참조.

Koep, Leo. *Das himmlische Buch in Antike und Christentum*. Bonn: P. Hanstein, 1952.

Curtius 참조.

Krafft, F. "Der Naturwissenschaftler und das Buch der Renaissance." In *Das Verhältnis der Humanisten zum Buch*, eds. F. Krafft and D. Wuttke, 23~41쪽. Boppard: Boldt, 1977.

Curtius 참조.

Kretzenbacher, L. *Versoehnung im Jenseits. Zur Widerspiegelung des Apokatastasis-Denkens in Glaube, Hochdichtung und Legende*. Sitzungsbericht der Akademie. Munich: Verlagsbuchhandlung, 1971.

Curtius 참조.

Kuhn, Alvin. "Schriftsprache und Dialekt." *Cultura Neolatina* 16 (1956), fasc. 1: 35~51쪽.

Ladner, Gerhart B. *The Idea of Reform: Its Impact on Christian Thought and Action in the Age of the Fathers*. Cambridge: Harvard University Press, 1959.

Lain Entralgo, Pedro. *The Therapy of the Word in Classical Antiquity*. New Haven: Yale University Press, 1970.

Lanza, Diego. *Lingua e discorso nell'Atene delle professioni*. Naples: Liguori, 1979.

5세기에 아테나이의 각계각층에 문서가 서서히 침투해 들어가는 과정을 보여준다.

Lares, Micheline-Maurice. "Types et optiques de traductions et adaptions de l'ancien Testament en Anglais du Haut Moyen Age." In *Bible and Medieval Culture*, 70쪽 이하. ed. W. Lourdaux, Leuven: Leuven University Press, 1979.

Betz 참조.

Leclercq, Jean. "Saint Bernhard et ses secrétaires." *Revue Benedectine* 61 (1951): 208~229쪽.

12세기 수사들이 자신의 몸짓과 어휘(Otia와 Vocabulaire)에 부여한 의미에 대해 Leclercq는 백과사전적 지식을 지니고 있다. 글을 짓고 받아쓰게 하는 습관에 관해서는 *L'amour*, 특히 21쪽 이하와 164쪽 이하, 또 De Ghellinck, *L'essort*, 270쪽 이하 참조. 'dictation(불러주는 대로 받아쓰기)'의 어원에 관해서는 언어학자 Ernout 참조. Kirschbaum은 복음사가의 표현 변화를 지적하는데, 하느님의 음성을 귀담아 듣는 서기로부터(흔히 새가 귀에 대고 말해주는 것으로 묘사), 하늘에서 내려온 두루마리를 보고 베껴쓰는 서기로 변화한다. 불러주는 것을 듣고 받아쓰는 방법은 낱말이 분리되어 말없이 베끼는 것이 가능해지기(Saenger) 이전에는 베껴쓰는 유일한 방법이었다(Skeat).

______. *Étude sur le vocabulaire monastique du Moyen Age*. Rome: Herder, 1961.

______. *L'amour des lettres et le désir de Dieu*. Paris: Aubier, 1963.

______. *Otia monastica: étude sur le vocabulaire de la contemplation au moyen âge*. Freiburg: Herder, 1963.

______. "Aspects spirituels de la symbolique du livre au XIIe siècle." In *L'homme devant Dieu II*, 63쪽 이하. Mélanges de Lubac. Paris: Aubier, 1964.

Lesky, A. "Homeros II: Oral Poetry; III: Mündlichkeit und Schriftlichkeit." In Pauy's *Realencyclopädie der classischen Altertumswissenschaft*, ed. Wilhelm Kroll, 693~709쪽. Supplementband XI, Stuttgart: 1968.

Lohmann, Johannes. "Verhältnis des abendländischen Menschen zur Sprache (Bewusstsein und unbewusste Form der Rede)." *Lexis* 3 (1953): 5~49쪽. 그리스인에게는 언어가 없었으며 삶의 방식이 있을 뿐이었다. 생각은 이성 Logos 안에 뿌리를 내리고 있었다. 고대 그리스의 과학은 비판적이기는 했으나 판정을 내리는 쪽은 아직 아니었다. 진리는 여전히 존재의 면전에서 있었다. 이 둘은 키케로에 와서야 분리되기 시작한다. 생각이 언어와 분리되는 것이다. 그렇지만 생각하는 이는 여전히 논쟁적이며 곧장 판정적이 되지는 않는다. 유명론에 와서야 생각은 언어로부터 멀어진다. 언어를 하나의 도구로, 외부의 사물을 가리키는 수단으로 생각할 수 있게 된 것은 13세기에 와서의 일이다. 수사修辭가 논리를 대신한다. 내용을 담는 형식으로서의 현대적 언어가 등장한다. 소리에 실린 생각이던 언어는 생각의 기호로 바뀌었다. 이제 언어를 인격체 안에서 작용하는 것으로 보는 구조주의에 와서 완전히 한 바퀴를 돌아 다시 원점에 섰다.

Lord, Albert. "Homer, Parry and Huso." *American Journal of Archaeology* 53 (1948): 34~44쪽.

______. *The Singer of Tales*. Cambridge: Harvard University Press, 1960.

______. "Perspectives on Recent Work on Oral Literature." In Duggan, *Oral Literature*, 1~24쪽.

Luria, Aleksandr Romanovich. *Cognitive Development: Its Cultural and Social Foundations*. Cambridge: Harvard University Press, 1976.

Lynd, Helen Merrill. *On Shame and the Search for Identity*. New York: Science Editions, 1958.

Magoun, Francis Peabody. "The Oral Formulaic Character of Anglo-Saxon Narrative Poetry." *Speculum* 28 (1953): 446~467쪽.

패리의 이론을 『베오울프』에 적용한 최초의 연구서이다. 이에 대해 Benson이 이의를 제기했다.

Manzaneres de Cirre, Manuela. *Arabistas españolas del siglo XIX*. Madrid: Instituto Hispano Arabe de Cultura, 1971.

7~15쪽은 13세기의 아라비아어 번역을 다룬 문헌에 관한 훌륭한 개론이다.

Marrou, Henri Irenée. *A History of Education in Antiquity*. New York: Sheed and Ward, 1956.

Riché 참조.

______. *Saint Augustin et la fin de la culture antique*. 4th ed. Paris: Ed. Boccard, 1958.

아우구스티누스는 더이상 그리스어로 글을 쓰지 않은 최초의 주요 사상가일 뿐 아니라 철학적 구성 전체가 라틴어였던 최초의 사상가이기도 하다. 그것은 특별한 라틴어로, 말기 제국과 그 철학자들의 열띤 비난이 가득한 수사법과 그 시대에 특히 인기를 끈 기교가 특징인 라틴어이다. 그러나 여전히 그의 라틴어는 여러 면에서 모든 고대에 통용되던 것과 똑같은 종류의 언어였다. 즉 글을 소리 내어 읽었고, 저자는 필경사가 다 받아적은 뒤 다시 읽어주면 그것을 듣고 내용을 확인하는 때가 더 많았다. 두루마리와 책은—생겨났을 때부터—원래부터 독자가 이미 읽은 부분으로 되돌아가지 못하게 되어 있으며, 훑어보거나 뒤적거리는 게 불가능하다.

6세기와 7세기 동안 글로 적힌 '라틴어'에 방언이 큰 영향을 끼쳤다. '라틴어와 로망스어는 제국시대 때부터 구어 형태로 공존했으며 813년 무렵에 이르러서는 서로 알아들을 수 없었다'는 주장이 흔히 있지만, Battisti와 Wright는 이것이 불가하다며 이의를 제기한다. Väänänen은 아우구스티누스 시대 때부터 문자가 더이상 소리를 반영하지 않았다고 본다. Menendez는 첫 1천 년 동안 내내 근대 라틴어 말이 형성된다고 한다(1~5쪽). Norberg는 그 관련성을 스트라스부르 맹세의 글월에서 찾아본다. Pulgram은 투르 공의회를 '사람들이 쓰지 않은 지 오래 된 언어로는 그들에게 말하지도 못하고 따라서 그들의 영혼을 구원하지도 못한다는 점을 마지못해 인정'한 사건이라고 한다. 서기 1000년에 이르러, 라틴어 낱말 발음은 라틴어 철자법에 더이상 영향을 주지 않게 됐다. 라틴어는 역사적으로 매우 독특한 언어가 되어 있었다(Steiner, 또 Bischoff). Mohrmann은 라틴어의 독특한 성격에 대해 백과사전적 지식을 제공하며, 그에 대한 인식의 역사를 살펴본다.

Martin, Henri-Jean, Roger Chartier, and Jean-Pierre Vivet. *Historie de l'édition française*. Tome I. *Le Livre conquérant du moyen âge au milieu du XVII siècle*. Paris: Promodis Français, 1984.

필사본에 많은 면을 할애했으며, 문체와 제본, 삽화, 참조 방식의 발달 과정을 보여주는 삽화를 많이 수록했다. 책이 수도원과 대학교, 나아가 문화 전반에서 차지한 역할의 변화 과정을 탐구한다. 책, 글로 적힌 글월, 묵독, 개인의 공부 등 개인주의로 이어지는 계기가 되는 것들과 평신자의 신앙심과의 관계를 살펴본다.

McKeon, Richard. "The Organization of Sciences and the Relation to Cultures in the Twelfth and Thirteenth Centuries." In *The Cultural Context of Learning and Thinking*, ed. Michael Cole, 151~192쪽. New York: Basic Books, 1971.

McLuhan, Marshall. *The Gutenberg Galaxy: The Making of Typographic Man*. Toronto: Toronto University Press, 1962.

Meier, Christel. "Vergessen, Erinnern, Gedächtnis im Gott-Mensch Bezug: zu einem Grenzbereich der Allegorese bei Hildegard von Bingen und anderen Autoren des Mittelalters." In *Verbum et Signum*, ed. Hans Fromm, Wolfgang Harms, Uwe Ruberg, 143~194쪽. Munich: W. Fink, 1975.

Curtius 참조.

______. "Zu Verhaeltnis von Text und Illustration bei Hildegard von Bingen." In *Hildegard von Bingen 1179~1979*, ed. A. Bruek, 159~169쪽. Festschrift zum 800. Mainz: Todestag, 1979.

Curtius 참조.

______, ed. *Text und Bild. Aspekte des Zusammenwirkens Zweir Kuenste im Mittelalter und Frueher Neuzeite*. Wiesbaden: Reichert, 1980.

Menendez Pidal, Ramón. *Manual de gramática histórica española*. Madrid: Espasa-Calpe, 1958.

Mezey, Laszló, ed. *L'enseignement de l'écriture aux universités médiévales*. 2d ed. Budapest: Academie des Sciences de Hongrie, 1959.

Riché 참조.

Momigliano, A. "The Historians of the Classical World and Their Audiences."

Annali della Scuola Normale Superiore di Pisa 8, no. 1 (1957): 59~75쪽.

문화의 알파벳화가 동시적이지 않았다는 점을 강조한다. 헤로도토스 이래 역사학자들은 풍문보다는 상세히 기록된 증거의 가치를 더 높게 여기는 태도를 금방 받아들였다. 그러나 독자들은 훨씬 더 나중에 와서야 그런 풍문을 뒷받침하는 증거를 요구하기 시작했다.

Morris, Collin. *The Discovery of the Individual 1050~1200*. The Church Historical Society. London: SPVC, 1972.

저자는 이 주제에 관한 최근의 학문을 학문적 연구라는 방식에 의존하지 않고서도 신뢰할 수 있는 방식으로 정리했다. 자기 자신을 묘사하는 여러 형식과 자신을 인식하는 새로운 양식 간의 관계를 조명한다(특히 64~68쪽). Chenu는 아벨라르에게서 어떤 단계가 자기(le sujet de soi-même)의 발견에서 결정적이었는지를 매우 뛰어나게 지적한다. 즉 의도가 행위의 가치를 결정하며, 따라서 행위에 죄가 있는지를 결정한다는 것이다. 행동에 대한 회개를 요구하는 교회의 규율은 악한 의도를 고백하는 것으로 바뀌어야 했다. 즉 각자 자기 자신의 양심을 마치 책처럼 인식하여 살펴보는 방법을 배워야 했다. 저자는 주로 14세기 후반에 관심을 가지고 있지만, 역사학자 텐틀러는 양심을 책의 지면처럼 인식하는 데 대해 상세히 기록하고 있다. 문학 속의 개인주의에 관한 고찰을 보려면 Hanning과 *Typus und Individualitaet* 참조.

Müller, Gregor. *Die Wahrhaftigkeitspflicht und die Problematik der Lüge*. Freiburg: Herder, 1962.

Fuhrmann 참조.

Murphy, James J. *Medieval Rhetoric: A Select Bibliography*. Toronto: University of Toronto Press, 1971.

______. *Rhetoric in the Middle Ages: A History of Rhetorical Theory from St. Augustine to the Renaissance*. Berkeley: University of California Press, 1974.

Naveh, Joseph. *Early History of the Alphabet: An Introduction to West Semitic*

Epigraphy and Paleography. Jerusalem: Hebrew University, 1982.

Nelson, H. L. W. "Die Latinisierungen in den Strassburger Eiden." *Vox Romanica* 25 (1966): 193~226쪽.

New Literary History. Aspects of Orality: Vol. 8, no. 3 (1977). *Oral and Written Traditions in the Middle Ages*: Vol. 16, no. 1 (1984).

Nilgen, U. "Evangelisten." In Kirschbaum, *Lexikon*.

Nobis, H. M. "Die Umwandlung der mittelalterlichen Naturvorstellung. Ihre Ursachen und ihre Wissenschaftsgeschichten Folgen." *Archiv fuer Begriffsgeschichte* 13 (1960): 34~57쪽.

자연에서 창조주가 손으로 쓴 글을 해독하는 것과, 오늘날 과학의 골자인 자연을 묘사하는 것이 서로 어떻게 대비되는지를 강조한다. 이 은유는 명상에서 묘사로 옮겨가면서 뒤집어졌다.

Curtius 참조.

Norberg, Dag. "A quelle époque a-t-on cessé de parler latin en Gaule?" *Annales Economies Sociétés Civilizations* 21 (1966): 346~355쪽.

Notopoulos, James A. "Mnemosyne in Oral Literature." *Translations of the American Philosophical Association* 69 (1938): 465~493쪽.

O'Connor, Michael Patrick. *Hebrew Verse Structure*. Winona Lake, Ind.: Eisenbrauns, 1980.

Oediger, F. W. *Über die Bildung der Geistlichen im späten Mittelalter*. Studien und Texte zur Geistesgeschichte des Mittelalters. Cologne: Brill, 1953.

Riché 참조.

Ohly, Friedrich. "Vom Sprichwort im Leben eines Dorfes." In *Volk, Sprache, Dichtung*, ed. Karl Bischoff and Lutz Röhrich, 276~293쪽. Festgabe fuer Kurt Wagner, 1960.

Ohly는 주로 중세기의 은유와 의미론 분야에 영향을 끼쳤다. 그는 한 편의 뛰어난 논문("Vom Sprichwort")을 통해 마을의 (오늘날에도 마찬가지) 일상에서 속담을 관용표현으로 사용하는 형식과 사용법을 자세히 설명하며, 골짜기마다 다른 관용표현 때문에 지역공동체라는 느낌이 미묘하게 강화된다는 사실을 알려준다.

Schmidt-Wiegand("Rechtssprichwörter")는 중세 독일의 법률을 집대성한 책에 실린 법률 속담 삽화를 살펴보며, 주석을 통해 구전 격언 문학을 소개한다. 언어학자 스턴은 세계 곳곳에서 말을 그에 상응하는 소리로 변환하는 방식을 분류하고자 한다. Ong의 "African Talking Drums"는 이 점에서 흥미롭다. Taylor는 속담과 그것이 어떻게 전달되는지를 한평생 연구해왔다. 중세기의 원천 자료와 현대의 방언사전을 비교한 연구(Berthold)에서 볼 수 있듯, 언어는 변하지만 종종 속담은 변하지 않은 채로 몇 세기 동안 전달된다. 이것은 속담이 관용표현의 성격을 지녔기 때문일지도 모른다(Rothstein). 대 피터르 브뤼헐은 1559년에 그린 그림 속에 '뒤집힌 세상'을 언급하는 속담 여남은 개를 보존했는데, 이 그림을 분석한 Fraenger가 보여주듯 속담은 예술적 상상력을 불러일으킨다. 그렇지만 바로크 시대에 격언과 속담을 이용하여 표상을 만든 것은 이런 구어 관용표현을 해석했다기보다는 '문자화'한 것으로 볼 수 있다. 현재 Inter Documentation Company가 이런 표상을 쉽게 볼 수 있게 해놓았다. 수수께끼는 속담과 비슷하게 관용표현과 같은 성격이 있으며, 알려진 모든 구술문화에서 찾아볼 수 있다(Taylor). Röhrich는 속담을 과학적으로 연구하는 '속담학'의 현재를 비평적으로 소개하는 훌륭한 입문서다. 특히 75~77쪽에 실린 세계 각국의 법률 격언과 그 전달 연구에 관한 참고문헌을 볼 것.

______. "Das Buch der Natur bei Jean Paul." Studien zur Goethezeit. Erich Trunz zum 75. Geburtstag. *Beihefte zu Euphorion* 18, 177~232쪽. Heidelberg, 1981.

Curtius 참조.

______. "Deus Geometra: Skizzen zur Geschichte einer Vorstellung von Gott." *Tradition als historische Kraft*. Festschrift Karl Hauk. Berlin, 1981. Cassiodorus, Institutiones II, 5, 11: "geometra, quae est descriptio

contemplativa formarum, documentum etiam visibile philosophorum."
Curtius 참조.

Ong, Walter J. *Ramus: Method, and the Decay of Dialogue*. Cambridge: Harvard University Press, 1958.

______. *The Presence of the Word*. New Haven and London: Yale University Press, 1967.

______. *Romance and Technology: Studies in the Interaction of Expression and Culture*. Ithaca and London: Cornell University Press, 1971.

______. "African Talking Drums and Oral Poetics." *New Literary History* 8, no. 3 (1972): 411~429쪽.

______. "The Writer's Audience Is Always a Fiction." *Publications of the Modern Language Association* 90 (1975): 9~21쪽.

______. *Interfaces of the Word*. Ithaca and London: Cornell University Press, 1977.

______. *Orality and Literacy: The Technologizing of the Word*. London: Methuen and Co., Ltd., 1982.
이 주제에 관한 최고의 책이다.

______. "Reading, Technology and Human Consciousness." In *Literacy as a Human Problem*, Raymond, 17~201쪽.

Paravicini, Werener, and Karl Ferdinand Werner, eds. *Histoire compareé de l'administration (4e-18 siècles). Actes du 14 colloque historique franco-allemand*. Beihefte der Francia Vol. 9. Munich: Artemis, 1980.
Clanchy 참조.

Parry, Adam, ed. *The Making of Homeric Verse: The Collected Papers of Milman Parry*. Oxford: The Clarendon Press, 1971.

Peabody, Berkley. *The Winged Word: A Study in the Technique of Ancient Greek Oral Composition as Seen Principally Through Hesiod's* Works and

Days. Albany: State University of New York Press, 1975.
Percival, W. Keith. "The Applicability of Kuhn's Paradigm to the History of Linguistics." *Language* 52 (1976): 285~294쪽.
Pinborg, Jan. *Die Entwicklung der Sprachtheorie im Mittelalter*. Beiträge zur Geschichte der Philosophie und Theologie des Mittelalters. Bd. 42, Heft 2. Aschendorff im Verbindung mit dem Verlag. Arne Frost-Hansen, Munster and Copenhagen, 1967.
Borst 참조.
Pörkesen, Uwe. *Der Erzähler im mittelhochdeutschen Epos. Formen seines Hervortretens bei Lamprecht, Konrad, Hartmann, in Worlframs Willehalm und in den "Spielmannseper."* Berlin: Schmidt, 1971.
"중세기 이야기꾼은 여러 가지 방식으로 이야기를 중단하고 자신이 무엇을 하고 있는지를 우리에게 들려준다. 그는 자신이 들려줄 내용을 대략적으로 들려주며 사람들의 호기심을 자극하고 또 그가 다루게 될 주제는 중요하다는 점을 강조한다. 그는 자신의 이야기에 신빙성을 주기 위해 권위자들을 거론한다. 그리고 스스로 참견한다. 그는 주저 없이 설교하고 망설임 없이 교훈적이 된다. 그는 자신이 들려주는 이야기의 영웅을 칭송하고, 그들에게 공감하며, 그들을 호되게 꾸짖는다…… 이런 것들은 소설에서는 전혀 볼 수 없다. 오늘날 비슷한 예를 찾으려면 과학 논문을 보아야 한다. 논문을 보면 저자는 자신이 다루는 문제가 매우 중요한데도 이제껏 아무도 푼 사람이 없다는 사실을 강조하며, 내용을 요약해주고, 전후 관계를 표시하며, 아랫주로 권위자들을 언급하고, 자신에게 가르침을 준 사람들과 동료들에게 감사를 표한다……"
Pulgram, E. "Spoken and Written Latin." *Language* 26 (1950): 458~466쪽.
Quinn, William A., and Audrey S. Hall. *Jongleur: A Modified Theory of Oral Improvisation and Its Effects on the Performance and Transmission of Middle English Romances*. Washington: University Press of America, 1982.

Rabinowitz, Isaak. "Word and Literature in Ancient Greece." *New Literary History* 4 (1974): 119~139쪽.

Radding, Charles M. "Evolution of Medieval Mentalities: A Cognitive-Structural Approach." *The American Historical Review* 83 (1978): 577~597쪽.

12세기에 관습에 의한 지배로부터 법률(성문법)에 의한 지배로 넘어갈 때 '자기'의 의도를 점점 더 고려하게 됐다. 고의 여부가 판사의 관심사가 된 것이다.

Watkins 참조.

Rassow, P. "Die Kanzlei St. Bernhards von Clairvaux." *Studien und Mitteilungen zur Geschichte des Benediktiner-Ordens und seiner Zweige* 34 (1913): 63~103쪽, 243~293쪽.

Leclercq 참조.

Rauch, Winthir. *Das Buch Gottes*. Munich: M. Hueber, 1961.

Curtius 참조.

Raymond, James C., ed. *Literacy as a Human Problem*. Mobile, Alabama: University of Alabama Press, 1982.

Redlich, Oswald. "Die Privaturkunden des Mittelalters." In *Urkundenlehre*, eds. Wilhelm Erben, L. Schmitz-Kallenberg, and O. Redlich. Munich and Berlin: Verlag Oldenbourg, 1911.

Wattenbach 참조.

Riché, Pierre. *Éducation et culture dans l'Occident barbare. 6.-8. siècles*. Paris: Editions du Seuil, 1962.

이 주제를 백과사전적으로 다루고 있다.

______. *Écoles et enseignement dans le Haute Moyen Age*. Paris: Aubier, 1976.

______. *Les écoles et l'enseignement dans l'Occident chrétien de la fin du 10 siècle au milieu du 11 siècle*. Paris: Aubier, 1979.

______. "La Formation des scribes dans le monde merovingien et carolingien." In Paravicini and Werner, *Histoire*, 75~80쪽.

______. "Recherches sur l'instruction des laics du 9 au 12 siècle." In *Instruction et vie religieuse dans le Haut Moyen Age*. Section 10. Paris: Variorum Reprints, 1981.

Riché의 연구는 중세기 전체의 교육에 관한 표준 교재가 됐으며, 주로 라틴어를—당연한 말이지만—읽고 쓰는 기초교육 또한 언급하고 있다. 그리스인들 사이의 문자문화에 관하여는 F. D. Harvey 참조. 성장이라는 이상에 대해서는 고전학자 Jaeger(*Paideia*) 참조. 문자문화가 성장하는 동안 이 이상이 변모한 양상에 대해서는 Marrou(*A History*)와 Marrou(*Augustine*, 마지막 장)를 Jaeger(*Plato*)와 대조하며 참조. 끝의 두 항목은 초기 고전 시대의 파이데이아가 로마의 교육으로, 다시 그리스도교적 교육의 이상으로 변모한 과정을 소개하고 있다. Best는 폼페이에서 읽고 쓰는 능력이 확산된 데 대한 논란을 소개한다. 이 부분에 대해서는 또 Väänänen도 참조. Bischoff(*Schreibschule*)는 카롤링거 시대에 독일 남동부라는 특정 지역에서 이루어진 기초교육을 자세히 다루고 있다. 또 같은 맥락에서 Riché(*La Formation des scribes*)도 참조. Bonaventura는 쓰기가 가능한 유일한 언어였던 라틴어 교육 방법을 어느 정도 더 자세히 소개한다. Oediger는 중세기 서기의 형성과 관련된 글월을 쉽게 접할 수 있게 해주며, Glauche는 '교과서'의 변화를 다루고 있다.

Richter, Michael. "Latina Lingua—Sacra seu Vulgaris?" In *The Bible and Medieval Culture*, eds. W. Lourdaux and D. Verheles, 16~34쪽. Leuven, 1979.

구어 이탈리아어를 다루고 있다. Ewert와 Steiner 참조.

______. *Sprache und Gesellschaft im Mittelalter: Untersuchungen zur mundlichen Kommunikation in England von der Mitte des elften bis zum Beginn des vierzehnten Jahrhunderts*. Monographien zur Geschichte des Mittelalters, Band 18. Stuttgart: Hiersmann, 1979.

저자는 구어의 재구성을 언어학자에게만 맡겨둘 수는 없다고 주장한다. 역사학자로서 리히터는 원천 자료를 뒤져 구어의 증거를 걸러내고자 한다.
Steiner 참조.

Röhrich, Lutz, and Wolfgang Mieder. *Sprichwort*. Sammlung Metzler Bd. 154. Realien zur Literatur, 1977.
Ohly 참조.

Roncaglia, Martiniano. "I frati minori e lo studio della lingue orientali nel secolo 13." *Studi Francescani* 25 (1953): 169~184쪽.
Steiner 참조.

Rothacker, E. *Das "Buck" der Natur. Materialien und Grund sätzliches zur Metapherngeschichte. Aus dem Nachlass herausgegeben von Wilhelm Perpeet*. Bonn: Grundmann, 1979.
Curtius 참조.

Rothstein, Robert A. "The Poetics of Proverbs." In *Studies Presented to Professor Roman Jakobson by His Students*, ed. Charles E. Gribble, 265~274쪽. Cambridge: Slavica Publishers, 1968.
속담의 관용표현적 성격을 고찰한다.
Ohly 참조.

Rouse, Richard H. "The Early Library of the Sorbonne." *Scriptorium* 21 (1967): 42~71쪽과 227~252쪽.
Daly 참조.

Rouse, Richard H., and Mary A. Rouse. *Preachers, Florilegia and Sermons: Studies on the "Manipulus forum" of Thomas of Ireland*. Toronto: Toronto University Press, 1979.
Daly 참조.

Ruberg, Uwe. "Mappae Mundi des Mittelalters im Zusammenwirken von Text und Bild." In C. Meier, *Text und Bild* (1980): 550~592쪽.

Russo, Joseph A. "A Closer Look at Homeric Formulas." *Transactions of the*

American Philosophical Association 94 (1963): 235~247쪽.

Saenger, Paul. "Silent Reading: Its Impact on Late Medieval Script and Society." *Viator* 13 (1982): 367~414쪽.

읽고 쓰는 활동, 사용된 기법과 양식, 그리고 글로 적힌 지면과 문화사의 관계에 대해 알려진 모든 것을 아우르는 274개의 아랫주를 포함한 훌륭한 요약 보고서. 이 시기의 읽고 쓰는 활동에 관한 묘사를 찾아볼 때도 유용하다. 이런 활동을 묘사하는 글월로는 Crosby와 Scholz 참조. 일찍이 Balogh는 7세기 이후로 명상하는 수도사는 책의 지면에 적힌 내용을 소리 없이 명상하려 했다고 주장했다. 반면 Chaytor는 (McLuhan처럼) 인쇄술의 발명이 묵독으로 이어진 주요 요인이었다는 견해를 고수한다. Hajnal은 다양한 원천 자료를 풍부하게 제시하면서 마르크스주의 관점에서 같은 견해를 주장한다. 일부 모순되는 것처럼 나타나는 부분은 무엇이 "소리 없이" 읽기에 해당하는지를 정의하기가 어렵다는 점 때문일지도 모른다. 클뤼니 수도원의 필사실에서는 침묵을 지켰을 것이 확실하다(Constable). 수화가 매우 발달했다(Jarecki). 작문, 그리고 문자를 지면에 그리는 것 사이의 차이에 관해서는 Leclercq 참조. Scholz는 토착 문학을 분석하며, 12~13세기의 중세 고지독일어뿐 아니라, 읽다, 듣다, 찾다, 고르다, 보다 등 **글월의 인식**에 관한 모든 언급을 분석한다. 수많은 글이 듣는 사람보다 읽는 사람을 위해 쓰인 것으로 믿는다. 이 연구의 진가는 이 주제를 다룬 방대한 참고문헌에 있다.

Schiller, A. Arthur. "Custom in Classical Roman Law." *Virginia Law Review* 24 (1938): 268~282쪽.

고전시대의 관습/법률, nomos egraphos/nomos agraphos, mos-consuetudo/lex 등의 차이와 의미 변천에 대해 간결하게 소개한다.

Watkins 참조.

Schilling, Michael. *Imagines Mundi. Metaphorische Darstellung der Welt in der Emblematik*. Mikrokosmos 4. Frankfurt/Cirencester, England: Lang, 1979.

세계를 책으로 보는 묘사에 대해 다룬다(특히 71~81쪽).

Curtius 참조.

Schmidt-Wiegand, Ruth. "Eid und Gelöbnis, Formel und Formular im mittelalterlichen Recht." In Classen, *Recht und Schrift*.

말로부터 기록된 맹세로 바뀐 데 대해 철저히 논증한 연구. 주석을 달아 놓은 여러 개의 글월 중 하나는 스트라스부르 맹세이다. 이에 대해서는 또 Hilty와 Nelson, David 참조.

______. "Rechtssprichwörter und ihre Wiedergabe in dem Bildhandschriften des Sachsenspiegels." In C. Meier, *Text und Bild*, 593~629쪽.

Ohly 참조.

Scholz, Manfred Gunter. *Horen und Lesen. Studien zur primaren Rezeption der Literatur im 12. und 13. Jahrhunderts*. Wiesbaden: Franz Steiner Verlag, 1980.

Schwarz, Alexander. "Die Bibel und die Grundlegung einer fränkischen Literatur." In *The Bible and Medieval Culture*, ed. W. Lourdaux and D. Verhelst. Mediaevalis Lovaniensia, Series I, Studia VII, 58~69쪽. Leuven: Leuven University Press, 1979.

Betz 참조.

Sheehan, M. M. *The Will in Medieval England. From the Conversion of the Anglo-Saxons to the End of the Thirteenth Century*. Pontifical Institute of Mediaeval Studies and Texts, Vol. 6. Toronto, 1963.

Skeat, T. C. "The Use of Dictation in Ancient Book Production." *Proceedings of the British Academy* 42 (1956).

Leclercq 참조.

Spence, Jonathan D. *The Memory Palace of Matteo Ricci*. New York: Viking Penguin Publishers, Inc., 1984.

마테오 리치는 16세기에 중국에 간 예수회 선교사로, 고대 그리스의 기억체계를 사용해 중국인이 성서를 배우는 데 도움을 주었다.

Steinberg, S. H. *Five Hundred Years of Printing*. 3d ed. Harmondsworth: Penguin, 1975.

Steiner 참조.

Steinen, W. von den. "Das mittelalterliche Latein als historisches Phaenomen." *Schweizer Zeitschrift für Geschichte* 7 (1957): 1~27쪽.

Steiner, George. *Language and Silence: Essays on Language, Literature, and the Inhuman*. New York: Atheneum, 1970.

______. *After Babel: Aspects of Language and Translation*. Oxford: Oxford University Press, 1977.

"성 히에로니무스, 루터, 드라이든, 횔덜린, 노발리스, 슐라이어마허, 니체, 에즈라 파운드, 발레리, 맥케나, 프란츠 로젠츠바이크, 발터 벤야민, 콰인을 나열하면—번역에 대해 뭐든 근본적이거나 새로운 것을 말한 사람 거의 전부를 나열한 셈이 된다. 실용주의적 참고사항은 풍부하지만, 그와 구별되는 의미의 이론적 관념의 범위는 여전히 매우 좁다……"—*Babel*, 269쪽. '번역'은 두 '언어'를 전제로 한다. 12세기에는 그중 하나가 언제나 라틴어였다. 인구의 대다수는 라틴어를 몰랐고 번역을 할 능력이 없었지만, 누구든 라틴어를 익힌 사람은 유럽이라는 공동체의 일원이 됐다(Grundmann, *Litteratus*). 프로방스어를 독일어로 번역한 문학작품은 먼저 라틴어로 번역한 다음, 중세 고지독일어(Mittelhochdeutsch)로 번역했다(Pörkesen). 12세기에 새로운 '언어들'(즉 히브리어, 그리스어, 라틴어를 제외한 언어들)이 다양한 방향에서 시야 안으로 들어왔다(Bischoff). 예를 들자면, 프로방스어나 카탈루냐어, 이탈리아어와 같이 9세기와 10세기에 '만들어진' 독일어가 언어의 지위를 얻었다(Borst 참조). 프란체스코 수도회는 13세기 전반기에 이슬람 국가로 파견할 선교사들을 양성하기 시작했다(Altaner, Manzaneres). 아라비아어가 라틴어나 그리스어와 동등한 언어임이 알려졌다(Bossong). 끝으로 순례자와 십자군 때문에 초보적인 '언어교육'에 관한 최초의 안내서가 생겨났다. 독일의 관습을 법률 라틴어로 번역한 사례에 대해서는 Heck 참조. 번역자라기보다 '다시 들려주는 사람'으로서 중세 고지독일어 시인에 관해서는 Lofmark 참조.

Stock, Brian. *The Implications of Literacy. Written Language and Models of Interpretation in the Eleventh and Twelfth Centuries*. Princeton: Princeton University Press, 1983.

Strauss, Leo. *Persecution and the Art of Writing*. Glencoe, Ill.: The Free Press, 1959.

Talbot, C. H. "The Universities and the Medieval Library." In *The English Library before 1700*, ed. Francis Wormald and C. E. Wright, London: The Athlone Press, 1958, 76~79쪽.

책이 작아진 이면에는 탁발수도사들이 있었을 것으로 본다. 여행을 다닐 필요가 있었고, 더불어 학식이 높을 것이라는 기대를 받고 있었기 때문이다. Daly 참조.

Taylor, Archer. *Selected Writings on Proverbs*. Ed. Wolfgang Mieder. Helsinki: Suomalainen Tiedeakatemia, 1975.

Ohly 참조.

Taylor, C. H., ed. *Anniversary Essays in Medieval History*. Boston and New York: Houghton Mifflin Company, 1929.

특히 제1장 "12세기의 도서관—그 도서목록과 내용물" 참조.

Daly 참조.

Thompson, James Westfall. *The Literacy of the Laity in the Middle Ages*. University of California Publications in Education. Volume 9. New York: Burt Franklin, 1960.

Grundmann 참조.

Thomson, R. M. "The Library of Bury St. Edmunds in the Eleventh and Twelfth Centuries." *Speculum* 47 (1972): 617~645쪽.

이 도서관의 장서는 1121년과 1148년 사이에 안셀름이라는 수도원장 한 사람이—기증, 구매, 그리고 **필사실**에서 복사하는 방법으로—수집한 것이다. 12세기 말에 이르러 베리세인트에드먼즈 수도원은 여러 가지 성서 판본, 예전서, 주요 교부들의 글월, 이교도의 라틴어 고전, 역사서(베다, 앵글로색슨 연대기), 신학과 법학에 관한 12세기 스콜라철학 교재, 그리고 샤티용의 고티에가 쓴 시 등 몇 가지 '현대적' 라틴 문학작품을 갖추고 있었다.

Daly 참조.

Typus und Individualitaet im Mittelalter. Report on a Conference About Middle-High German Literature. Munich: Fink, 1983.

Morris 참조.

Väänänen, Eva. *Le Latin vulgaire des Inscriptions Pompeiiennes*. Berlin: Auflage, 1966.

Vale, Malcolm Graham Allen. *Piety, Charity and Literacy Among the Yorkshire Gentry 1370~1480*. Borthwick Institute of Historical Research, Borthwick Papers number 50. York: St. Anthony's Press, 1976.

Veyne, Paul. *Les Grecs ont-ils cru à leurs mythes? Essai sur l'imagination constituante*. Paris: Du Sueil, 1983.

저자는 오늘날에도 역사학자는 주로 진실이 아니라 흥미로운 것, 또는 흥미로워 보이게 만드는 데 성공한 것을 들려준다고 주장한다. 고전시대의 역사학자는 자신의 원천 자료를 인용하지 않는데, 자기 자신이 원천 자료에 해당된다고 확신하기 때문이다. 일어난 일과 일어나지 않을 수 없었던 일이 원천 자료에서는 저자의 **말**속에 하나로 융합된다(21쪽). 저자는 거울이 된다. 저자는 거짓말을 할 수도 틀릴 수도 없다.

Vinogradoff, Paul. "Customary Law." In *Legacy of the Middle Ages*, ed. C. G. Crump, 287~319. Oxford: Clarendon Press, 1927.

인간의 행위는 두 가지 힘으로 조절된다. 하나는 마음의 습관이고, 다른 하나는 외부 권위의 강제이다. '법률'은 일반적으로 사람들의 연대의식과 습관의 지지를 어느 정도 받아야만 한다…… 카롤루스를 비롯한 지배자들은 특정 제도에서 많은 흔적을 남기긴 했지만, 체계적 입법에는 힘이 없었다. 그리고 한편 12세기와 13세기에 법률 저술가들은 명확한 입법을 통해 확립되고 공식 법전에 구체적으로 표현된 규칙이 아니라 주로 관습을 다루어야만 했다고 설명했다. 중세기의 판사들은 대부분 관습의 관점과 사람들 사이에서 우세한 방식이 무엇인지를 찾아내야 했다. 따라서 해당 관습이 통용되고 있는 공동체에 속하는 대표자나 전문가에게 정보를 요청하는 방법을 사용해 관습의 성격과 구체적 내용을 확인하는 일이 필요해졌다. 전문적 훈련에 따라 판사들은 분쟁을 해결하고 지배자들은 법령을 반포했지만, 이들의 활동은 어떤 방식으로든 민중의 관습에 어긋나지 않아야 했다.

Watkins 참조.

Vollrath, Hanna. "Gesetzgebung und Schriftlichkeit: Das Beispiel der angelsächsische Gesetze." *Historisches Jahrbuch* 99 (1979): 28~54쪽.

Wang, Ching-Hsien. *Bell and Drum: A Study of Shi-Ching as Formulaic Language*. Berkeley: University of California Press, 1975.

공자 이전 시대 서정시의 관용표현적 내용을 분석한다.

Watkins, Calvert. "Studies in Indo-European Legal Language, Institutions and Mythology." *Indo-European and Indo-Europeans: Papers Presented at the Third Indo-European Conference at the University of Pennsylvania*, 1966. Ninth Publication in the Haney Foundation Series. Ed. by George Cardona, et al., 321~345쪽. Philadelphia: University of Pennsylvania Press, 1968.

법률을 다룬 글은 현재까지 남아 있는 가장 오래된 문서에 속하는 때가 많다. 이런 글의 보수적 성향은 일찍부터 알려져 있다. 그렇지만 이것이 구술 전승 연구에 미치는 영향은 이제까지 거의 인식되지 않았다. 관습에 관해서 '서사적'으로 형성된 표현은 종종 그 이후 글월이 재형성을 거칠 때에도 변치 않고 그대로 남았다. 일찍이 Vinogradoff는 인간의 행위는 습관과 권위라는 두 가지 힘에 의해 조절된다는 점을 지적했다. 구술 사회에서 습관은 그 습관을 관습으로 바라보는 인식과 분리될 수 없다. 그 습관이 함축하는 규칙이 그 규칙에 대한 일회적·구체적 진술과 분리될 수 없는 것과 마찬가지다. 카롤루스 같은 입법자는 특정 제도에서 약간의 흔적을 남길 수는 있었지만 법령을 통해 행동을 형성할 힘은 없었다.

우리가 이 책에서 '집중적 문자화'가 일어났다고 보는 시기인 12세기와 13세기에도 법률에 관한 저술가들은 주로 관습을 다루어야 했다고 설명한다. 판사들은 법률에 따라 분쟁을 해결했지만, 실제로는 말로 표현하기가 불가능한 민중의 관습을 따랐다. 12세기에 민중의 관습은 글로 적히지 않은 지역적 '법률'로 점점 더 잘못 묘사됐다. 불문법과 관습의 차이에 대해서는 Braybrooke과 Diamond 참조. 성문화는 관습의 본질을 오도하기만 하는 게 아니다. 성문화는 역으로 법률을 '유리'시켰다.

Berman은 이렇게 말한다. "11세기 말 이전에 서부 유럽 민중의 의식 속에서는 법적 제도와 사회 통합을 위한 여타 제도 간의 명확한 구분이 없었다." 법학자는 이 구분을 이들에게 부과하는 사람이다. Schiller는 로마의 법률에서 이 구분을 다룬다. 법률사학자 Michaud는 12세기에 시민들(단체)이 협정하고 맹세한 결과를 법적으로 글로 적어 하나의 제도로 만든 것은 볼로냐의 그라티아누스가 쓴 『교령집*Decretum*』에 인용된 울피아누스의 글에 나오는 '도덕적 인간' 개념을 넘어서는 중요한 한 걸음에 해당한다고 지적한다.

Classen은 글이 중세 법률에 미친 영향을 다룬 귀중한 자료이다.

Wattenbach, Wilhelm. Das *Schriftwesen im Mittelalter*. Leipzig: Auflage, 1896.

출간된 지 네 세대가 지났는데도 여전히 이 책은 중세기의 필서에 관한 최고의 참고도서이다. 양도증서에 관해 Bresslau와 Redlich도, 그리고 고문서학에 관해 훨씬 더 근래에 나온 Bischoff(1979)도 마찬가지다.

Weinerich, H. "Typen der Gedaechtnismetaphorik." *Archiv fuer Begriffsgeschichte* (1964): 106~119쪽.

저장고와 밀랍판이라는 두 가지 핵심 은유에 초점을 맞춘다.

Curtius 참조.

Weissberger, L. "Ist Muttersprache eine germanische oder eine romantische Wortpraegung," *PBB* 62 (1938): 428~437쪽.

Whitman, Cedric M. *Homer and the Homeric Tradition*. Cambridge: Harvard University Press, 1958.

『일리아스』의 '기하학적' 구조.

Wolf, Ferdinand. *Über die Lais, Sequenzen und Leiche. Ein Beitrag zur Geschichte der Rythmischen Formen und Singweisen des Volksliedes und volksmassigen Kirchen und Kunstlieder im Mittelalter*. Original 1841. Reprinted Osnabruck: Zeller, 1965.

Wright, Roger. "Speaking, Reading and Writing Late Latin and Early Romance." *Neophilologus* 60, no. 17 (1976): 178~189쪽.

Yates, Francis. *The Art of Memory*. London: Routledge and Kegan Paul, 1966.

고대의 기억술 방법에 관한 중요한 교재.

Zwettler, Michael J. *The Oral Tradition of Classical Arabic Poetry*. Columbus, Ohio: Ohio State University Press, 1977.

이반 일리치 연보

1926 9월 4일, 오스트리아 빈에서 아리아인 아버지와 유대인 어머니 사이에서 태어난다. 태어나고 한 달 후 할아버지가 있던 달마티아 섬으로 보내진다.

1932 유고슬라비아에 번지고 있던 반유대인 정서를 피해 어머니, 쌍둥이 두 남동생과 함께 외할아버지가 있던 빈으로 이주한다. 그 이후로 아버지와 영원히 이별한다. 학교교육은 받지 못했지만 프랑스어, 이탈리아어, 독일어를 읽고 쓸 수 있게 된다.

1934 세르보크로아트어를 배우기 시작한다. 이후 그리스어와 라틴어, 스페인어, 힌디어를 익힌다.

1938 아버지의 사망 소식을 듣는다.

1942 어머니와 두 동생과 함께 피렌체로 피신한다. 중등교육을 마치고 피렌체 대학에서 결정학 과정을 수료한다.

1943 신학을 공부하기 위해 로마로 떠난다. 로마 그레고리오 대학에서 철학과 신학을 공부한다.

1946 그레고리오 대학을 졸업 후 석사과정에 들어간다. 동시에 오스트리아 잘츠부르크 대학에서 토인비에 대한 연구로 역사학 박사학위를 취득한다.

1951 로마에서 사제 서품을 받고, 카타콤에서 첫 미사를 집전한다. 교회 정치의 망명객으로 뉴욕에 도착한다. 교회의 고위직을 마다하고 푸에르토리코 이민자가 밀집한 맨해튼 주택가의 교회 배정을 희망한다. 프린스턴 대학교

에서 알베르투스 마그누스의 연금술에 대한 박사과정을 시작한다. 빈민가의 작은 아파트에서 '마리아의 작은 집El Cuartito de Maria'을 세워 가난한 푸에르토리코인들의 자립을 모색한다.

1955 진보 성향의 가톨릭 잡지 『인테그러티*Integrity*(고결)』에 '피터 캐논'이라는 필명으로 교회의 변화를 역설하는 에세이 「미국의 교회 공동체The American Parish」를 기고한다.

1956 푸에르토리코 폰세의 가톨릭 대학에 부총장으로 취임한다.

1957 푸에르토리코 가톨릭 대학에 '문화간소통연구소Institute of Intercultural Communication'를 설립한다. 푸에르토리코 정부의 총교육위원회를 총괄하는 위원으로 선출된다.

1959 당대 최연소로 가톨릭 고위 성직자에 대한 경칭인 몬시뇰 칭호를 받는다.

1960 푸에르토리코에서 추방되어 뉴욕으로 송환된다. 칠레에서 베네수엘라까지 5천 킬로미터를 말을 타거나 걸으며 여행한다. 미국의 개발 정책을 전복하기 위해 멕시코에 '국제문화자료센터CIF'를 설립한다.

1966 CIF를 발전시켜 멕시코 중남부의 도시 쿠에르나바카에 '문화교류문헌자료센터CIDOC(Centro Intercultural de Documentación)'를 설립한다. 파울루 프레이리와 함께 브라질 페트로폴리스에 CIDOC를 설립한다. 활발한 세미나를 열고 '팸플릿'이라 불리던 작은 책자들을 출간한다.

1967 『사라져가는 성직자*The Vanishing Clergyman*』를 출간한다.

1968 바티칸 신앙교리성에 소환되어 교회에 대한 급진적 비판에 대한 심문을 받는다. 심문 내용은 멕시코 가톨릭 보수파와 CIA 보고서를 기반으로 작성되었다. 일리치는 자신을 변호하기를 거부한다.

1969 교황청으로부터 CIDOC 자금 차단 탄압을 당한다. 교회 내의 모든 직책으로부터 스스로 물러난다.

1970 『교회, 변화, 개발*The Church, Change and Development*』을 출간한다. 이 책은 푸에르토리코 시절의 교회에 대한 비판적 세미나와 연설의 내용을 모은 것이다.

1971 『학교 없는 사회*Deschooling Society*』를 출간한다. 『의식의 축제*Celebration of Awareness*』를 출간한다.

1973 『공생공락을 위한 도구*Tools for Conviviality*』를 출간한다.

1974 『에너지와 형평성*Energy and Equity*』을 출간한다.

1975 『의학의 응보*Medical Nemesis*』를 출간한다. 이듬해 이를 『의료의 한계*Limits to Medicine*』로 확장 출간한다.

1976 제도화를 미연에 방지하기 위해 CIDOC의 문을 닫는다. 동남아시아로 도보여행을 떠난다. 독일 카셀 대학과 마르부르크 대학, 올덴부르크와 브레멘 대학에서 강의한다. 미국의 펜실베이니아 주립대학과 캘리포니아 클레어몬트의 피처 대학, 맥코믹 가톨릭 신학교에서도 강의한다.

1977 동료들과 함께 만든 논문집 『전문가들의 사회*Disabling Professions*』을 출간한다.

1978 『누가 나를 쓸모없게 만드는가*The Right to Useful Unemployment*』를 출간한다. 『필요의 역사를 향하여*Toward a History of Needs*』를 출간한다.

1981 『그림자 노동*Shadow Work*』을 출간한다.

1982 『성별*Gender*』을 출간한다. 이 책은 미국의 주류 출판사에서 펴낸 마지막 책이었다.

1984 독일에서 『박물관의 학교: 파이드로스와 그 계승자들*Schule ins Museum: Phaidros und die Folgen*』을 출간한다.

1985 미국 텍사스의 댈러스 인문문화연구소가 일리치에게 도심지 인공호수를 설계하는 계획에 대한 의견을 청한 결과물인 『H_2O와 망각의 강*H_2O and the Waters of Forgetfulness*』을 출간한다.

1988 배리 샌더스와 공동 저술한 『ABC, 민중의 마음이 문자가 되다*ABC: The Alphabetization of the Popular Mind*』를 출간한다.

1991 독일 헤벤스하우젠 마을에서 농업에 관한 모임을 가진 뒤 「흙에 관한 헤벤스하우젠 선언Hebenshausen Declaration on Soil」이라는 성명문을 발표한다.

1992 「자기 책임으로서의 건강: 사양합니다!Health as One's Own Responsibility:

No, Thank You!」가 『자크 엘륄 학술포럼』에 실린다. 1978년부터 1990년까지 연설문을 모아 엮은 『과거의 거울에 비추어*In the Mirror of the Past*』를 출간한다.

1993 『글월의 포도밭에서—위그의 '디다스칼리콘' 주해*In the Vineyard of the Text: A Commentary to Hugh's Didascalicon*』를 출간한다. 프랑스 보르도 대학에서 열린 기술철학자 자크 엘륄을 기념하는 국제회의에서 연설을 한다.

1996 독일 브레멘 대학에서 서구 전통에서 나타난 우정의 기원과 흔적을 찾아서 고문헌에 대한 연구와 강의를 한다.

1998 독일 브레멘 시에서 주는 문화평화상을 수상한다. 수락 연설은 「어울림을 가꾸기The Cultivation of Conspiracy」라는 제목으로 『이반 일리치의 도전*The Challenges of Ivan Illich*』(2002)에 수록되어 있다.

2002 12월 2일, 독일 브레멘에서 향년 76세의 나이로 생을 마감한다.

옮긴이의 말

어릴 때 명절을 맞아 고향 동네에 가면 여러 가지 재미있는 광경을 볼 수 있었는데, 그중 하나는 달력이었다. 날짜가 커다란 글자로 칸 칸이 표시돼 있고, 각 날짜 옆에는 작은 글자로 간지와 음력 날짜가 붙어 있으며, 맨 밑에는 다시 1일부터 그 달 마지막 날까지 칸을 만들어 중요한 사항을 적어넣을 수 있게 만든 달력이었다. 지금도 재래시장에 가거나 대도시 바깥으로 조금만 나가면 쉽게 볼 수 있는, 흔히 말하는 '쌀집 달력'이다. 재미있는 것은 거기에 어르신들이 적어놓은 글자였다. 그때만 해도 교과서에서는 볼 수 없어진 아래아(ㆍ)자와 반치음(ㅿ), 순경음비읍(ㅸ) 등이 간간이 보였기 때문이다.

재미있는 것은 글자뿐이 아니었다. 어른들의 말에서 예컨대 '남긔 달린 감' 같은 표현도 자주 들을 수 있었는데, 이것이 '나무'의 옛말이 이른바 'ㄱ종성체언'임을 보여주는 증거라는 사실은 고등학교에 가서야 알았다. 내가 들은 말이 주로 사투리였으므로 책에 적힌 표준어와 자연히 비교가 됐고, 둘의 차이를 비교 관찰하다 보니 한국어의 변화 과정에 대해 나름대로 두어 가지 가설을 세울 수 있었다.

그 한 예로, 순경음비읍(ㅸ)은 표준어에서는 '와'나 '워'로 변화했지만 내가 살던 경상도 지방 사투리에서는 그대로 비읍(ㅂ)으로 남았다. 예컨대 '즐겁다'라는 낱말의 '즐겁'에 어미 '어'가 붙으면 표준어에서는 '즐거워'가 된다. 아마도 처음에는 윗입술과 아랫입술을 완전히 붙여 '즐거버'로 발음했을 것이고, 세월이 지나면서 입술을 살짝 붙여 발음하는 '즐거벙'가 됐다가, 나중에는 아예 입술을 붙이지 않고 발음하는 '즐거워'가 됐을 것이다. 그렇지만 경상도 사투리에서는 지금도 '즐거버'로 발음한다.

'아름다워'의 경우에는 조금 더 복잡하다. '즐거워'와 마찬가지로 '아름다ᄫᅡ'를 거쳐 '아름다와'가 됐으나, 나중에 '아름다워'가 됐다. 어릴 때 학교에서 배운 우리말의 '모음조화' 현상에 따르면 '아름다워'가 아니라 '아름다와'가 자연스럽다. 그러나 '모음조화'라는 원리를 배우고부터 십여 년이라는 짧은 세월이 지나면서 모음조화가 깨지고, 'ㅏ'라는 양성모음 뒤에 'ㅝ'라는 음성모음을 붙인 쪽이 표준어로 규정됐다.

일반적으로 말이라는 것은 시간이 흐르면서 발음하기 편한 쪽으로 바뀌는 경향이 있다. (예컨대 영어 낱말 'water'의 't'나 'letter'의 'tt'는 사전을 보면 명확하게 't'로 발음해야 하는 것으로 나와 있지만 실제로는 'r'로 흘려 발음하는 사람이 많다.) 모음조화가 깨진다는 것은 그만큼 입을 많이 움직여야 한다는 뜻인데, 현대 한국어가 모음조화가 깨지고 발음이 더 번거로운 쪽으로 변화한 것은 흥미롭다.

또 한 가지 가설은 '밥' '물' '집' '들' '옷' '눈' '돈' 등 주위에서 흔히 보거나 중요도가 높은 사물을 가리키는 낱말의 길이가 짧은 경향이 있다는 것이다. 어원을 거슬러올라가면 또 다른 설명이 나올 수 있겠지만, '돼지'나 '염소' '오리'는 '소'나 '닭' '말'보다 덜 중요하거나 덜 흔했을 것 같다. '하늘'이나 '구름' '바람'은 '땅'이나 '비' '해' '달' '별'보다 조금은 더 거리감이 있는 사물이었을 것이고, '보리'보다는 '쌀'이, '능금'이나 '대추'보다는 '감'이 우리와 더 가까운 먹을거리였을 것이다.

마찬가지로 '뛰고' '걷고' '기고' '놀고' '가고' '날고' 등의 동사형을 그보다 한 음절 더 긴 '말하고' '누리고' '구르고' '스치고' 등과 비교해보면 무언가 흥미로운 어떤 역사나 세계관을 발견할 수 있을지도 모른다.

'물고기'는 이런 낱말 중에서도 특별한 의미를 지니고 있는 것 같다. 물에서 사는 아가미 달린 동물을 '물고기'라 부르는데, 이 낱말은 우리 조상들이 물고기를 총체적으로 물속에 있는 고기, 즉 '먹을거리'로 보았다는 의미인지도 모르기 때문이다. 물고기라는 뜻의 영어 'fish'는 원래 물에서 사는 생물을 가리키는 낱말이었고, 한자의 '魚'는 대가리와 몸통, 비늘, 지느러미를 갖춘 동물을 나타내는 상형문자다. 그러나 한국어의 '물고기'는 물고기라는 사물이 생물로서 지니는 생태나 형태에는 아무런 관심이 없이 오로지 '물'과 '먹을거리'라는 두 가지 특징만 담고 있다.

한국인의 언어 습관 중에 독특한 것이 하나 있는데, 특히 가까운 사이의 두 사람이 대화할 때 위계 관계를 강조하는 때가 많다는 점이다. 예를 들어 언니나 형이 동생에게 말할 때 거의 모든 경우 '언니' 또는 '형'이라는 말로 1인칭을 대신한다. '언니가 해줄게.' '형에게 맡겨.' 말할 때 자신과 동생의 위계를 동생에게 인식시키는 것이다. 언니나 형의 나이가 어리면 이런 경향이 더 강한 것 같다. 부모도 자식에게 마찬가지 방식으로 말한다. '엄마는 네가 건강하면 좋겠어.' '아빠랑 공원에 갈래?' '그런 일이 있으면 선생님을 찾아와 의논해야지.' 이것은 어쩌면 사회 전체의 질서가 이런 위계를 바탕으로 하고 있기 때문에 그것이 흔들리지 않게 하려는 무의식적 방어 행동인지도 모른다. 어린이는 이런 말투를 어른에게서 배웠을 것이고 어른은 자신이 어릴 때 어른에게서 배웠을 것이므로, 무의식적이라고 하지만 그 이면에는 이것이 하나의 전통으로 자리를 잡는 계기가 된 역사가 있을 것이다.

언어에는 문화가 담겨 있다. 그런데 최근 한국의 언어 현상을 살펴보면 한국의 문화가 지금 과연 건강한가 하는 생각이 든다. 그 한 가지 예로, 하나의 사물을 가리키는 낱말이 한국어(한자어 포함)와 외래어(주로 영어)로 똑같이 통용되고 있을 때, 한국어보다는 외래어가 좀더 멋스러운 낱말로 받아들여지는 때가 많다는 사실을 들 수 있다. 정장 차림의 남자가 메고 있는 등짐은 '백팩'이고, 땀냄새 나는 등짐은 '배낭'이라는 식이다. 또 '천막'이라고 하면 어딘가 모르게 궁상맞은 느낌이 나고, '텐트'라고 하면 '아웃도어' '바비큐'와 함께 주말의 여유가 저절로 연상된다. 최근 논란거리가 된 '노 키즈 존'은 어린이를 동반한 손님을 받지 않겠다는 상인의 방침을 가리키는 말이지만, 유감스럽게도 우리 사회는 이것을 가리키는 우리말을 찾아내려는 노력을 기울이지 않는다. 그래서 학교 주변도 '스쿨존'이다.

어쩌면 '똥'은 상스럽고 '변便'은 점잖은 말로 여기던 전통의 연장일 수도 있다. 그러나 여기에는 그런 전통뿐만이 아니라 오늘날 한국인의 자본주의적 사고 또한 관련되어 있는 것 같다. 영어는 장기간에 걸쳐 많은 투자가 필요한, 익히기까지 돈이 많이 들어가는 언어다. 교재가 필요하고 교사가 필요하며, 경우에 따라 해외 연수나 유학을 거쳐 일정 수준에 오르기를 바라는 고가의 언어다. 반면에 한국어는 익히는 데 비용이 거의 들지 않는다. 긴 시간을 투자하지도 않고, 학원이나 교사를 동원하지도 않는다. 돈을 들이지 않아도 누구나 깨칠 수 있는 '보급형' 언어인 셈이다.

외래어는 그것을 알아듣는 사람과 그렇지 않은 사람 사이에 경계선을 그어놓는다. 이 책의 표현을 따르면 '강 저쪽'과 '이쪽'으로 나뉘는 것이다. 다만 강 저쪽에서 쓰는 말은 '야만스러운 지껄임'이 아니라 돈이 많이 들어간, 투자가 많이 이루어진 고가의 언어다. 이런 의미에서 외래어는 사회적 차별을 가져온다. 시간이 가면서 이런 외래어는 고가의 언어인 만큼 한국어에서 일상어로 자리를 잡을 것이고 그러면 차별이 덜해지겠지만, 그때까지는 '강 이쪽' 사람들에게 박탈감과 소외감을 줄 것이고, 또 그러는 사이에 새로운 고가의 외래어가 차별을 가져올 것이다.

차별은 우리말과 한자어 사이에도 존재한다. 영어 외래어와는 달리 우리말과 한자어 사이의 차별은 정치적인 때가 종종 있는 것 같다. 예컨대 '결식아동'이라는 낱말에서는 '끼니를 거르는 어린이'나 '굶는 어린이'라는 말보다 더 거리감이 느껴질 뿐 아니라 거기에 궁극적으로 담겨 있는 사무친 배고픔도 느껴지지는 않는다. 아침저녁으로 마주치는 저 어린이의 이야기가 아니라, 내가 모르는 낯선 곳의 낯선 존재에 관한 이야기이겠구나 하는 느낌이 든다. 즉 이때의 한자어는 굶는 어린이들을 익명의 존재로 처리함으로써, '그들'을 화제로 올리는 '우리'를 그들의 궁핍한 일상으로부터 격리하는 역할을 하는 것이다.

이런 갖가지 언어 현상 중 가장 우려되는 것은 언어의 위조·변조 행위이다. 화폐경제 사회에서는 화폐의 위조·변조 행위에 대해 엄하게 다스린다. 돈을 매개로 하는 사회에서 돈이 위조될 경우 초래되는 각종 문제 때문일 것이다. 마찬가지로, 언어를 매개로 하는 사회에서는 언어의 의미가 위·변조될 때 여러 가지 문제가 생겨난다. 말하는 사람이 동쪽을 가리키고 있는데 듣는 사람이 서쪽으로 알아듣는다면 그 혼란은 말할 수 없을 정도일 것이다. 언어를 위·변조하는 행위는 화폐경제 사회에서 화폐를 위·변조하는 행위보다 더 깊고 더 본질적인 문제를 낳는다. 인간이 모여 이룬 사회가 제 기능을 유지하려면 다른 사람이 하는 말의 의미를 그 사람이 의미하는 그대로 이해하는 것이 전제가 되어야 하는데, 언어가 위·변조되면 이 전제가 깨지기 때문이다.

언어의 위조·변조에 해당하는 한 가지 예는 최근 문제가 됐던 '민주화'라는 낱말이다. 이 낱말의 뜻은 '주권을 국민에게 돌려준다'는 것이다. 그러나 어느 인터넷 사이트에서 이 낱말을 싫은 것, 재미없는 것, 나쁜 것, 구질구질한 것과 결부시킴으로써 논란이 일어났다. 또 한 가지 예는 '선비질'이다. '선비'는 '학식이 있고 행동과 예절이 바르며 의리와 원칙을 지키고 관직과 재물을 탐내지 않는 고결한 인품을 지닌 사람'을 가리키는 낱말이다. 여기에 비하하는 의미의 접미사 '질'을 붙여 만든 낱말인데, 처음에는 주로 우스개로 쓴 글에 지나치게 진지한 반응을 보이는 사람을 '고리타분한'

사람으로 치부하는 말로 쓰였으나, 지금은 다른 사람의 정당한 문제제기가 자신의 입맛에 맞지 않을 때 그 사람을 공격하기 위한 악의적인 용어로 쓰이는 때도 많다.

언어는 세상만물과 세상만사를 담기 때문에 밝고 아름답고 즐거운 면모뿐 아니라 어둡고 더러우며 불쾌한 면모도 갖추고 있어야 한다. 그러나 밝고 아름답고 즐거운 것이 언어의 위·변조를 통해 어둡고 더러우며 불쾌한 것으로 둔갑할 때 이 언어는 세상을 있는 그대로 비춰주지 못하는 쓸모없는 것이 되고 만다.

2016년 8월

옮긴이 권루시안

주요 용어와 고유명사

—— ㄱ

가난한 리처드 (손더스) Poor Richard (Saunders) 벤저민 프랭클린이 책을 펴내면서 사용한 필명.

가이아Gaia 그리스 신화에 나오는 태초의 신 중 하나. 대지의 여신이며, 하늘의 신인 우라노스의 어머니이자 아내.

갈릴레이, 갈릴레오 Galileo Galilei(1564~1642) 이탈리아 태생의 철학자, 과학자, 물리학자, 천문학자.

『강철군화*Iron Heel***』**(1908) 잭 런던이 쓴 디스토피아 소설.

「거짓말에 대하여 On the Lie**」** 아우구스티누스가 쓴 논문.

『결박된 프로메테우스*Prometheus Bound***』** 아이스퀼로스가 지은 비극.

고르즈 수도원 Gorze Abbey 프랑스 로렌에 있는 베네딕투스 수도회의 수도원.

『고백록*Confessions***』**(1782) 루소가 쓴 자서전.

『고백록*Confessions***』** (라틴어 Confessiones) 아우구스티누스가 쓴 자서전.

고의 여부mens rea '범죄 의도'라는 뜻의 라틴어.

고해성사confession.

골렘golem (☞ 아랫주 123쪽)

골리아르Goliard (☞ 아랫주 71쪽)

관용표현formula.

『교령집*Decretum*』 1140년경 베네딕투스 수도회의 수도사 그라티아누스가 교회의 규범과 법령에 관련된 문서를 수집하여 편찬한 법규집.

구술문화oral culture (☞ 아랫주 14쪽)

구술 정형구oral phraseology.

구슬라gusla 발칸 지역의 전통 현악기. 종종 활을 이용하여 켜며, 서사시를 낭송할 때 장단을 맞추는 용도로 쓰인다.

구슬라르guslar 구슬라를 연주하는 발칸 지역의 서사시 소리꾼.

구텐베르크, 요하네스 Johannes Gutenberg(1398경~1468) 1440년경 금속 활판 인쇄술을 발명한 독일의 금 세공업자.

『국가*The Republic*』 플라톤이 쓴 대화편.

'그라나다의 성은'Grace of Granada.

그라티아누스Gratianus(?~1158) 볼로냐의 수도사, 교회법학의 창시자.

그레고리오 단선율 성가 Gregorian plainchant.

그레구아르, 앙리 Henri Grégoire(1750~1831) 프랑스의 천주교 신부, 프랑스 혁명의 지도자. 종종 '아베 그레구아르Abbé Grégoire'라고도 불린다.

그림문자pictogram.

근대 라틴어neo-Latin (New Latin) 1300~1900년경에 쓰인 라틴어.

글월text (☞ 아랫주 14쪽)

'금서 목록'Index of Forbidden Books (Index Librorum Prohibitorum) 로마 천주교회에서 금지한 출판물 목록. 이단적이거나 성직자를 공격하는 내용이거나 외설적이라고 판단되는 책을 수록했는데, 1559년에 교황 파울루스 4세가 처음으로 공표했다.

기능 문맹functionally illiterate (☞ 아랫주 13쪽)

기본 영어 Basic English 영어를 제2외국어로 가르치려는 목적으로 오그던이 1930년에 창안한 세계어. 일반 영어에서 850개의 낱말을 추려내어 그 낱말만으로 의사소통이 가능하도록 했다.

「기사 이야기The Knight's Tale」 제프리 초서가 쓴 『캔터베리 이야기』에 나오는 한 부분.

「기억과 생각해냄에 관하여De Memoria et reminiscentia」 아리스토텔레스가 지은 『자연학 소론집*Parva Naturalia*』에 들어 있는 단편.

꽥꽥일률Uniquack (☞ 아랫주 162쪽)

—— ㄴ

나바호족Navajo 북아메리카 인디언 부족의 하나.

『냇 터너의 고백*Confessions of Nat Turner*』(1967) 미국의 소설가인 윌리엄 스타이런 William Clark Styron, Jr.,(1925~2006)이 흑인노예 냇 터너에 관해 쓴 전기 소설.

네브리하, 안토니오 데Elio Antonio de Nebrija(1444~1522) 스페인의 학자, 문법가, 사전 편집자.

네사왈코요틀Nezahualcoyotl(1402~1472) 멕시코의 텍스코코를 다스리던 지배자, 철학자, 전사, 건축가, 시인.

네페쉬nefesh '영혼'이라는 뜻의 히브리어.

노발리스Novalis 독일 낭만주의 시인. 게오르크 필리프 프리드리히 프라이헤르 폰 하르덴베르크Georg Philipp Friedrich Freiherr von Hardenberg(1772~1801)의 필명.

노보카스텔로의 길버트Gilbert of Novo Castello 잉글랜드 세인트올번스 수도원에서 발굴된 채찍 손잡이에 새겨진 중세 수도사 이름(11~13세기).

노예해방전쟁War for Emancipation 미국 남북전쟁(1861~1865).

누르시아의 베네딕투스St. Benedict of Nursia(480경~543/547) 베네딕투스 수도회 창설자. 천주교회와 성공회에서 성인으로 추앙하는 그리스도교 수도자. 베네딕투스는 베네딕트, 베네딕토, 베네딕도, 분도 등으로도 일컫는다.

『뉴잉글랜드 저널 오브 에듀케이션*New England Journal of Education*』.

니더바이에른Lower Bavaria 독일 지명.

니체, 프리드리히Friedrich Wilhelm Nietzsche(1844~1900) 독일 고전문헌학자, 철학자, 시인. 『비극의 탄생』 출간 후 정통 고전학자 빌라모비츠의 반발을 샀다.

니타르트Nithard(795경~844) 역사가, 수도원장. 카롤루스대제의 외손자.

—— ㄷ

『다가올 세계의 모습*The Shape of Things to Come***』**(1933) H. G. 웰스가 쓴 미래소설.

다호메이Dahomey 서아프리카 베냉 공화국의 옛 이름.

단테Alighieri Dante(1265~1321) 이탈리아의 시인.

대법관청royal chancery (영국).

대심문관Grand Inquisitor 도스토옙스키가 쓴 『카라마조프의 형제』(1880) 속 등장인물.

대처 판사 Judge Thatcher 마크 트웨인이 쓴 『허클베리 핀의 모험』 속 등장인물. 베키 대처의 아버지.

대천사 미카엘 Archangel Michael.

더글러스, 프레더릭 Frederick Douglass(1818~1895) 미국의 사회개혁가, 웅변가, 작가, 정치가. 흑인 도망노예로 노예제 폐지 운동에 앞장섰다.

더글러스 아주머니 Widow Douglas 마크 트웨인이 쓴 『허클베리 핀의 모험』 속 등장인물.

『데일리 쿠란트*Daily Courant***』** 영국의 일간지.

델포이Delphi 고대 그리스의 지명.

도스토옙스키, 표도르 Fyodor Mikhailovich Dostoevskii(1821~1881) 러시아 소설가.

『도시의 문화*The Culture of Cities***』**(1938) 루이스 멈퍼드가 쓴 책.

'독립선언서'Declaration of Independence (미국).

돌메체르Dolmetscher '해석자' 또는 '통역자'라는 뜻의 독일어. 헝가리어 외래어로서 원래는 터키어에서 나온 말이다. 오스만제국의 '드라고만'에 대응하는 언어 전문가로, 중세기에 터키어나 아라비아어에 능통한 유대인과 안달루시아의 기독교도 같은 소수 종파가 담당했으나 18세기부터 서유럽 국가에서 정책적으로 양성했다. 제일차세계대전 이후 독일의 '돌메체르'는 프랑스어로 비밀 외교를 담당하기도 했다.

동정녀the Virgin.

두덴, 바르바라 Barbara Duden(1942~) 독일의 사회사학자, 여권운동가.

드라고만dragoman 오스만제국 시절에 활약한 역관으로 18세기에는 다국어를 구사하는 그리스인과 아르메니아인에서 충원했다. 19세기부터 번역학교를 세워 인력을 양성했는데 외교가에서 프랑스어 비중이 커지자 막강한 문화적 영향력을 행사하는 엘리트 집단으로 성장한다.

드라이든, 존 John Dryden(1631~1700) 영국의 시인, 극작가, 평론가.

디오티마Diotima 플라톤이 지은 『향연』의 등장인물.

디포, 대니얼 Daniel Defoe(1660경~1731) 『로빈슨 크루소』의 작가.

—— ㄹ

라눌프 드 모리아코 Ranulph de Mauriaco 생빅토르의 위그가 편지한 친구.

라이헤나우Reichenau 독일의 섬 이름(수도원).

라테란 공의회, 제4차 Fourth Lateran Council 1215년 로마 라테란 궁에서 열린 공의회.

라퓨타Laputa 스위프트가 쓴 『걸리버 여행기』에 나오는 나라.

라흐네마, 마지드 Majid Rahnema(1924~) 전직 외교관, UN 주재 이란 대사.

래딘, 폴 Paul Radin(1883~1959) 20세기 초 미국 문화인류학자, 민속학자.

랜슬롯Lancelot 원탁의 기사 중 한 명.

런던, 잭 Jack London(1876~1916) 미국의 저술가, 언론인, 사회활동가.

레스턴, 제임스 James Reston(1909~1995) 미국의 자유기고가. 오랫동안 『뉴욕타임스』에 기고했다.

레테Lethe 그리스 신화 속의 강. 저승에 있는 다섯 개의 강 중 하나.

로고스Logos.

로드, 앨버트 Albert Lord(1912~1991) 하버드대에서 슬라브어와 비교문학을 가르친 교수. 밀먼 패리 사후 그의 뒤를 이어 서사문학 연구를 계속했다.

로망스어Romance language 로마제국의 라틴어에서 파생해 발전한 지방 고유의 언어들. 프랑스어, 루마니아어, 스페인어 등.

『로이몰로기아—1665년 런던 역병에 관한 역사 보고서—유사한 전염병 예방을 위한 지침과 함께*Loimologia: or an Historical Account of the Plague in London in 1665: With precautionary Directions against the like Contagion*』 너새니얼 호지스가 라틴어로 쓴 책의 영어 번역본. (☞ 아랫주 147쪽)

로젠츠바이크, 프란츠 Franz Rosenzweig(1886~1929) 독일 태생의 유대인 신학자, 철학자. 『구원의 별』의 지은이.

로지, 헨리 케이벗 Henry Cabot Lodge 헨리 애덤스의 필명.

로켈레족Lokele 또는 Kele 반투족의 하나. 인구는 약 16만 명. 북을 쳐서 전달하는 북 언어로 유명하다.

로타르 1세 Lothar I(795~855) 신성로마제국의 황제(840~855)이면서, 바이에른 왕국의 왕(815~817), 이탈리아 왕국의 왕(818~855), 중프랑크 왕국의 왕(840~855)이었다.

롬바르디아Lombardy 이탈리아의 지명.

루르드Lourdes. 프랑스의 지명. (☞ 아랫주 124쪽)

루브르the Louvre 루브르박물관.

루소, 장자크 Jean-Jacques Rousseau(1712~1778) 제네바의 계몽주의 철학자, 저술가. 프랑스 혁명에 영향을 끼쳤으며, 현대적 정치, 사회학, 교육학 사상 발전에 전반적으로 영향을 주었다.

루터, 마르틴 Martin Luther(1483~1546) 독일의 종교 개혁가.

루트비히 독일왕 Louis the German(802~876) 루트비히 2세Ludwig II 또는 루트비히 독일왕Ludwig the German으로도 불린다. 바이에른 왕국의 왕(817~840), 동프랑크 왕국의 왕(843~876)이었다.

리드, 허버트 Herbert Read(1893~1968) 영국의 무정부주의자, 문학비평가.

리드게이트, 존 John Lydgate(1370경~1451경) 영국의 수도사, 시인.

리부아리아 법전 Lex Ribuaria 살리아 프랑크족의 지배를 받던 리부아리아 프랑크족이 살리아족에게서 7세기 초반에 받은 법전. 리부아리아족에게만 적용되었으며, 대체로 리부아리아족이 이전부터 사용하고 있던 법률을 인정한 법전이다.

『리뷰*Review***』** 영국의 주간신문.

리치, 마테오 Matteo Ricci(1552~1610) 중국명 이마두利瑪竇. 이탈리아 태생의 천주교 사제. 중국 예수회 설립자 중 한 사람. 1602년에 명나라 학자 이지조李之澡와 함께 세계지도인 '곤여만국전도'를 만들었다.

『린디스판 복음서*Lindisfarne Gospel*』(Lindisfarne Bible) 영국 동북부 해안에 있는 연육도인 린디스판 섬 수도원에서 서기 700년경 그림으로 문자를 장식하는 기법을 사용해 만든 라틴어 복음서 필사본. 신약성서의 네 가지 복음서(마태오, 마르코, 루가, 요한의 복음서)를 수록하고 있다. http://www.bl.uk/manuscripts/FullDisplay.aspx?ref=Cotton_MS_Nero_D_IV

린턴, 랠프 Ralph Linton(1893~1953) 미국의 인류학자. 인류학에서 지위와 역할의 차이를 정의했다.

—— ㅁ

마르크스, 카를 Karl Heinrich Marx(1818~1883) 독일의 사회학자, 경제학자, 정치이론가.

마이아Maia 그리스 신화의 플레이아데스 중 맏언니.

만국박람회Great Exposition.

말레이폴리네시아어Malayo-Polynesian.

매클루언, 마셜 Marshall Mcluhan(1911~1980) 캐나다 사회학자, 매체학자.

맥케나MacKenna 플로티노스를 번역한 아일랜드 언어학자이자 시인인 스티븐 맥케나Stephen MacKenna(1872~1934)를 가리키는 듯하다.

맬컴 엑스 Malcolm X(1925~1965) 미국 흑인 인권 운동가, 이슬람 운동가.

『**맬컴 엑스 자서전***The Autobiography of Malcolm X*』(1965) 맬컴 엑스가 저널리스트 겸 작가인 앨릭스 헤일리Alex Haley(1921~1991)와 함께 쓴 자서전.

머독, 조지 George Peter Murdock(1897~1985) 미국의 문화인류학자. 가족유형론으로 유명하다.

머튼, 로버트 Robert K. Merton(1910~2003) 미국 사회학자. 현대 사회학의 기초를 놓은 아버지 중 한 사람으로 꼽힌다.

멈퍼드, 루이스 Lewis Mumford(1895~1990) 미국 역사학자, 사회학자, 기술철학자, 문예비평가.

『**멋진 신세계***Brave New World*』(1932) 올더스 헉슬리Aldous Huxley(1894~1963)가 쓴 디스토피아 소설이기도 하다.

메길라 타니스 Megillah Teanith(Megillat Taanit) 단식 문서. (☞ 아랫주 101쪽)

멘델 토룸 Mendel Torum of Rymanov(1747~1815) 유대교의 하시드파 랍비이자 저술가.

모어母語mother tongue.

몽부아시에의 피에르 Peter the Venerable(1092경~1156) 클뤼니 수도원의 원장.

『몽생미셸과 샤르트르*Mont-Saint-Michel and Chartres*』(1904) 헨리 애덤스의 수필집.

몽펠리에Montpellier 프랑스의 지명.

무사Muses 그리스 신화에 등장하는 아홉 명의 여신. 영어로는 뮤즈.

무시케mousike '음악'이라는 뜻의 그리스어.

문과 무armas y letras 스페인어로는 차례로 '무기와 글자'라는 뜻이다.

문법학자 페트루스 Peter the Grammarian(744~799) 이탈리아의 문법학자, 부제, 시인. '피사의 피에트로Peter of Pisa'라고도 불린다.

문서출납부regest.

문자문화literacy (☞ 아랫주 14쪽)

뮈르바흐Murbach 프랑스 지명.

므네모시네Mnemosyne 그리스 신화에서 기억이 의인화된 신.

미노스Minos 그리스 신화 속 크레테 왕, 제우스와 에우로파의 아들.

미노타우로스Minotaur 그리스 신화의 등장인물로, 인간의 몸에 황소의 머리와 꼬리가 달린 괴물.

미드, 마거릿 Margaret Mead(1901~1978) 미국의 문화인류학자.

미스 왓슨 Miss Watson 마크 트웨인의 『허클베리 핀의 모험』 등장인물.

미스 폴리 Miss Polly 『허클베리 핀의 모험』 등장인물. 톰 소여의 이모.

—— ㅂ

바로, 마르쿠스 테렌티우스 Marcus Terentius Varro(서기전116~서기전27) 고대 로마의 철학자, 저술가.

『바벨 이후*After Babel*』(1975) 조지 스타이너가 쓴 언어학 책.

반투족Bantu 아프리카 중남부의 흑인 종족을 가리키는 총칭. 약 300개의 부족이 있다.

발레리, 폴 Paul Valéry(1871~1945) 프랑스의 시인, 사상가, 평론가.

「방앗간 주인의 이야기 The Miller's Tale」 초서 『캔터베리 이야기』의 한 부분.

배스의 아내 Wife of Bath 제프리 초서가 쓴 『캔터베리 이야기』의 등장인물.

『베네딕투스의 규칙서*St. Benedict's Rule*』 누르시아의 베네딕투스가 수도사들의 공동생활을 위한 규칙을 적은 책으로, 그 근본정신은 '평화' 및 '기도하고 일하라'는 것으로 요약된다.

『베다*Vedas*』 고대 산스크리트어로 쓰인 고대 인도의 찬가 또는 시가이며, 철학과 종교, 신화적인 내용을 담고 있다.

베다 베네라빌리스 Saint Bede the Venerable(672/673~735) 노섬브리아 출신의 영국인 수도사, 신학자, 역사학자, 연대기 학자. 우리나라에서는 '가경자可敬者 비드'라 부르기도 한다.

베르길리우스Publius Vergilius Maro(서기전 70~서기전 19) 영어명은 Virgil. 고대 로마의 시인. 서사시 『아이네이스』의 저자.

베르타Bertha of France(800경 활동) 카롤루스대제의 딸, 니타르트의 어머니.

베수비오 화산 Vesuvius 이탈리아의 산.

『베오울프*Beowulf*』 고대 영어로 된 서사시. 8세기와 11세기 사이에 쓰였다. 작자는 미상이지만 앵글로색슨 시인으로, 학자들은 '베오울프 시인'이라 칭한다.

베일리, 해리 Harry Bailly 제프리 초서가 쓴 『캔터베리 이야기』의 등장인물, 여관 주인.

베켓, 토머스 Thomas Becket(1118~1170) 중세 영국의 캔터베리 대주교.

벤야민, 발터 Walter Benjamin(1892~1940) 독일의 문예비평가, 미학자.

보나벤투라St. Bonaventure(1218?~1274) 이탈리아 태생의 중세 스콜라 신학자, 철학자. 라틴어명은 Sanctus Bonaventura.

보니파키우스 8세 Boniface VIII 천주교 교황(1294~1303).

보르헤스, 호르헤 루이스 Jorge Francisco Isidoro Luis Borges(1899~1986) 아르헨티나의 시인, 소설가, 평론가.

보스웰, 제임스 James Boswell(1740~1795) 스코틀랜드 에든버러 태생의 법률가, 일기 작가, 저술가. 새뮤얼 존슨의 전기로 유명하다.

보카치오, 조반니 Giovanni Boccaccio(1313~1375) 이탈리아의 소설가, 시인.

보해넌, 폴 Paul Bohannan(1920~2007) 미국의 인류학자. 나이지리아의 티브족에 대한 연구로 유명하다.

부르고뉴Burgundy 프랑스의 지명.

브라만Brahmin 인도의 신분제인 카스트 중 가장 높은 계층.

브레카Breca 『베오울프』의 등장인물.

브뤼헐, 대 피터르 Pieter Bruegel the Elder(1525경~1569) 네덜란드 브라반트 공국의 르네상스 화가. 풍경화와 민속화로 유명하다.

비블로스Byblos 레바논의 베이루트 북쪽 지중해 연안 항구도시. 세계에서 사람이 지속적으로 거주해온 도시 중 가장 오래된 곳 중 하나로 꼽는다.

비비시BBC 영국의 국영 방송사.

비잔티움Byzantium 이스탄불의 옛 이름. 또는 비잔티움제국.

비잔티움제국Byzantine Empire 동로마제국. 로마제국의 뒤를 이은 제국.

—— ㅅ

사모스Samos 에게해 동부에 있는 섬.

사미즈다트Samizdat (☞ 아랫주 42쪽)

사바의 안셀름 Anselm of St. Saba(?~1148) 중세기 런던의 주교. 베리세인트에드먼즈 수도원의 원장.

사상경찰Thought Police 조지 오웰이 쓴 『1984』에 나오는 국가기관.

사아군, 베르나르도 데 Bernardo de Sahagún(1499~1590) 프란체스코 수도회의 수도사, 선교사. 뉴스페인(지금의 멕시코)의 역사와 문화를 집대성한 책 『뉴스페인 풍물에 관한 보편사*Historia general de las cosas de la Nueva Espana*』를 펴낸 것으로 유명하다.

살라망카Salamanca 스페인 지명.

상형문자hieroglyph.

새말Newspeak 조지 오웰이 쓴 『1984』에 나오는 국가 중 하나인 오세아니아의 공용어다. 영어에 바탕을 두고 있으며, 지배자의 사상과는 다른 사상은 구성이 불가능하도록 어휘가 제한돼 있다.

생리퀴에 수도원 St. Riquier Abbey 프랑스 생리퀴에에 있던 수도원.

생명의 책 Book of Life 기독교 최후의 심판 때 판관이 들고 있다는, 각 사람의 인생이 기록된 책.

생빅토르의 위그 Hugh of Saint Victor(1096경~1141) 그리스도교 신학자, 교부철학의 대가. 후고 폰 상트 빅토르Hugo von Sankt Viktor로도 불리며, 라틴어명은 Hugonis de Sancto Victore.

생셰르의 위그 Hugh of St. Cher(1200경~1263) 프랑스의 도미니코 수도회의 수도사로 나중에 추기경이 되었다. 성서 주해로 유명하다.

샤르트르 대성당 Chartres 프랑스 샤르트르에 있는 대성당. 성모 마리아에게 봉헌된 성당으로, 마리아가 예수를 낳을 당시 입고 있던 옷이 보관되어 있다고 한다.

샤를 대머리왕 Charles the Bald(823~877) 샤를 2세. 카롤루스대제의 손자. 서프랑크 왕국의 왕(840~877), 신성로마제국 황제(875~877).

샤티용의 고티에 Gautier de Châtillon(1135-1201) 12세기에 라틴어로 글을 쓴 프랑스의 작가이자 신학자. 영어로는 Walter of Châtillon.

서퍽Suffolk 영국 동부의 주.

세베리노St. Severinus 노리쿰의 세베리누스(410경~482) 천주교의 성인. '노리쿰의 사도'라 불린다.

세비야의 이시도르 Isidore of Seville(560경~636) 세비야의 대주교. 『어원』의 저자. 라틴어명은 Isidorus Hispalensis.

세인트올번스 수도원 St. Albans Abbey 잉글랜드에 있는 수도원.

셸리, 메리 Mary Shelley(1797~1851) 메리 울스톤크래프트 셸리. 영국 작가.

소르본 대학 Sorbonne 파리 대학교 인문학부의 별명.

소쉬르, 페르디낭 드 Ferdinand de Saussure(1857~1913) 스위스의 언어학자. 현대 구조주의 언어학의 시조로 불린다.

『소小히피아스*Hippias Minor*』 플라톤이 쓴 대화편. 히피아스는 두 개가 있으며 작품 길이에 따라 대소大小로 구분한다. 그러나 『대大히피아스』는 『소히피아스』와 달리 저자가 플라톤인가를 두고 논란이 있다.

솔즈베리의 존 John of Salisbury(1120경~1180) 영국 솔즈베리 태생의 저술가, 교육자, 주교. 피에르 아벨라르에게 배웠고 캔터베리 대주교의 궁정인으로 활약하다가 유배된다. 이 시기에 『폴리크라티쿠스』『메타로기콘』 같은 걸작을 저술했다.

숄렘, 게르숌 Gershom Gerhard Scholem(1897~1982) 독일 출신의 이스라엘 철학자이자 역사가. 유대 전통 신비주의 사상인 '카발라'를 현대의 학문 연구 대상으로 발전시킨 학자로 손꼽힌다.

수비아코Subiaco 이탈리아 지명. (수도원)

『수사학 교육*Instituto oratoria***』** 퀸틸리아누스가 지은 12권짜리 수사학 교과서.

슈바벤Swabian 독일의 지명.

슐라이어마허, 프리드리히 Friedrich Ernst Daniel Schleiermacher(1768~1834) 독일 철학자, 신학자, 성서해석학자. 현대 해석학의 아버지로 통한다.

스넬, 브루노 Bruno Snell(1896~1986) 『정신의 발견』을 쓴 독일 고전문헌학자.

스미스, 윈스턴 Winston Smith 조지 오웰의 『1984』 등장인물.

스위프트, 조너선 Jonathan Swift(1667~1745) 영국 소설가, 성직자. 『걸리버 여행기』로 유명하다.

스타이너, 조지 George Steiner(1929~) 유럽 태생의 미국 문학비평가, 작가, 철학자.

스트라스부르 맹세 Strasbourg Oaths 9세기경 니타르트가 작성한 로망스어 문헌. 라틴어에서 분화한 프랑스어와 독일어의 모습을 보여준다.

시모니데스Simonides of Ceos(서기전 556경~468) 고대 그리스의 서정시인.

시빌라Sybil 아폴론의 신탁을 받는 델포이의 여자 예언자.

『신국*City of God(De civitate Dei)***』** 아우구스티누스가 쓴 책.

신멜라네시아어Neo-Melanesian.

신성로마제국Holy Roman Empire.

—— ㅇ

아노키anohki '나'라는 뜻의 히브리어 제1인칭 대명사.

아니ani '나'라는 뜻의 히브리어 제1인칭 대명사.

아리스토텔레스Aristotle(서기전 384~서기전 322) 고대 그리스의 철학자.

아메바 낱말amoeba words 우베 푀르크젠이 창안한 개념어.

아베빌의 제라르Gérard d'Abéville(?~1272) 1257년부터 파리 대학교에서 재직한 신학자. 탁발수도회를 반대했다.

아블라habla '말'이라는 뜻의 스페인어. (☞ 아랫주 100쪽)

아빌라Avila 스페인 지명.

아스텍족Aztec 고대 멕시코 부족.

아우구스티누스Aurelius Augustinus(354~430) 알제리와 이탈리아에서 활동한 기독교 신학자, 주교. 그리스도교에서 교부로 존경하는 사람이다. 히포의 아우구스티누스라고도 불린다.

아우트aut 영어의 'or'에 해당하는 라틴어.

『아이네이스_Aeneid_**』** 베르길리우스가 쓴 서사시.

아이마라족Aymara 남아메리카 안데스산맥의 남부 고지에 사는 원주민.

아이스퀼로스Aeschylus(서기전 525/524~서기전 456/455) 고대 그리스의 대표적 비극 작가.

아인하르두스Einhard(770경~840) 프랑크 왕국의 학자. 카롤루스대제와 아들 루트비히 경건왕을 섬겼는데, 그가 지은 『카롤루스대제의 전기_Vita Karoli Magni_』는 중세 초기의 중요한 문학 유산으로 꼽힌다.

아퀴나스Thomas Aquinas(1224/25~1274) 그리스도교의 유명한 신학자이자 스콜라 철학자.

아퀼레이아의 파울리누스 2세 Paulinus II of Aquileia(726경~802/804) 사제, 신학자, 시인으로, 카롤링거 르네상스에서 가장 중요한 학자 중 한 사람. '성 파울리누스 2세Saint Paulinus II'라고도 부르며, 한국 천주교에서는 '성 바울리누스' 또는 '바울리노'라고 부른다.

아테나Athena 그리스 신화에 나오는 지성의 여신.

아테나이Athens 그리스의 지명.

아포나aphona 헤라클레이토스가 '유성음'이라는 뜻으로 쓴 용어.

아폴론Apollo 그리스 신화에 나오는 태양의 신.

아프통가aphthonga 헤라클레이토스가 '무성음'이라는 뜻으로 쓴 용어.

안트로폴로게인anthropologein 아리스토텔레스가 '잡담'이라는 뜻으로 쓴 말. (☞ 아랫주 21쪽)

알랭 드 릴 Alain de Lille 또는 Alanus ab Insulis(1128경~1202) 신학자, 시인.

알레프Aleph 히브리어 문자의 첫 글자(א).

알베르투스 마그누스 Albertus Magnus(1200경~1280) 도미니쿠스 수도회의 주교이자 철학자.

알자스Alsace 프랑스의 지명.

알퀴누스Alcuin(730년대/740년대~804) 앨퀸. 노섬브리아 왕국 요크 출신의 잉글랜드의 스콜라 철학자, 교회학자, 시인, 교사.

암브로시우스Aurelius Ambrosius(340경~397) 서방 교회 4대 교부 중 한 사람, 밀라노의 주교. 그리스도교의 성인.

애덤스, 존 John Adams(1735~1826) 미국의 초대 부통령, 제2대 대통령, 정치가, 외교관, 독립운동가.

애덤스, 헨리 Henry Brooks Adams(1838~1918) 미국 역사학자, 작가.

앵글로색슨Anglo-Saxon.

『앵글로색슨 연대기*Anglo-Saxon Chronicle***』** 앵글로색슨 고대사를 기록한 것으로, 서기전 1세기부터 서기 12세기까지의 사건이 적혀 있다.

양도증서charter.

『어원*Etymologiae***』** 세비야의 이시도르가 지은 백과사전식 책.

언셜 글꼴uncial.

에라스뮈스, 데시데리위스 Desiderius Erasmus(1466~1536) 네덜란드 태생의 천주교 신부, 인문학자. 종교개혁 운동에 영향을 주었다.

에로스Eros 그리스 신화에 나오는 사랑의 신.

'에우세비우스 대조표 Eusabian Tables(Eusebian Canons)' 고대 후기와 중세기에 신약성서의 4복음서를 내용에 따라 구분해놓은 대조표.

에웨족Ewe 가나 남동부, 토고, 베닌 지역에서 사는 부족.

에이도스eidos 플라톤의 철학에서 '형상'을 뜻하는 말이다.

에트루리아Etruria 이탈리아 중부에 있던 옛 나라.

엘로이즈Héloïse d'Argenteuil(1090/1100~1164) 프랑스의 수녀, 작가, 학자, 수녀원장. 피에르 아벨라르의 연인이자 아내.

엠슨, 윌리엄 William Empson(1906~1984) 영국의 문학비평가, 시인. 가장 유명한 작품은 1930년에 출간된 『모호성의 일곱 가지 유형』이다.

『역병의 해 일지*Journal of the Plague Year***』**(1722) 대니얼 디포가 지은 소설.

『연설가에 대하여*De Oratore***』** 키케로가 수사학에 관해 쓴 책.

『열쇳말*Key-Words***』** 1976년 레이먼드 윌리엄스가 지은 책이다. '문화와 사회의 어휘'라는 부제 아래 110개의 낱말이 사전식 배열에 맞추어 서술된다. 1983년 재판에서는 21개를 추가해 131개의 낱말을 풀이했다. 국내 번역본은 『키워드』, 김성기·유리 옮김, 민음사, 2010. (☞ 아랫주 163쪽)

오그던, 찰스 케이 Charles Kay Ogden(1889~1957) 영국의 언어학자, 심리학자. 기본 영어의 창시자.

오뒤세우스Odysseus 그리스 신화의 신.

오를레앙의 테오둘프 Theodulf of Orléans(750경~821) 작가, 시인, 오를레앙의 주교, 수도원장, 카롤루스대제의 대신이자 고문.

오브라이언O'Brian 조지 오웰이 쓴 『1984』의 등장인물.

오순절Pentecost (☞ 아랫주 96쪽)

오시리스Osiris 이집트 신화에서 명부의 신.

오웰, 조지 George Orwell(1903~1950) 영국의 작가, 언론인. 조지 오웰은 필명이며, 본명은 에릭 아서 블레어Eric Arthur Blair이다.

『옥스퍼드 영어사전*Oxford English Dictionary***』**.

올림포스Olympia 그리스의 산.

왜그문딩족Waegmundings 『베오울프』에 등장하는 부족. 위글라프는 이 부족의 유일한 생존자이다.

요세푸스, 플라비우스 Flavius Josephus(37경~100경) 제정 로마 시대의 유대인 출신 정치가이자 역사가.

「요한의 묵시록 Book of Revelation」 신약성서의 마지막 책.

우라노스Uranus 그리스 신화에 나오는 태초의 신 중 하나. 하늘의 신이며, 대지의 여신인 가이아의 아들이자 남편이다.

우트 픽투라 포에시스ut pictura poesis '시는 그림과 같이'라는 뜻의 라틴어. (☞ 아랫주 52쪽)

운페르드Unferth 『베오울프』 속 등장인물.

울피아누스Domitius Ulpianus(170경~223) 고대 로마의 법학자.

원본 글월urtext (독일어).

웨일스의 제럴드 Gerald of Wales 또는 Geraldus Cambrensis(1146경~1223경) 영국 웨일스 브레콘의 대부제, 역사가.

웰스, 허버트 조지 Herbert George Wells(1866~1946) 영국의 작가. 소설, 역사, 정치 등 다방면에서 많은 책을 남겼다. 과학소설로 특히 유명하다.

위글라프Wiglaf 『베오울프』 속 등장인물.

위너, 노버트 Norbert Wiener(1894~1964) 미국의 수학자, 철학자. 매사추세츠 공과대학 교수를 지냈으며 사이버네틱스의 제창자로 유명하다.

윌리엄스, 레이먼드 Raymond Williams(1921~1988) 영국의 비평가, 소설가.

『유대 전쟁사*Jewish War*』 플라비우스 요세푸스(37경~100경)가 지은 역사서.

유명론nominalism 중세 스콜라 철학의 보편 논쟁의 하나. 실재론realism과 대비된다.

유스티니아누스 1세 Flavius Petrus Sabbatius Iustinianus(482경~565) 유스티니아누스 대제. 로마제국의 황제(527~565).

육보격hexameter 그리스에서 가장 오래된 시 형식. 한 행이 여섯 개의 보격으로 이루어져 있다. (☞ 아랫주 39쪽)

은코사N'kosa 아프리카 콩고의 부족 언어 중 하나.

음송시인rhapsode.

의존contingency (☞ 아랫주 139쪽)

이단심문소Inquisition.

『이리훤*Erewhon*』 새뮤얼 버틀러Samuel Butler(1835~1902)의 유토피아 소설. 처음 발표했을 때는 익명으로 출간했다(1872). 제목은 소설 속의 나라 이름으로, 'nowhere'를 뒤집어 만든 낱말이다.

이사벨 여왕 Isabella, Queen 카스티야와 아라곤의 여왕(1474~1504).

『이온*Ion*』 플라톤이 쓴 대화편.

인노켄티우스 3세 Innocent III 천주교의 교황(1198~1216).

인노켄티우스 4세 Innocent IV 천주교의 교황(1243~1254).

인도유럽어Indo-Germanic.

인슐라 글꼴insular majuscule.

인쿠나불라incunabula (☞ 아랫주 106쪽)

인터글로사Interglossa 호그벤이 제이차세계대전 때 창안한 세계어. 국적이 서로 다른 사람들이 880개 남짓한 낱말만 가지고 기본 대화를 충분히 주고받을 수 있도록 했다.

『일리아스*Iliad*』 호메로스의 서사시.

—— ㅈ

자기the self.

자먀친, 예브게니 이바노비치 Yevgeny Ivanovich Zamyatin(1884~1937) 러시아의 과학소설가, 정치풍자가.

자와 섬 Java 인도네시아의 지명. 흔히 영어 이름인 '자바'로 표기한다.

자유학문liberal arts (라틴어로는 artes liberales). (☞ 아랫주 53쪽)

장소loci (라틴어).

정치 설계자political projectors 조너선 스위프트가 쓴 『걸리버 여행기』에 나오는 나라인 라퓨타의 사회공학자 또는 정책실험가.

정형구phrase.

제로Zero 자먀친의 디스토피아 소설에 나오는 개념. (☞ 아랫주 168쪽)

제우스Zeus 그리스 신화에 나오는 주신主神.

『젠틀맨스 매거진*Gentleman's Magazine***』** 영국 잡지.

조프레 뤼델 Jaufre Rudel 12세기 음유시인이자 블라이Blaye 공국의 영주. 원거리의 사랑이라는 주제를 발전시킨 것으로 유명하다.

존슨, 새뮤얼 Samuel Johnson(1709~1784) 영국 시인, 전기 작가, 사전 편찬자.

종합 도서목록 Union Catalogue.

죽음의 춤 Dance of Death (☞ 아랫주 72쪽)

줄리아Julia 조지 오웰이 쓴 『1984』의 등장인물. 윈스턴 스미스의 애인.

——— ㅊ

처칠, 윈스턴 Winston Churchill 영국 정치가, 수상(1940~1945, 1951~1955).

첼리니, 벤베누토 Benvenuto Cellini(1500~1571) 이탈리아 금세공인, 조각가, 음악가, 군인. 그가 쓴 자서전이 유명하다.

초서, 제프리 Geoffrey Chaucer(1343경~1400?) 잉글랜드 작가, 시인, 관료, 법관, 궁정인. 『캔터베리 이야기』의 저자. 영국 문학의 아버지로 불린다.

촘스키, 노엄 Avram Noam Chomsky(1928~) 미국 언어학자, 철학자, 정치운동가, 무정부주의자, 저술가, 교수.

최후의 심판 Last Judgement.

『치부책*Calendarium***』** 12세기 수도사인 토팅턴의 샘슨이 남긴 장부.

70인역 성서 Septuagint 유대인 현자 일흔 명이 번역한 그리스어 성서.

『침묵의 봄*Silent Spring***』**(1962) 레이첼 카슨이 지은 책.

——— ㅋ

카롤루스대제Charlemagne(742/747/748~814) 샤를마뉴. 서로마제국 황제.

카발라Kabbalah 유대교 신비주의 사상 또는 학문.

카버, 조지 워싱턴 George Washington Carver(1864~1943) 흑인노예 출신의 미국 농학자, 발명가. '검은 다빈치'로 불릴 만큼 해박했다.

카사노바, 자코모 Giacomo Girolamo Casanova(1725~1798) 이탈리아 베네치아 출신의 모험가, 작가, 시인, 소설가.

『카스티야어 문법서*Gramática Castellana*』 네브리하가 쓴 스페인어 문법서.

카슨, 레이첼 Rachel Louise Carson(1907~1964) 미국의 해양생물학자, 환경보호주의자. 저서 『침묵의 봄*Silent Spring*』은 전 세계적으로 환경운동에 큰 영향을 주었다.

카시오도루스Flavius Magnus Aurelius Cassiodorus(485경~585경) 동고트 왕국의 테오도리쿠스 대왕 치하의 정치가, 저술가.

카탈루냐Catalonia 스페인의 지명.

카펠라Martianus Capella 410~420년경 활동한 라틴어 산문 작가. 중세 초기의 교육과목이 된 일곱 가지 자유 교양과목 체제를 발전시킨 최초의 인물에 속한다.

캄파냐Campagne 고대 로마의 지명(현재 이탈리아).

캑스턴, 윌리엄 William Caxton(1422~1491) 영국에 인쇄술을 처음 도입했던 상인, 작가, 출판업자. (☞ 아랫주 107쪽)

『캔터베리 이야기*The Canterbury Tales*』 초서가 지은 설화집.

케임브리지Cambridge 영국의 지명.

『켈스의 서*Book of Kells*』 스코틀랜드 아이오나 섬의 아이오나 수도원에서 만들기 시작하여 아일랜드의 켈스 수도원에서 완성된 라틴어 복음서 필사본. 신약성서의 4복음서(마태오, 마르코, 루가, 요한의 복음서)를 수록하고 있다. 서기 800년 무렵 제작된 것으로 보고 있다. http://digitalcollections.tcd.ie/home/index.php?DRIS_ID=MS58_003v

코페르니쿠스Nicolaus Copernicus(1473~1543) 지동설을 주장한 천문학자.

콕스, 제임스 James melville Cox(1925~2012) 미국 수필가, 문학평론가. 유머와 자서전에 관심이 많았다. *Recovering Literature's Lost Ground*라는 제목으로 자신이 자서전에 관해 쓴 글을 모은 책을 펴낸 바 있다.

콘스탄티누스 1세 Constantine the Great 로마 황제(306~337). 라틴어명은 Flavius Valerius Aurelius Constantinus Augustus.

콜럼버스, 크리스토퍼 Christopher Columbus(1451~1506) 이탈리아 탐험가.

콩고 강 Congo River.

콰인, 윌러드 밴 오먼 Willard Van Orman Quine(1908~2000) 미국의 철학자, 논리학자. '번역 불확정성'이라는 논제를 내놓았다.

콰키우틀Kwakiutl 북아메리카 인디언 부족의 하나.

쿠란Koran 이슬람의 경전.

퀸시, 존 John Quincy(?~1722) 영국 약제사. 의학 저술가로 알려져 있다.

퀸틸리아누스Marcus Fabius Quintilianus(35경~100경) 고대 로마의 수사학자.

크노소스Knossos 그리스의 크레타 섬에 있는 청동기 시대 최대의 유적. 크레타 문명의 중심지로 알려져 있다.

크라틸로스Cratylus 서기전 5세기 중·후반에 활동한 고대 그리스의 철학자. 주로 플라톤의 대화록 『크라틸로스』을 통해 알려진 인물이다.

크리올creole.

크세노폰Xenophon(서기전 430경~서기전 354경) 고대 그리스의 군인, 저술가.

클랜시, 마이클 Michael T. Clanchy(1936~) 영국의 중세 사학자.

클레르보의 베르나르 Bernard of Clairvaux(1090~1153) 프랑스의 신학자. 시토 수도회의 창립자.

클레어몬트Claremont 미국 캘리포니아 주에 있는 도시.

클뤼니 수도원 Cluny Abbey 프랑스에 있는 수도원.

키케로Marcus Tullius Cicero(서기전 106~43) 로마의 정치가, 연설가, 문학가, 철학자.

—— ㅌ

타르퀴니우스 수페르부스, 루키우스 Lucius Tarquinius Superbus(~서기전 495) 로마왕국의 제7대 왕(서기전 535~509).

타무스Thamus 플라톤의 『파이드로스』에 등장하는 이집트 왕.

타바드 여관 Tabard Inn 초서의 『캔터베리 이야기』에 나오는 장소.

터너, 냇 Nat Turner(1800~1831) 노예 반란에 앞장섰던 미국의 흑인노예. 나중에 체포되어 교수형을 당했다.

테바이Thebes 고대 그리스의 도시국가.

「테세이데 Teseide」 보카치오가 쓴 장편 서사시.

테오티스크theotisc 중세기의 독일 민중이 쓰던 언어. (☞ 아랫주 91쪽)

토라Torah 히브리어로 '율법'이라는 뜻이며, 구약성서 중 첫 다섯 권을 가리킨다. 흔히 '모세오경'이라 부른다.

토트Theuth 이집트 신화의 신. 지식, 과학, 언어, 서기, 시간, 달의 신.

토팅턴의 샘슨 Samson of Tottington(1135~1211) 영국 베네딕투스 수도회의 수도사로, 베리세인트에드먼즈의 수도원장이 됐다.

토파스 경 Sir Thopas 초서가 쓴 『캔터베리 이야기』 속 등장인물.

톨레도Toledo 스페인 지명.

『톰 소여의 모험*The Adventures of Tom Sawyer*』(1876) 마크 트웨인의 소설. 『허클베리 핀의 모험』(1885)의 전편에 해당.

통신이론communication theory.

투르Tours 프랑스 지명.

투르 공의회 Council of Tours 본문의 투르 공의회는 813년의 공의회이다.

튜링, 앨런 Alan Turing(1912~1954) 영국의 수학자, 논리학자.

「트로이의 서 Troy Book」 리드게이트가 쓴 시(1421).

『트리뷴*Tribune*』 잡지.

트웨인, 마크 Mark Twain 새뮤얼 랭혼 클레먼스Samuel Langhorne Clemens(1835~1910)의 필명. 19세기 소설가로, '위대한 미국 소설'로 일컬어지는 『톰 소여의 모험』과 『허클베리 핀의 모험』을 지었다.

티로Marcus Tullius Tiro(?~서기전 4세기) 처음에는 키케로의 노예였으나 나중에 해방노예가 됐다. 키케로의 편지에 자주 등장하며, 키케로가 죽은 뒤 키케로의 문집을 펴냈다. 직접 상당히 많은 책을 쓰기도 했다.

티탄Titan 그리스 신화에 나오는 거대한 신족.

—— ㅍ

파라클레 수도원 Oratory of the Paraclete 프랑스에 있던 수도원.

파르마콘pharmakon 약藥. 독毒도 포함된다.

파슨스, 탤컷 Talcott Parsons(1902~1979) 미국 사회학자.

파운드, 에즈라 Ezra Pound(1885~1972) 미국 시인, 문학비평가. 초기 모더니즘 운동의 중요한 인물이다.

파울루스 디아코누스 Paulus Diaconus(Paul the Deacon, 720년대~799로 추정) 베네딕투스회 수도사이자 랑고바르드의 역사학자.

파이데이아Paideia '교육'이라는 뜻의 그리스어.

파이드로스Phaidros 플라톤의 작품이자 그 등장인물.

파피아스Papias(1040경~1060경 활동) 롬바르디아 출신의 라틴어 사전학자. 『옥스퍼드 영어사전사』에서는 *Elementarium Doctrinae Rudimentum*을 근거로 그를 최초의 현대적 사전학자로 보고 있다.

패리, 밀먼 Milman Parry(1902~1935) 서사시 학자. 세르비아를 비롯한 발칸반도 민간에 떠도는 노래들이 호메로스 서사시에서 온 것임을 밝혀, 구술 전승을 연구하는 학문 분야를 창시했다.

포르피리오스Porphyrios(서기 234경~305경) 티로스 섬 태생의 신플라톤주의자.

폰 노이만, 존 John von Neumann(1903~1957) 헝가리 출신의 미국인 수학자. 원래는 이름이 요한Johann이었으나, 미국으로 건너간 뒤 영어식 이름인 존John으로 바꾸었다.

폴뤼크라테스Polycrates 서기전 535~515년까지 사모스 섬을 지배한 독재자.

푀르크젠, 우베 Uwe Pörksen(1935~) 독일 언어학자, 중세학자.

표어문자logogram.

표의문자ideograph.

표준대조표Canon Tables 신약성서의 4복음서의 내용을 서로 대조해볼 수 있도록 만들어놓은 일종의 내용 색인. 예컨대 마태오 복음서에 나오는 어떤 부분이 마르코, 루가, 요한 복음서에도 나오는지를 표시해놓았다.

풀다Fulda 독일의 지명 (수도원).

퓌티아Pythia 아폴론의 신탁을 받는 델포이의 여예언자. (☞ 아랫주 32쪽)

프란체스코 수도회 Franciscan.

『프랑켄슈타인*Frankenstein*』(1818) 메리 셸리가 쓴 소설.

프랭클린, 벤저민 Benjamin Franklin(1706~1790) 미국 '건국의 아버지' 중 한 사람. 저술가, 인쇄업자, 정치가, 우체국장, 과학자, 발명가, 외교관.

프랭클린 난로 Franklin stoves.

프랭클린 안경 Franklin glasses.

프랭클린 피뢰침 Franklin lightning rods.

『프레더릭 더글러스의 삶에 관한 이야기*Narrative of Frederick Douglass*』 흑인 해방노예 더글러스가 지은 자서전.

프로메테우스Prometheus 그리스 신화의 티탄족 신 중 하나.

플라톤Plato 고대 그리스의 철학자.

플루타르코스Plutarch(46경~127경) 그리스 역사가, 전기 작가. 『플루타르코스 영웅전』의 작가로 유명하다.

피에르 아벨라르 Pierre Abélard(1079~1142) 중세기 프랑스의 스콜라철학자, 신학자, 논리학자. 엘로이즈와 나눈 사랑 이야기로 유명하다.

피타고라스Pythagoras(서기전 570경~서기전 495경) 고대 그리스의 수학자.

필론Philo(서기전 25경~서기 50경) 로마 시대 알렉산드리아에서 살았던 유대인 철학자.

『필롤로기아와 메르쿠리우스의 결혼*Marriage of Philology to Mercury*』(라틴어 *De nuptiis Philologiae et Mercurii*) 서기 5세기경 카르타고 작가 카펠라가 지은 작품으로 천상과 지상이 결합한 사건을 다룬다. 수비학적 풀이에 따르면, 천상의 메르쿠리우스(헤르메스)의 이름은 숫자 3에 해당하고, 지상의 필롤로기아의 이름은 숫자 4에 해당한다. 이들의 결합으로 완전한 숫자 7이 나오는데 이는 자유학문의 탄생을 상징한다. 즉 언어와 논리를 관장하는 메르쿠리우스의 문법학, 논리학, 수사학 등 3학과 자연의 실상과 운동을 관장하는 필롤로기아의 기하학, 산수, 천문학, 음악 등 4과의 결합을 뜻한다. (안재원, 『인문의 재발견』, 논형, 2014, 17~22쪽 참조)

—— ㅎ

하드라마우트Hadramut 예멘 동부의 주.

한자동맹the Hansa 13~17세기 유럽 도시들 간 정치적·상업적 연맹.

합스부르크 왕가 Hapsburgs.

해블록, 에릭 Eric Havelock(1903~1988) 주로 미국과 캐나다에서 활동한 영국의 고전학자. 문자성과 구술성의 관계를 탐구한 『플라톤 서설』 『노래하는 시인, 글쓰기를 배우다』 등을 저술했다.

해석학hermeneutics.

『향연*Symposium*』 플라톤이 지은 대화편.

허클베리 핀 Huckleberry Finn 마크 트웨인이 쓴 동명 소설의 주인공.

『허클베리 핀의 모험*The Adventures of Huckleberry Finn*』 마크 트웨인의 소설.

헉슬리, 토머스 헨리 Thomas Henry Huxley(1825~1895) 영국의 자연과학자

헤라클레이토스Heraclitus(서기전 535경~서기전 475경) 고대 그리스 철학자.

『헤레니우스에게 바치는 수사학*Rhetorica Ad Herennium*』 현존하는 가장 오래된 라틴어 수사학 책. 서기전 80년대에 지었으며, 저자는 미상이다.

헤로도토스Herodotus(서기전 484경~서기전 425) 고대 그리스의 역사학자. 서양에서는 '역사학의 아버지'로 묘사되는 때가 많다.

헤르메스Hermes 그리스 신화의 신. 로마에서 메큐리. 라틴어 메르쿠리우스.

「헤르메스에게 바치는 찬가 Hymns to Hermes」 작자 미상인 고대 그리스의 찬가집 『호메로스 찬가』 중의 한 편.

헤시오도스Hesiod 호메로스와 비슷한 서기전 750~650에 활동한 것으로 보이는 고대 그리스 시인.

『헨리 애덤스의 교육 *The Education of Henry Adams*』 헨리 애덤스의 자서전.

호그벤, 랜슬롯 Lancelot Hogben(1895~1975) 영국 동물학자, 의학통계학자, 인터글로사의 창시자.

호라티우스Quintus Horatius Flaccus(서기전 65~서기전 8) 고대 로마의 서정시인.

호메로스Homeros 서기전 9세기나 서기전 8세기경 활동한 고대 그리스 시인.

호지스, 너새니얼 Nathaniel Hodges(1629~1688) 영국 의사. 런던에 흑사병이 돌았을 때 의사도 대부분 피난했으나, 그는 런던에 남아 증상을 관찰하고 갖가지 치료법의 효능을 확인했다.

횔덜린Johann Chritian Friedrich Hölderlin(1770~1843) 독일 시인.

흑인 짐 Negro Jim 마크 트웨인이 쓴 『허클베리 핀의 모험』 속 등장인물.

히에로니무스Eusebius Sophronius Hieronymus(348~420) 천주교에서는 흔히 예로니모Jeronimo라 부른다. 그리스도교 성직자. 제1차 니케아공의회 이후의 신학자이자 4대 교부 중 한 사람으로, 불가타 성경의 옮긴이로 잘 알려져 있다.

히피아스Hippias(서기전 460경) 고대 그리스 소피스트. 소크라테스와 동시대를 살았던 인물이다.

힐데가르트 폰 빙엔 Hildegard von Bingen(1098~1179) 독일의 수녀, 작곡가, 철학자, 과학자, 의사, 그리스도교 신비주의자.

ABC, 민중의 마음이 문자가 되다

초판 1쇄 인쇄 2016년 8월 29일
초판 1쇄 발행 2016년 9월 5일

지은이 이반 일리치 · 배리 샌더스 | **옮긴이** 권루시안
펴낸이 염현숙
기획 고원효 | **책임편집** 최민유 | **편집** 송지선 김영옥 고원효
디자인 장원석 | **저작권** 한문숙 박혜연 김지영
마케팅 정민호 이연실 정현민 김도윤 양서연 | **홍보** 김희숙 김상만 이천희
제작 강신은 김동욱 임현식 | **제작처** 한영문화사(인쇄) 한영제책사(제본)

펴낸곳 (주)문학동네
출판등록 1993년 10월 22일 제406-2003-000045호
주소 10881 경기도 파주시 회동길 210
전자우편 editor@munhak.com | **대표전화** 031)955-8888 | **팩스** 031)955-8855
문의전화 031)955-1933(마케팅) 031)955-7973(편집)
문학동네 카페 http://cafe.naver.com/mhdn

ISBN 978-89-546-4219-4 03800

* 이 도서의 국립중앙도서관 출판예정도서목록(CIP)은 서지정보유통지원시스템 홈페이지(http://seoji.nl.go.kr)와 국가자료공동목록시스템(http://www.nl.go.kr/kolisnet)에서 이용하실 수 있습니다.(CIP 제어번호: CIP2016020020)

www.munhak.com